INAUDIBLE

VIVIANA M. SÁNCHEZ

Nacida en México y apasionada por la lectura y la escritura, Viviana M. Sánchez, máster en Literatura infantil y juvenil por la Universidad Autónoma de Barcelona, publica su serie de siete libros, "Cromatismo", de la cual, los primeros cuatro pueden leerse en el orden que el lector prefiera; no obstante, se recomienda comenzar por la encantadora historia llena de aventura y fantasía: "Inaudible".

Título original: *Inaudible*
Diseño de portada por Enrique Meseguer y Gencraft.
2018 por Viviana M. Sánchez.
Número de registro: 03-2021-042811202400-01

Para todos mis niños.
Espero que sus vidas
estén llenas de aventuras.

Prólogo

Sabía que estaba por allí. Lo había visto hacía dos semanas en el estante número cinco, repisa cuatro, número de libro: seis. Supuso que iba a complicársele encontrarlo puesto que eran las dos de la madrugada y todo el lugar estaba sumido en la oscuridad; incluso con la pequeña linterna que había decidido llevar, era difícil ubicar la zona específica en donde lo había visto. Lo único que lo animaba era que tenía tiempo de sobra. Podía buscar el libro hasta las tres de la mañana, hora en la cual el guardián de la biblioteca llegaría.

Veinte minutos después de haberse internado en la biblioteca pública lo encontró. Sonrió aliviado y caminó con paso concienzudo de vuelta a la centralilla en donde había una escalera plegable que los encargados utilizaban para alcanzar los libros de las repisas más altas. La sujetó y la trasladó al lugar en donde estaba el tomo. Acomodó la escalera con cuidado y cuando estuvo firme empezó a subir con paso lento, intentando no hacer ni el más mínimo ruido. Suspiró aliviado cuando se encontró frente a frente con el libro; le acarició el lomo y lo sacó de su escondite.

—Aquí estás —susurró quedo y lo apretó entre los dedos. Había esperado dos semanas para llevar a cabo su plan y conseguir lo necesario para entrar y robarlo. Su corazón, con un latir acompasado, denotó su tranquilidad al tenerlo cerca.

Bajó de la escalera, apagó la linterna y con cuidado caminó entre los estantes con dirección a la salida. La puerta estaba a solo unos pocos metros de distancia, pero no quería correr. Sus zapatos podrían delatarlo. Cuando estuvo frente al picaporte lo agarró, lo giró y sonrió con satisfacción. Su plan había salido increíblemente bien.

—¿A dónde crees que llevas eso?

O tal vez no. Se lamentó por lo bajo. Para ser un niño tenía un vocabulario de improperios bastante amplio. No pudo avanzar ni medio paso más pues una mano se cerró en el cuello de su suéter y lo haló hacia atrás. Viró el rostro y se dio cuenta de que el hombre con barba, que era el encargado, lo miraba con una ceja alzada mientras lo aluzaba con una linterna. Lo primero que se le vino a la mente fue el libro. Debía protegerlo, debía tenerlo.

—¡Suéltame!

—No te voy a liberar hasta que me regreses ese libro. ¡Ahora!

El niño continuó berreando y se movió como si se le fuera la vida en ello, mientras el hombre tras él sonreía divertido.

—Dany… ahora —reiteró, se hincó en el suelo y lo obligó a volverse para encararlo—. Ya se me había hecho raro no haberte visto por aquí estos últimos días. Supuse que tramabas algo.

—¡Déjame ir!

—No voy a dejarte ir. Olvídalo. Al menos no hasta que me entregues ese libro. No quiero tener que llamar a la policía.

Daniel se forzó a retener las lágrimas que se agolparon en sus ojos con una rapidez increíble. No podía perderlo por nada del mundo. Era su única oportunidad.

—No hagas las cosas más difíciles. Solo entrégamelo.

El pequeño se negó una y otra vez; movió la cabeza y se rehusó a la derrota.

—Le prometí a tu madre que no dejaría que lo hicieras… —y no pudo continuar. Daniel le escupió en el rostro y el hombre, aunque no pareció enfadarse por ello, se limpió la mejilla con la manga de la chaqueta con fastidio—. Deja de comportarte así.

—Tú no lo entiendes. Nunca lo entenderías —dijo el pequeño que se aguantó las ganas de llorar y abrazó el libro—. Déjame ir, Nico. Por favor, te lo suplico.

Los lamentos del niño le hicieron sentir un vacío en el estómago, pero no podía permitírselo. No solo porque si lo hacía probablemente perdería su trabajo, sino porque de eso, se desencadenarían cosas que él no podría manejar. Cosas mucho más grandes que él.

—No puedo hacerlo. Se lo prometí a ella —contestó Nico con un gesto que reflejaba la lástima que sentía por él.

—Ella no sabe qué es lo mejor para sí misma —intentó el pequeño de nuevo.

—Pero sabe qué es lo mejor para ti. Así que dame el libro, lo pondré en su lugar y te regresaré a casa.

Daniel sintió en ese momento unas terribles ganas de vomitar, pero no lo hizo; se mantuvo firme y pensó, que si no era esa noche, regresaría por él después. Nadie iba a evitar que tuviera ese libro en sus manos. De malas se lo dio al hombre y lo perdió de vista cuando regresó al pasillo del estante en el que había estado el libro. Tardó un poco más de la cuenta y, al regresar, ambos se dirigieron a la salida. Nico lo subió a su auto y lo ayudó a ponerse el cinturón de seguridad. Daniel le lanzó una mirada iracunda y Nico sonrió. Conocía a ese niño desde hacía dos años. Siempre le había parecido introvertido y muy poco conversador, pero no podía dejar de maravillarse por todas las cosas que sabía y todo lo que estudiaba diariamente en la biblioteca. No era la primera vez que lo regresaba a casa por la noche. Y no le molestaba. Le había tomado cariño, de hecho. Hacía apenas dos semanas que Daniel le había pedido prestado el libro que había querido robar esa noche. Él se había tenido que negar, pues pertenecía a la zona restringida de libros que no podían salir de la biblioteca por ninguna razón y tampoco podía leerlo dentro pues era de uso clasificado; solamente ciertas eminencias y personas importantes podían reclamarlo.

—Lo sacaré de la biblioteca —susurró desde el asiento de atrás, interrumpiendo sus pensamientos.

—Lo único que lograrás con eso será causarle más problemas a tu madre —respondió Nico y negó con la cabeza.

—Este es el único modo en el que podré quitarle los problemas de encima —contestó Daniel antes de cruzarse de brazos.

—¿Qué quieres decir con eso? —preguntó Nico en voz baja. Todos en el pueblo decían que el niño y su madre tenían extrañas habilidades. Les rehuían y se alejaban de ellos marcándolos casi como si fuesen unos criminales. Él nunca lo había creído… hasta esa noche.

—No lo entenderías. Solo quiero que sepas que no estoy robándolo por capricho. No es por mí. Lo hago por ella.

Veinte minutos después, Nico aparcó afuera de la pequeña casa del chiquillo, que estaba a unos pocos metros de la costa, y salió del auto ayudándole a Daniel a hacer lo mismo. El niño, con semblante adusto, se adelantó hasta la puerta de la casa con intención de meterse y dejarlo atrás sin agradecerle por el aventón.

—¿Por qué es tan importante? Dímelo y tal vez pueda comprenderte.

Daniel se detuvo frente a la puerta con la mirada fija en la madera; después de unos segundos, en los que escogió sus próximas palabras cuidadosamente, suspiró y se volvió.

—Es la única manera en la que puedo ayudarla.

Nico asintió y se acercó con paso lento, casi indeciso. Cuando estuvo frente a él de nuevo, se hincó con una rodilla en el suelo y le sonrió. Tal vez sí era importante. Metió la mano al interior de su chaqueta para sacar el libro. Daniel abrió los ojos desmesuradamente y observó con atención lo que estaba frente a él. No podía creerlo, pero eso era real. Alargó la manita para tomarlo, pero Nico carraspeó y él lo miró confundido.

—Tienes que prometerme que no harás nada malo con él y que me lo llevarás por la mañana. ¿Está claro?

—Como el agua —aseguró él sonriéndole agradecido.

Nico lo observó entrar a la casa y luego, con paso descuidado, regresó a su auto y subió a él para manejar de vuelta a la propia. En ese momento su instinto le dijo que había hecho lo correcto. Desgraciadamente, estaba equivocado.

Se dio cuenta de ello cuando, a la mañana siguiente, antes siquiera de que abriera las puertas de la biblioteca, la mujer de la que llevaba enamorado dos años, entró por estas con paso firme y mirada adusta. Él, desde atrás de la centralilla sintió su pulso latir desbocado. No solo porque fuese la mujer más hermosa que él hubiese visto en su vida, sino porque como era mayor que él por más de siete años, normalmente solía tratarlo como un niño. Nico sabía que a sus veintiséis era todo menos un niño; pero, por alguna razón, cuando estaba con ella terminaba creyendo lo contrario.

—Hola, Abril —saludó desde su lugar, sin prestarle demasiada atención; pero ella ni siquiera lo saludó y, con un movimiento poco controlado, le aventó algo sobre el escritorio. Nico sintió que se le secaba el interior de la boca. Era el libro. Eso fue lo único que hizo, además de mirarlo recriminatoriamente; con paso furioso dio media vuelta para salir de allí. Nico brincó el escritorio de la centralilla y corrió tras ella—. Espera, espera…

Antes de siquiera tomarla de la mano, se volvió con su preciosa melena rubia ondulada cayéndole por doquier y lo acusó con el dedo.

—¿Es que las promesas no significan nada para ti? —preguntó abrumada.

Maldijo para sus adentros. ¿Qué demonios había hecho ese niño?

—No… no comprendo lo que estás diciendo.

—Claramente no —contestó ella y lo miró con condescendencia.

—Bien, le di el libro. No entiendo qué es lo que resultó tan mal. Solo es un libro.

—Ningún libro es solo un libro, Nico. Tú deberías saberlo mejor que nadie.

—¿Y cuál es el problema? No lo robó, yo se lo presté. No seas así de exagerada o vas a… —y entonces Nico se detuvo. De repente realmente la observó de arriba abajo una y otra vez, atento a su figura, a su cuerpo y a su rostro sonrojado—. ¿Cómo…?

Ella alzó las cejas en un claro gesto que le invitaba a continuar con lo que, para ambos, ya era obvio. Nico se llevó una mano al cabello castaño rojizo y negó con la cabeza una y otra vez, mirándola atónito.

—Ya no… no estás…

—¿Enferma? —preguntó con mirada brillante.

—Sí.

—No. Ya no estoy enferma. ¿Puedes creer que después de un año de no poder salir de la cama más que por causas de fuerza mayor; de estar completamente débil y delgada como un junco ahora estoy sana y con más carne en los huesos de la que había tenido en toda mi vida?

Nico no quiso decirle que se veía increíble. Siempre se lo había parecido, por supuesto, pero ese día… se veía como un ángel. En su mente, todo tuvo sentido. Era verdad lo que todos decían sobre la madre y el niño. Sí tenían habilidades mágicas. Estuvo seguro de que el pequeño había utilizado el libro para curar a su madre.

—¿No estás… feliz?

—¿Feliz? —preguntó con los ojos entrecerrados, en seguida rio con aspereza—. ¿Eso es lo único que tienes para preguntarme?, ¿no te gustaría saber cómo, milagrosamente me he recuperado?

—No. Supongo que los chismes de todos son mucho más que palabrerías sin sentido.

Parpadeó perpleja ante su falta de curiosidad. Él se metió las manos en los bolsillos frontales del pantalón e inclinó un poco la cabeza hacia ella.

—Mi esposo era un hechicero. Yo no —aclaró y él sonrió.

—¿Daniel lo es también?

—He… tratado… me he mentido a mí misma pensando que no lo era. Pero al final, resultó que sí. No quiero… no quiero que nadie le haga daño —murmuró con la mirada hacia el suelo. Nico se acercó y le puso las manos en los hombros, haciéndola sentir incómoda por primera vez.

—Ahora que estás mejor puedes protegerlo tú misma. ¿Sabes?, estuve tentado a no darle el libro; pensé que cometía un error al faltar a la promesa que te había hecho, pero ahora me doy cuenta de que tomé la decisión correcta. No sé si tú eres feliz… pero yo sí lo soy, y mucho.

Abril lo miró con una clara confusión y se alejó de él, para abrazarse a sí misma.

—¿Qué estás diciendo?

—No finjas demencia. Sabes perfectamente que estoy enamorado de ti. He estado enamorado de ti desde que quisiste comprarme con ricos emparedados para que no dejara que tu hijo se acercara a esos libros.

Abril dejó salir una risa nerviosa, pero enseguida volvió a ser dueña de sí misma y negó con la cabeza.

—Soy mucho mayor que tú. Esto —declaró señalándolos a ambos—, no va a funcionar.

—¿Qué es lo que no va a funcionar? —preguntó y se acercó los pasos que se había alejado de él—. Tal vez me equivoque, pero según creo, no te he propuesto nada. Solo te dije que te quiero. Nada más. No tienes por qué ponerte nerviosa —finalizó él y alzó los hombros para quitarle importancia a todo lo que le había dicho antes.

Ella retrocedió en automático una vez más al sentirse en desventaja. Se aclaró la garganta y miró hacia todos lados menos a él.

—No estoy nerviosa —le aseguró.

—Ah, ¿no?

—No.

—De acuerdo. Entonces, seguro que no te importaría darme un beso para demostrarme tu agradecimiento.

—¿De qué… demonios estás hablando? ¿Agradecimiento?

—Si no le hubiera dado ese libro a Dany, seguro que no estarías aquí, plantada delante de mí, completamente sana.

—Preferiría continuar en cama. ¿Tienes idea de lo mucho que me he esforzado en hacer que todo fuera normal para que nadie se diera cuenta de que Daniel es un hechicero?

En ese momento, Abril respiró entrecortadamente y desplazó las manos al rostro cuando las lágrimas salieron de sus ojos como lluvia. Nico no supo qué hacer. Se acercó pero la mujer se alejó de nuevo.

—Es un niño… no tenía idea de lo que sus acciones podrían causar. ¿Qué crees que dirán todos cuando me vean recuperada de una enfermedad aparentemente incurable?

Nico comprendió en ese instante los temores de ella. Sin esperar su aprobación se acercó y la rodeó con sus brazos con fuerza.

—Entonces yo los protegeré a ambos.

Nico sintió temor, pensando que se negaría. Pero no lo hizo. Se afianzó a él y escondió su rostro en su pecho por unos minutos… luego aceptó y él cumplió su promesa; hasta el día en el que dejó de cumplirla.

Tres semanas después de haberse ella recuperado, Nico y Daniel salieron a comprar víveres para la cena. Él había tomado el rol de padre y los tres se sentían en verdad felices, todo parecía ir muy bien, pero esa noche cuando volvieron a la casa… estaba en llamas.

Muchas de las personas del pueblo habían considerado el último evento como una clara muestra de que tanto la madre como el niño eran seres infernales. Abril estaba adentro de la casa, sin poder salir pues habían franqueado las salidas. Daniel quiso gritar y correr hacia la casa, pero Nico lo cargó y lo mantuvo contra su pecho, cerrando los ojos con fuerza. Había decidido protegerlos a ambos y eso haría. Corrió con todas sus energías con el chiquillo en brazos y al llegar al puerto haló una pequeña barca de la cuerda que estaba amarrada a un poste de madera; dejó al niño adentro, quien intentó salir de allí casi de inmediato, pero fue en vano pues el mayor lo detuvo por los hombros y lo obligó a sentarse.

—¡No quiero irme! —gimió el pequeño cuando Nico empujó la barca hacia el agua—. ¡Quiero a mamá!

—Lo sé —dijo Nico con el agua hasta las rodillas—. Iré por ella y te buscaré.

No se quedó a ver la barca desaparecer en la noche; corrió como una gacela de vuelta a la casa que continuaba en llamas, y se abrió paso entre el gentío que la rodeaba. Al ver que se trataba de él, todos comenzaron a murmurar y a mirarlo con rostros iracundos. No le importó. Intentó quitar las barras de madera con las que habían franqueado la puerta pero, entonces, tres hombres lo rodearon por detrás y lo alejaron de la casa. Se sintió desesperado al escuchar los gritos de Abril que provenían desde adentro... aún estaba viva.

Trató de zafarse del amarre de los hombres y ellos lo soltaron sin aviso. Nico volvió a intentar llegar hasta la puerta, pero lo volvieron a detener. Estaban jugando con él... con su sufrimiento, y con el de una madre y su hijo. Furioso y con lágrimas en los ojos se giró, arrojó golpes a diestra y siniestra y mandó a más de tres hombres al suelo, hasta que un dolor insoportable lo recorrió de la cabeza a los pies cuando uno de los sujetos que había arrojado al suelo, se había puesto de pie y con una simpleza que caracteriza a los de poca consciencia, le clavó una daga en la espalda.

Un último grito desgarrador proveniente de la casa, le hizo volver el rostro.

—Lo lamento —susurró antes de desplomarse en el suelo entre la multitud de asesinos... agonizó por haber perdido al amor de su vida y murió lentamente en un círculo rodeado por verdaderas criaturas infernales.

Sueños *versus* realidad

Se asomó por la proa del barco por octava vez consecutiva, para observar el muelle con atención mientras acariciaba las puntas de su bigote que hacía juego a la perfección con su apuesto rostro. Juró en voz baja. Esa niña le iba a causar un infarto uno de esos días. El sol se estaba poniendo y ella había prometido que llegaría a tiempo. Se reprendió mentalmente. No debería haber accedido a dejarle esa misión.

—¿Levamos anclas? —preguntó Perry a su lado con un tono que denotaba su extremo nerviosismo. Bart simplemente negó—. Señor, si no nos movemos rápido estaremos expuestos a los cañones y balas.

El hombre junto a la proa se acomodó los puños ribeteados y llenos de olanes de su camisa blanca y sonrió entretenido ante la notable muestra de inseguridad de su contramaestre.

—¿Estás diciendo que tenemos que estar preparados para irnos, aunque ella no llegue? —preguntó y le lanzó una mirada iracunda. Perry enderezó la espalda y su rostro palideció de manera considerable.

—No, señor… yo…

—Porque si eso es lo que estás diciendo, te llevaré a la laguna de los cocodrilos y te dejaré allí, con una pierna de cerdo sangrante amarrada al cuello.

Perry palideció aún más si era posible. Bart pensó que si lo comparaba con las nubes frente a él, no había mucha diferencia. El contramaestre se llevó un pañuelo rojo a la frente y se limpió las gotas de sudor que le resbalaban por la sien.

—N-no, no capitán. Yo no quería decirlo de este modo…

—¿A qué mierda te referías, entonces? —preguntó haciendo uso del lenguaje que le encantaba utilizar con su tripulación.

—Yo… lo que quise decir es que podríamos ir preparándonos para salir en el preciso momento en el que ella y Robbie lleguen, capitán.

Bart lo miró con expresión seria y Perry sintió de nuevo que el alma se le escapaba del cuerpo; aun así, continuó dueño de sí mismo, firme junto a su capitán, que sonrió emocionado.

—¡Bien pensado, marinero!, ¡leven anclas! —gritó al suponer que todos estarían pendientes de sus palabras, cosa que era verdad. Toda la tripulación obedeció, subieron anclas y se colocaron en sus puestos para izar las velas cuando fuera el momento exacto.

Bart viró el rostro y sorprendido por un sonido similar al de una explosión, observó a lo lejos una mancha gris de humo que sobrevolaba uno de los edificios centrales del pueblo que estaba en esa costa. Sonrió. Lo había conseguido.

En ese instante dos personas salieron corriendo del edificio que se derrumbaba, utilizando las escaleras de emergencia fuera de la enorme y majestuosa construcción.

—¡Maldita cosa!, ¡no me puedo mover! —gritó el que iba detrás de la muchacha, al sujetarse el vestido por la falda y alzarlo para darle alcance.

—¡Te ves divina! —molestó ella que corrió por delante y saltó de un lado a otro con maestría entre las escaleras para llegar lo más pronto posible al suelo… antes de que se quedaran atascados debajo del edificio.

—¡No te vas a librar de esta, Lena! —exclamó detrás de ella su amigo.

—¡Qué querías que hiciera! ¡Es imposible llevar dos vestidos puestos, debías ayudarme con uno! —continuó ella al brincar los casi tres metros que separaban el final de la escalera del suelo. El chico la alcanzó justo en el momento en el que unas sirenas se escucharon cerca. La sujetó del brazo y ambos se miraron preocupados.

—Corre —le dijo él y ella concordó. Se dirigieron hacia el muelle con paso tan veloz que incluso, en el camino, ella se dio cuenta de que estaba a la par con una garza que volaba a su lado. Cuando estuvieron a poca distancia del barco las patrullas que estaban a unos cincuenta metros detrás de ellos, se detuvieron y comenzaron a disparar en su dirección.

—Mierda. —La chica agachó la cabeza más de diez veces tratando de mantenerse con la misma velocidad y sonrió cuando vio que el barco comenzó a moverse. Se sintió tranquila por el hecho de que estuviesen preparados para partir a su llegada. El final del muelle estaba a unos pocos pasos de distancia—. Hay algo que no te he dicho acerca de llevar vestido, Rob —declaró con tono entrecortado por la carrera. A su lado, su amigo sonrió.

—¿Qué cosa?

—Que en el agua es mucho más pesado de lo que es en tierra —y devolviéndole la sonrisa, se tiró al mar primero.

—Demonios —gimió Rob, pero una bala que atravesó su vestido de la parte de la falda justo entre sus piernas, lo hizo temblar; y sin tener otra opción se lanzó en picada como lo había hecho la joven segundos antes.

Dos hombres de la tripulación se lanzaron al mar sujetados de la cintura por unas cuerdas largas mientras los que estaban en la cubierta principal, disparaban hacia los policías que se encontraban en el muelle. Minutos después, las cuerdas comenzaron a moverse hacia arriba con los dos hombres de la tripulación llevando a cuestas a los que lucían dos vestidos por completo arruinados. Al estar a salvo en cubierta la chica, tosiendo, se levantó del suelo a duras penas y se movió los mechones largos y negros azulados que le tapaban los ojos. Miró en todas direcciones y encontró al capitán. Con una enorme sonrisa que cualquiera que modelara para anuncios de pasta dental desearía tener, fervientemente, se acercó corriendo a él con una terrible dificultad y lo abrazó.

—¡Papá! —gritó emocionada al dar pequeños saltitos como una niña de diez.

—Lo lograste, Piruleta —le dijo el hombre al oído mientras le correspondía la sonrisa con emoción y orgullo.

—¡Capitán! —llamó alguien detrás de ellos y ambos se volvieron. La sonrisa se borró de sus rostros cuando observaron a Rob, tendido en el suelo—. No está respirando —explicó el que lo había sacado del agua.

—Mierda —musitó ella y corrió de vuelta con Rob, tardando más de lo que le hubiera gustado, pues la prenda le pesaba horrores—. Hay que quitarle el vestido —casi ordenó al hincarse junto a él y sacó un cuchillo de su bota escondida entre las faldas. Con un ágil y simple movimiento cortó el corpiño a la mitad, de arriba hacia abajo, lo desgarró y apartó la tela hacia los lados—. Rob —llamó y le dio palmaditas en la mejilla derecha. Él no reaccionó.

Sudó frío y pensó lo peor. Con rapidez, se inclinó sobre el cuerpo de él, le elevó la cabeza hacia atrás, apoyó sus manos abiertas en la parte superior de su pecho, una encima de otra, empezó a hacer presiones y contó en su mente hasta llegar al veintinueve; cuando por fin llegó al número correcto, se agachó para acercarse más, tapó sus orificios nasales con el índice y el pulgar para después colocar sus labios contra los de él y compartirle aire. Un movimiento convulsivo la obligó a separarse con las mejillas rojas y Rob comenzó a toser con ímpetu y a sacar toda el agua de los pulmones hacia la madera recién pulida de la cubierta.

Todos aplaudieron emocionados y vitorearon dando palmaditas en el hombro de la chica. Rob la contempló entre los mechones color marrón rojizo que se le habían quedado pegados al rostro por el agua y le sonrió.

—Gracias, Lena. —Ella, con las mejillas sonrojadas se levantó con trabajos y se encogió de hombros para restarle importancia.

—Señorita Elena… qué alegría me da verla a salvo —dijo una voz nerviosa detrás. Elena dio media vuelta sobre las puntas de sus pies y se encontró con un lloroso Perry que la miraba angustiado.

—¡Percibald! —gritó emocionada y se colgó de su cuello. Elena había escuchado por años que los niños ricos tenían nanas o niñeras que los cuidaban desde bebés, les daban atención, cariño y amor. Ella no tenía una nana. Tenía a Percibald—. No llores, ya estoy aquí —le dijo dándole palmaditas en la espalda.

Elena miró a su padre, que detrás de ellos y con las manos en las caderas, ponía los ojos en blanco.

—Perry, deja de llorar —ordenó con fastidio—. Nadie te respetará nunca con esas mañas de princesa que tienes.

—Lo siento, capitán —dijo el hombre delgado y con un bigotín similar a una pelusa.

—No lo fastidies —reprendió Elena a su padre y él le guiñó un ojo para hacerle saber que recibía el regaño con gusto. Rob se paró a su lado y ella lo analizó de arriba abajo—. Demonios —susurró al observar el vestido con atención.

—¿Qué?

—Tu vestido es mucho más mono que el mío. Es una pena que haya tenido que asesinarlo —dijo con voz suave y Rob, con una bella sonrisa, le despeinó el pelo que ya había empezado a secarse.

—Mala suerte, vestido —comentó Rob como si charlara con la prenda desgarrada—. Todo apunta a que me prefiere más que a ti.

Elena sintió que el aire se le atoraba en los pulmones y sus mejillas se ponían coloradas de vuelta. Bart carraspeó, luego unió las palmas y las movió como lo hacen las moscas cuando piensan en un plan maquiavélico para comerse un helado o un flan. Dio un silbido agudo que cortó el aire y todos se callaron.

—Familia… nos hemos hecho de un excelente botín.

Rob sonrió y asintió para concordar con las palabras del capitán. Elena cogió su cuchillo de nuevo cuando todos los miraron absortos, cortó la falda del vestido y dejó ver solo la crinolina, la cual estaba repleta de joyas ensartadas en los pequeños orificios de la tela. Hizo lo mismo con el vestido de Rob y todos, atónitos, se acercaron a ver lo que habían conseguido. Ambos se habían enlistado para ir a una fiesta de disfraces estilo medieval a la cual asistirían personas increíblemente pudientes como acto de beneficio y caridad… acto que resultó ser en beneficio de toda la tripulación del barco. Elena había tenido que disfrazarse dos veces pues había logrado llenar el vestido de joyas antes de lo pensado, así que había utilizado otro más… mismo que había terminado llevando Rob.

21

—Realmente han superado mis expectativas —continuó Bart con una sonrisa y, emocionado, miró las fulgurantes piezas a la luz de la luna.

Elena se quitó el vestido para entregárselo a su padre y se quedó con su ropa cómoda que llevaba abajo, su amigo hizo lo mismo y cuando el capitán alzó ambas prendas en el aire todos aplaudieron y gritaron emocionados.

—¡Festejemos, familia!

Con una mirada de aprobación del capitán todos fueron por sus tarros y se sirvieron cerveza de los barriles que descansaban en la popa. Bart, con un gesto de cabeza, llamó a su hija y ambos se dirigieron a su camarote.

Elena cerró la puerta tras su espalda y caminó en dirección a la salita del camarote de su padre. Se sentó en el sillón de dos plazas y subió las piernas con labios sonrientes.

—Lo hicieron bien, cariño —la felicitó él mientras observaba con una lupa especial la calidad de las joyas.

Ese había sido su primer trabajo y estaba entusiasmada por lo que había logrado. Antes había participado en otras misiones como acompañante, pero esta vez había sido la primera en donde había estado a cargo.

—¿La pasaste bien?

Elena apretó los labios para impedirse decir lo que estaba en su mente… era gracioso que su padre le preguntara si la había pasado bien cometiendo un crimen, cuando ella sabía a la perfección que cualquier padre honorable nunca se regodearía con algo así.

—Bien. Ha sido emocionante.

—¿Te sientes culpable? —preguntó su padre al dejar la lupa a un lado en su escritorio para mirarla fijamente. Elena suspiró.

—Supongo que tengo algunos escrúpulos. ¿Debería deshacerme de ellos? —cuestionó con sorna y su padre rio con tono guasón.

—No, cariño. Me encanta que no seas desalmada como yo.

—No eres desalmado.

—Tengo una reputación, querida. Desgraciadamente una descomunal reputación que construí mucho antes de que llegaras a mi vida. Y sabes por qué decidí aceptar tu petición. Tú no perteneces a esto, Piruleta. Lo sabes mejor que yo. Supongo que ahora que eres la responsable de un atraco como este, puedes identificar que no es lo tuyo.

Elena sonrió delicadamente, se puso de pie y se acercó a su padre. Al llegar a su lado lo estudió con sus hermosos ojos color violeta y le peinó la melena hacia atrás en una muestra de amor.

—Supongo que no me hace sentir del todo bien pero, por otro lado, pensando en qué tipo de personas eran... pues... ya no me siento tan mal. —Le confesó e hizo alusión a lo que habían escuchado hacía meses cuando habían planeado el robo. La mayoría de las personas que habían asistido al evento eran corruptos, ladrones del gobierno que hacían ese evento cada cinco años antes de sus retiros para no quedar mal por todo lo que le robaban al pueblo. Bart le sonrió con cariño y la abrazó de nuevo—. Gracias por permitírmelo.

—Primera y última, lo sabes bien. No dejaré que te conviertas en aquello que odias.

—Yo no te odio —afirmó con una sonrisa.

—Porque no te he robado nada —sonrió él con complicidad.

Bart se giró, cogió una bellísima pulsera de oro y se la alargó. Elena la apresó entre sus dedos y la aceptó emocionada. Se la puso en la muñeca: le iba algo grande, pero estaba bien.

—Esto es para Rob —dijo su padre y le alcanzó un brazalete de plata con rubíes incrustados—. Este botín... —continuó él y ella lo miró fijamente—, quiero que lo disfrutes mientras puedas. Si necesitas algo, no dudes en pedirlo.

—Te amo papá.

—Y yo a ti, Piruleta.

Elena sonrió, salió del camarote de su padre y se encontró con los ojos negros y grandes de Rob, que a un lado de la puerta la esperaba mientras le sacaba filo a un palo de madera para hacer una estaca. Ella lo admiró con una bella sonrisa y le alargó la recompensa. Los ojos se le iluminaron, guardó el cuchillo en su bota y asió el brazalete con rubíes para mirarlo de cerca.

—Es bellísimo —exclamó al observarlo con atención. Elena sonrió y caminó de nuevo hacia la cubierta subiendo los escasos escalones. La brisa salada le pegó en el rostro y sonrió al notar la tranquilidad de todos los hombres dormidos con los tarros de cerveza vacíos en el suelo—. ¿Qué conseguiste tú? —quiso saber interesado Rob. Ella se apoyó contra un poste alto de madera y le mostró la pulsera de oro.

Un sonido agudo la hizo sonreír y se movió para recibir a Antón. Voló ligero, se acercó hasta ellos y se paró sobre su hombro moviendo el pico de un lado a otro para mostrarle la alegría que le daba verla.

—Hola mi príncipe —saludó y acarició el plumaje negro del cuervo que la miraba entusiasmado.

—Hola, hola —respondió acompañado de sonidos guturales e intensos.

—¿Qué hiciste todo el día sin mí? —indagó Elena. El animal se esponjó y aleteó.

—Te eché de menos —respondió con una claridad envidiable. Elena rio emocionada por la confesión del ave.

—¿Has comido?

—No.

—Pobrecito bebé. Ve a buscarte un pez por allí. Te esperaré —anunció. El ave asintió y voló lejos. Elena lo observó por unos minutos más con cansancio acumulado. Sentía que las piernas le temblaban y que si no descansaba pronto, se vería como toda la tripulación en cuestión de minutos.

Rob se acercó y sonrió. Elena maldijo para sus adentros. No terminaba de comprender por qué tenía que verse tan bien. A sus veinte años recién cumplidos era algo muy similar a un Adonis. A ella siempre le había gustado, desde que él le había robado la manzana que había comprado en el mercado a sus cuatro años con las pocas monedas que su padre le había dado. Mala decisión. Después de haber cometido ese acto atroz, toda la tripulación que había acompañado a la niña al mercado, asustada por los berridos de la pequeña, atrapó al chiquillo y lo llevó al barco. Permaneció tras las rejas de la galera del barco por una semana completa, hasta que Bart advirtió que, aunque el niño no parecía quererlo, se había ganado la compañía de su hija quién, sin falta, lo visitaba tanto en las mañanas como en las tardes y en las noches.

Elena estaba encandilada. Cuando el pequeño se enlistó en la tripulación, ella lo seguía a todas partes: lo acompañaba a limpiar la cubierta, lo miraba pescar desde lejos, lo espiaba cuando dormía… en fin, ella estaba sobre él casi todo el tiempo. Hasta el día en el que Rob se cansó de tenerla contra sus talones constantemente. Él tenía doce y ella tenía diez cuando la tragedia de su vida ocurrió. El día en el que por primera vez le habían roto el corazón, cuando lo había descubierto besando a una joven de catorce años en una taberna de uno de los puertos que solían visitar. Luego, Rob le dijo sin miramientos que nunca iba a fijarse en ella porque era una niña pequeña, porque era rara y porque sus ojos violeta lo atemorizaban, algo que ya había escuchado cientos de veces de otras personas en el reino, pero nunca creyó escucharlo de él.

Esa noche, Elena regresó a su camarote y no volvió a salir por una semana. No quiso decir la verdad pues sabía que si su padre se enteraba lo único que provocaría sería una tragedia. Mataría a Rob, sin duda; lo echaría al mar. Ella no quería eso y también entendía que la gente le temiera… todos poseían ojos color negro y ella era la única diferente. Cuando a la semana salió de su habitación no volvió a dirigirle la palabra al niño hasta cuatro años después. Rob se encontraba limpiando la cubierta y ella, sin fijarse, había pasado por donde él acababa de limpiar.

—Lo siento —había dicho en tono de disculpa.

—También yo lo lamento —murmuró sin mirarla. Elena no comprendió al instante a lo que él se refería, hasta que dejó el trapeador contra la madera y la miró con los brazos cruzados—. Siento mucho haberte herido esa noche.

Elena se había quedado totalmente sorprendida por esas palabras.

—Fui un tonto. Te agradezco que no le hayas dicho nada a tu padre… me habría hecho caminar por la tabla.

Hacía pocas semanas que él había cumplido dieciséis y ella pronto cumpliría catorce. Elena pensó que tal vez él estaba madurando y lo único que pudo hacer fue sonreír un poco.

—Seguro que lo habría hecho —dijo al concordar con las palabras de él.

—¿Amigos? —preguntó él; levantó la mano en el aire y esperó que ella la estrechara. Ese día, Elena sintió su corazón latir como ningún otro, miró al suelo y esperó verse derretida como mantequilla sobre la madera, pero no. Todo iba bien.

—Claro —aceptó y sujetó su mano.

Desde ese día habían sido inseparables. Él disfrutaba mucho de su compañía; lo hacía reír con frecuencia porque era muy graciosa. Él le había ayudado a entrenar a Antón y ella le había contado su más oscuro secreto. Para ella, Rob era lo mejor que le había pasado en la vida. Seguía colgada por él en secreto, aunque aparentemente todos lo sabían, incluso él, pero nunca le había dicho nada.

—Gracias por haberme salvado, Lena —agradeció, sacándola de sus pensamientos y ella notó que estaba a menos de diez centímetros de distancia.

Elena masculló un improperio. Había imaginado ese beso por años. Lo había imaginado en diferentes lugares y momentos… jamás pensó que su primer beso sería así. Con él, agonizando entre sus brazos, y ella siendo observada por un montón de hombres. ¡Qué desastre!

Se sonrojó y él sonrió burlón al ver que se sentía descolocada. Elena se aclaró la garganta y miró hacia otro lado.

—No fue tan malo como creí que sería, ¿sabes? —susurró él junto a su rostro y Elena quiso hacerse para atrás, pero percibió que no había más espacio. El palo de madera era todo lo que tenía pegado a su espalda. Le molestó que él estuviese burlándose de ella de ese modo, así que le puso la mano abierta en el pecho, lo alejó y lo contempló con desagrado.

—Sí… bueno, yo me lo imaginaba mucho mejor —contestó, y él comenzó a reír sin permitirle la retirada pues colocó sus manos en su cintura. El corazón de Elena latió alocado y trató de relajarse para tratar de recuperar su ritmo normal de respiración.

—En serio me encantas —dijo él mientras trataba de dejar de reír.

—¡Oh, cállate! —pero él la sujetó de las muñecas y la miró con seriedad.

—No bromeo. En unos días cumplirás dieciocho —recordó y se acercó—, no sé qué voy a hacer, sin poder discutir contigo a diestra y siniestra, sin escuchar tus bromas y tus desates.

Elena sintió un nerviosismo terrible. El pulso se le aceleró de nuevo cuando él observó sus ojos con intensidad.

—Toda la vida creí que eras rara, y al final resultó que, lo que más me agrada de ti, es que lo seas. ¿No hay… no hay una manera de ayudarte?, ¿de eliminar el hechizo? —preguntó en voz suave contra su rostro, sintiendo un cosquilleo en las yemas de los dedos que tocaban la piel de la muchacha.

Elena quiso gritarle la verdad, quiso decírselo, pero no podía. Cerró los ojos. No tenía el valor de pedírselo. Él era tremendamente importante para ella… no quería hacerle daño.

—No la hay —mintió y abrió sus ojos para mirarlo con intensidad. Él sonrió triste y suspiró contra su rostro.

—Tal vez no haya una manera de ayudarte, pero creo que puedo hacer algo que te haría feliz.

Elena parpadeó varias veces, confundida por las palabras de él. Rob se acercó más y pegó su cuerpo al de la chica, que liberó un gemido sin comprender lo que sucedía; él sonrió y trasladó una de sus manos a su mejilla para hacerle alzar el rostro.

—No… no entiendo… —tartamudeó al sentirse desorientada y débil.

—Puedo… —pidió él contra sus labios— besarte como te lo has imaginado.

La de ojos violeta sintió que su estómago estaba revuelto, como si un montón de elefantes estuviera corriendo en una estampida. Las palmas le sudaron y su corazón palpitó mucho más velozmente que antes, si es que eso era posible.

—En verdad me gustas —confesó junto a su oreja y Elena perdió las razones para respirar. Pensó que había escuchado mal… que en ese momento estaba loca o soñaba. No podía estarle pasando eso a ella… no después de tantos años. Abrió la boca para decir algo, pero no encontró nada coherente que pudiese hilar en esa situación. Volvió a cerrarla y él regresó su mirada oscura a la de ella, mientras esperaba que respondiera a sus palabras. Demonios. Las manos le temblaron sobremanera, pero de un instante a otro, todo se fue a la mierda. Porque recordó con cordura lo que él le había dicho. Ella había estado enamorada de él por años, que le habían parecido siglos… y de repente a él se le antojaba que ella le gustaba. No que estaba enamorado, que la quería o… que no podía dejar de soñar con ella o pensar en ella. No. Solo le gustaba. Llano y simple. Una parte de su mente le gritaba que era una estúpida, que por algún lado se empezaba, pero la otra parte de su mente le decía que debía tener un poco de orgullo.

Un poco al menos.

—¿Te... te gusto? —preguntó en voz baja cuando recuperó parte de su consciencia. Él creyó escuchar algo en su tono que lo alertó, porque se alejó y la miró con el ceño fruncido.

—Eso dije —contestó como si tal cosa.

No pudo impedirlo. Los nervios se convirtieron en una explosión de risa con hipidos y todo. Rob la contempló sin tener ni una pista acerca de lo que le sucedía. La conocía bien, más que bien... pero nunca terminaba de comprenderla. Elena le puso la mano en el pecho y lo alejó despacio.

—¿Qué pasa? —preguntó confundido.

—Pasa que... seguro estás esperando que me derrita aquí mismo y te diga que no hay algo más que desee aparte de estar contigo. Seguro esperas que te agradezca que me digas que te gusto. Pues adivina... posiblemente le gusto a todos los que están como una cuba alrededor nuestro —informó con una sonrisa.

—¿De qué diablos...?

—He estado enamorada de ti desde que te conocí. Me he guardado mis sentimientos durante todos estos años para no arruinar la amistad que tenemos, ¿y a ti se te hace fácil venir a decirme que te gusto? No que estás enamorado de mí o que me quieres como las parejas se quieren. No. Sencillamente: te gusto.

Rob se mostró aturdido. Negó con la cabeza pues al parecer no esperaba esa respuesta y Elena resopló irritada, se movió hacia un lado y caminó con dirección a su camarote.

—No. Espera, espera...

—¿Qué, hay algo más que quieras decirme, tan importante como lo que acabas de confesar? —preguntó ella y se cruzó de brazos. Rob se quedó estático en su lugar y trató de pensar en algo que debería decir. Demonios.

—Yo... no... —balbuceó.

—¿Crees que no se me ha antojado besarte desde que tengo mis malditos doce años? No lo hice para no arruinar lo que teníamos.

Rob alzó los brazos tratando de decir algo cuando ella se viró y volvió a caminar en dirección a su alcoba. Corrió detrás de su amiga lo más a prisa que pudo pero, de pronto, Elena se detuvo como si hubiera chocado contra una pared invisible. Rob se forzó a detenerse antes para no chocar contra ella. Elena enfocó la mirada hacia el suelo con semblante pensativo. Rob sudó frío. No. Esa mirada... solo le decía que iba a estar en problemas.

—¿Sabes qué?... ahora que lo pienso, a ti no te importó decirme que te gusto, para besarme y después olvidarte de mí como con todas las anteriores... porque no sientes nada más.

—¿Cuáles todas? —preguntó aún más confundido. Solo había salido con tres chicas en su vida.

—Así... que a mí tampoco me importa.

Y librando el espacio que los separaba, Elena caminó hacia él, brincó, rodeó con sus piernas las caderas de Rob y lo besó. Nunca lo habían besado así. Nunca. Sintió que necesitaba sujetarse de algún lugar firme que pudiera sostenerlo, pero no encontró nada, así que caminó hasta uno de los mástiles, se apoyó contra él y la abrazó por la cintura.

Elena enterró las manos en los mechones de él y los haló un poco hacia atrás, sintiendo su delicado tacto. Había tocado antes su cabello, pero no se había sentido para nada como se sentía justo en ese instante. Rob se giró con ella, la apoyó en el mástil, la sujetó con un brazo y con la otra mano, acarició una de sus piernas que estaba aferrada a él.

Casi ronroneó como un gatito cuando ella introdujo su lengua en su boca y sintió que su corazón latía desbocado.

Había sido un estúpido por no haberse dado cuenta antes de lo que sentía. Elena mordió su labio inferior, le rodeó con los brazos el cuello y lo atrajo de nuevo hacia su cuerpo cuando él estaba a punto de alejarse para tomar aire, respirar y no desmayarse por el bombeo veloz de su corazón. Tan rápido como había iniciado, todo terminó. Elena bajó las piernas al suelo, se estabilizó, recuperó el equilibrio y el dominio de su cuerpo, y se separó de él. Rob la miró sorprendido mientras apoyaba una de sus manos en el mástil a un lado de la cabeza de su amiga. La respiración agitada le hizo sentir un bochorno terrible. Ella se lamió el labio inferior y él se inclinó con la intención de volver a besarla, pero Elena lo detuvo con una mano en el pecho.

—Tienes razón… no estuvo mal, pero creo que era mejor en mi mente —le largó esas palabras con mirada inocente. Rob abrió la boca sin poder controlar su quijada, en una muestra de sorpresa. La chica le dio unas palmaditas en el hombro, con expresión condescendiente—. Buenas noches —se despidió antes de salir del pequeño espacio entre él y el mástil; se llevó una mano al labio inferior, apretó y silbó hasta que Antón llegó a ella, se paró sobre su hombro y Elena caminó directo a su camarote, dejándolo a él… a la deriva.

Un mapa robado

—Soy una estúpida —se lamentó al cerrar la puerta de su habitación y se apoyó contra la madera mientras trataba de controlar su respiración.

—No… estúpida —dijo Antón que voló para posarse sobre la cabecera de la cama. Elena lo miró sin poderse creer ni media palabra; se acercó al colchón y se dejó caer en él.

—¿Cómo se me ocurrió hacer algo así?, ¿qué demonios pasa conmigo? —murmuró contra las sábanas haciendo que el sonido saliera graciosamente.

Se acostó boca arriba para encarar el techo, se percató del ligero vaivén de la nave y resopló largo y tendido. Algo en su pecho se había desprendido; no supo qué fue, solo sabía que, aunque le había gustado, debía admitir que no había sido como ella lo imaginó. Tal vez porque se sentía como si lo hubiera forzado, casi como si se hubiera aprovechado de él y lo peor era que la realidad se cernía sobre ella como una nube gris llena de agua: él nunca iba a quererla como ella lo había querido.

Una lágrima se escapó de su ojo derecho, se deslizó por su sien y se quedó atrapada en su oreja. Odiaba su mala suerte. Seguro que Rob no volvería a dirigirle la palabra ni en mil años. Juró para sus adentros una y otra vez, hasta que los sonidos guturales de Antón la apremiaron a girarse para mirarlo. Estaba encima de su tocador picoteando algo. Ella se acercó y se sentó en la silla frente al mueble. Los ojos se le llenaron de lágrimas de nuevo; apresó entre sus manos el collar con la canica de cristal color morado traslúcido que se había quitado esa misma mañana y volvió a colocársela en el cuello.

—Me quedan muy pocos días, Antón. Pronto no tendrás con quién charlar —quiso bromear mientras acariciaba el plumaje del ave que la picoteaba ligeramente con cariño.

—Yo sabré —le contestó el ave y ella sonrió. Sabía que podía contar con él.

Suspiró y se contempló al espejo. Después de cumplir sus dieciocho años no iba a poder pronunciar una sola palabra más. Tendría que permanecer callada por siempre… si no lo hacía, perdería años de su vida. Gimió en gesto de cansancio. Al menos le había dicho a Rob lo que quería decirle desde hacía años. Eso le daba tranquilidad. Se levantó de la silla y caminó hacia la cama; sin embargo, repentinamente se mareó y cayó al suelo. Antón aleteó alrededor de ella.

—¿Elena, bien? —preguntó al posarse sobre la cama, pero ella no contestó. La cabeza le dolía horrores y desplazó los dedos a las sienes para apretar la zona adolorida.

Una imagen se abrió paso en su mente y se hizo más y más grande cada vez.

—¿Qué diablos…? —murmuró con un gemido y apretó su cabeza al ver lo que sucedía en su mente.

Era un castillo. Había un castillo dentro de su cabeza; inmenso… colosal y en verdad tenebroso. Parecía estar en una isla, una isla demasiado pequeña, casi sin vegetación. El castillo de color negro se veía como si estuviera en ruinas, pero algo le dijo que estaba equivocada. De repente la imagen se borró de su mente y se quedó en blanco. Elena liberó una enorme bocanada de aire e intentó después respirar con tranquilidad. Se sentía débil y sus piernas ya no le respondían. Se acostó en el suelo agotada y segundos después se quedó dormida.

A la mañana siguiente, cuando abrió los ojos, Perry estaba junto a ella; sostenía su cabeza sobre sus piernas, le daba aire y la llamaba. Elena pestañeó varias veces cuando la luz del sol le caló en los ojos.

—Querida, ¿estás bien? —preguntó Perry, inquieto. Ella trató de incorporarse.

—Solo algo mareada.

—¿Te caíste de la cama? —quiso saber el contramaestre de su padre, con la mirada puesta en el suelo y la cama, sin estar muy seguro de cómo había llegado ella allí.

—No. Quiero decir… no lo sé, tal vez… no recuerdo bien qué fue lo que sucedió. Ya puedes dejar de abanicarme. Me siento mejor.

Perry la ayudó a incorporarse. Cuando estuvo en pie se tambaleó un poco pero él la sostuvo por la cintura y del brazo.

—No comiste bien ayer. Vamos, te haré un desayuno delicioso.

Ambos salieron del camarote y tardaron pocos minutos en llegar a la cocina. Al entrar por la puerta se encontraron con varios marineros de la tripulación que saludaron con una acción de cabeza. Rob estaba allí, pero ni siquiera se dignó a verla.

—Siéntate aquí. Pronto lo tendré listo —murmuró Perry a su lado y Elena asintió despacio mientras se llevaba una mano a la cabeza, tratando de averiguar si el dolor que sentía era por lo que había sucedido la noche pasada o por la falta de alimento como aseguraba su niñero. Alguien se sentó a su lado y ella supo al instante de quién se trataba.

—Necesitamos hablar.

—Rob… en serio, has tenido millones de oportunidades para hablar conmigo, por años… ¿y tienes que venir a molestarme justo hoy que siento que la cabeza me va a explotar? —preguntó fastidiada, sin abrir los ojos. Rob hizo un sonido gutural que denotó su fastidio, pero luego, se mostró consciente del genuino dolor de la chica y se inclinó a su lado.

—¿Qué te sucedió?

—Tuve una… visión, si es que se le puede llamar así.

—¿Una visión?

—Sí. Vi un castillo en una isla.

—¿Un castillo en una isla? —Rob hizo memoria y se alzó de hombros—. Nunca he escuchado acerca de ningún castillo que estuviera en una isla. Arrasaron con todos hace más de cien años por las guerras.

Elena suspiró cansada, tal vez solo había sido su imaginación. Perry llegó y miró mal a Rob mientras dejaba el plato con unos huevos estrellados frente a ella.

—No se siente bien, no la estés atosigando desde tan temprano —recriminó y Rob sonrió entretenido ante el comportamiento de Perry.

—No seas una espina en el culo, Perry. Sé que eres bueno en eso, pero deseo hablar con ella de algo importante.

Perry no se sintió ofendido y, con un gesto lo apremió a hacerse a un lado para sentarse en medio. Rob accedió y se movió hacia la derecha. Elena sintió que el estómago se le revolvía al ver los huevos en el plato y, con un movimiento suave, los alejó asqueada.

—Creo que no tengo hambre —declaró y tanto Perry como Rob la miraron consternados. Ella normalmente tenía buen apetito. El más joven sintió que se le saltaba un latido… pensando que tal vez… todo eso era parte de lo que vendría en unos días. Perry masajeó los hombros de Elena.

—Querida, tienes que comer. Es necesario.

—Gracias, pero no tengo hambre, Percibald —cuando Elena le llamaba por su nombre, solo podía significar que hablaba en serio y que no tenía ganas de discutir.

Perry miró a Rob y él se encogió de hombros para darle a entender que no sabía qué le sucedía.

—¿A dónde nos estamos dirigiendo? —preguntó uno de los marineros que estaba sentado en la mesa contigua.

—No lo sé; el capitán fijó ruta nueva hoy en la madrugada —le contestó Perry sin dejar de mirar a Elena.

—Espero que nos lleve a algún lugar que tenga un montón de tesoros. Tengo bastantes ganas de encontrar algo increíble —volvió a comentar el mismo marinero. Rob sonrió. Pensaba de igual modo. Uno de los hombres que estaba sentado con los marineros dijo:

—No lo pongas en duda. El capitán es increíble ubicándose. Conoce de todo, no necesita ningún mapa para saber a dónde debe ir.

Elena trató de ordenar sus ideas y se puso de pie repentinamente. Perry y Rob la miraron perplejos.

—Eso es lo que necesito —murmuró mirando a la nada y saltó para salir de entre la mesa y el banco y corrió para dirigirse al camarote de Bart. Al llegar abrió la puerta sin tocar y se encontró a su padre sentado en uno de los silloncitos, tejiendo. Bart guardó la bufanda y las agujas largas debajo de un cojín y se giró para ver de quién se trataba. Suspiró aliviado al ver que era Elena y ella lo miró burlona. Su padre usaba aquel pasatiempo cuando se sentía estresado.

—No tiene nada de malo. Haces cosas peores que tejer, papá —dijo en un susurro; cerró la puerta tras su espalda y se acercó para sentarse frente a él.

—Me has sacado un buen susto, Piruleta. ¿Qué pasa?... Te ves pálida —dijo él acercándose para tomarla de la mejilla. Elena

36

negó con la cabeza como si aquello no representase nada importante.

—Papá… ayer por la noche, algo raro me pasó.

—¿Qué cosa?, ¿se activó el maleficio? —preguntó mortificado.

—No, no se trata de eso. Una imagen llegó a mi mente. No sé… pensé que tal vez podías ayudarme con ella.

—Cuéntamelo, Piruleta.

—Era un castillo en una isla. Rob dice que no ha escuchado nunca de castillos que estén en islas. Lo extraño es que parecía estar abandonado, casi en ruinas, pero no estoy segura… y lo que me llamó más la atención es que estaba en una isla realmente pequeña. ¿Sabes algo de eso? —quiso saber ella y retorció los dedos en actitud nerviosa.

Bart negó casi en el acto. Elena resopló apesadumbrada. Pero segundos después él se puso de pie y caminó rápidamente a su cómoda, en donde tenía un montón de libros empolvados. Sacó uno y lo depositó sobre el escritorio. Lo abrió y un terrible trueno los hizo encogerse de hombros. Bart frunció el ceño al ver que el cielo se oscurecía, en seguida se volvió hacia ella.

—Ven, cariño.

Elena se paró y caminó hasta el escritorio para observar lo que había adentro del libro. Estaba lleno de mapas.

—Una vez escuché algo de un castillo como el que dices, pero no estoy seguro de que sea el que viste —declaró él y buscó una página en específico. Elena se sentó encima del escritorio y esperó con paciencia hasta que Bart se detuvo en una de las páginas y la estudió por milésimas de segundo antes de que ambos volvieran la cabeza, alterados por los repentinos sonidos de la cubierta que advertían terribles tiempos. Apresurados, salieron del camarote y corrieron hacia arriba. El barco se movía de un lado a otro con tanta fuerza que varios hombres de la tripulación estuvieron a punto de caer por la borda. Rob llegó a ella en cuanto se dio cuenta de su presencia. Traía un impermeable negro y apuntó al camarote del capitán.

—Regresa, nosotros nos encargaremos de esto —le dijo y la sujetó de la mano. Elena tenía la clara intención de responder afirmativamente, cuando un movimiento repentino y brusco los hizo caer hacia babor en el instante en el que una descomunal ola golpeó un costado del barco y parte de la cubierta se llenó de agua. Todos estaban empapados, corrían de un lado a otro y trataban de mantener al barco en posición.

—¡Llévala adentro! —gritó Bart a Rob, señalándola. El aludido aceptó la orden, se puso de pie y le alargó la mano.

—Me he lastimado la rodilla al caer —dijo Elena mientras se sobaba la articulación. Rob se inclinó y la cargó con cuidado con un brazo, tratando de mantenerse firme para poder caminar, cosa que era muy complicado por el movimiento del barco.

—Esto está peor que una montaña rusa —comentó su amigo y se aguantó la risa mientras se apoyaba en un barril.

—Y mucho menos divertido —advirtió ella al sujetarse a su cuello. Cuando entraron de nuevo a la zona de los camarotes, él la dejó en el suelo.

—¿Ya estás mejor? —preguntó y le peinó el cabello mojado para atrás, con la intención de poder ver su rostro.

—Sí. Ve a ayudar. Me pondré algo en la rodilla.

Rob asintió y regresó deprisa a cubierta. Elena se giró con la intención de ir a su camarote pero, por alguna razón, decidió regresar al de su padre. Al entrar con una marcada cojera, se acercó al libro, con una clara incomprensión, y repasó en su mente la página que había visto antes y que al parecer… ya no estaba allí. Elena pasó sus delicados dedos por la parte en donde se unían las hojas y se dio cuenta de que alguien había arrancado el mapa.

—¿Qué diablos…?

Nada de eso tenía sentido. De pronto, el barco dejó de oscilar con tanto ímpetu y se estabilizó escandalosamente rápido. El cielo se despejó y el sol volvió a verse con claridad, algo que consideró en extremo inusual. Elena ojeó hacia la puerta y se dijo que si su padre observaba el libro sin la hoja, pensaría que la había arrancado. Maldijo en voz baja, cerró el libro y lo volvió a meter en su lugar cuando Bart entraba por la puerta muerto de frío y con la intención de cambiarse de ropa. Elena le sonrió.

—Rob me dijo que te habías lastimado, ¿estás bien?

—Bien. Yo… guardé tu libro; lo miré con atención y creo que no era lo que buscaba.

Bart se encogió de hombros como si aquello fuese irrelevante.

—Te dejo para que puedas cambiarte —añadió ella y caminó hacia la puerta con paso cuidadoso.

—¿No dijiste que ibas a ir a atenderte el golpe? —preguntó la voz de Rob detrás de ella al cerrar la puerta. Elena apretó los labios.

—Iba a hacerlo, pero recordé que había olvidado algo adentro —explicó evasivamente y caminó con dirección a su camarote, cojeando solo un poco. Él la siguió mientras se quitaba el impermeable y lo sacudía para sacarle el agua.

—¿Qué cosa? —cuestionó curioso.

—Nada que sea de tu incumbencia —respondió de malhumor al llegar a su puerta.

—No me hables de ese modo —reprendió él, sereno, y se cruzó de brazos. Elena se movió para enfrentarlo.

—¿De qué modo?

—Con ese tonito golpeado que te gusta usar cuando algo te saca de quicio. No me hables así. Las parejas deben llevarse bien.

Elena no supo si él se burlaba de ella o si hablaba en serio; pero igual no pudo evitar abrir y cerrar la boca varias veces sin que nada saliera por ella. A Rob, claramente, eso le hizo gracia y se sacudió los mechones para quitarse el agua.

—¿Pero de qué diantres estás hablando? —susurró y ojeó hacia todos lados, para cerciorarse de que nadie lo hubiese escuchado.

—Tomando en cuenta tu despedida tan afectuosa de ayer por la noche, he creído que deberíamos hablar sobre nosotros. Ya sabes… tratar de llevar las cosas con seriedad.

—¿Con seriedad?

—Sí. Hablo de formalizar todo esto.

—¿Formalizar? —preguntó y él confirmó.

—No quiero que creas que estoy jugando contigo.

—¿No estás jugando conmigo?

Elena quiso pellizcarse al darse cuenta de que había estado repitiendo todo lo que él decía. Rob sonrió con guasa.

—¿Qué te pasa, Lena? Normalmente eres mucho más elocuente.

—Yo… yo no… no tengo…

Él alzó las cejas desconcertado ante su falta de habla. Sin dejar de sonreír se acercó y Elena pegó la espalda a la puerta al sentir que se le aceleraba la respiración.

—Debo… debo entrar —dijo finalmente y él se sintió fuera de lugar sin comprender por qué lo evadía. Supuso que tal vez ella estaba demasiado emocionada y la sola idea le hizo sentir un cosquilleo en el pecho.

—Te dejaré para que lo pienses. —Rob le sonrió de nuevo, le guiñó un ojo y se alejó por el pasillo sin mirar hacia atrás. Elena entró a la habitación y miró hacia la cama en donde estaba Antón regresándole la misma mirada confundida.

—¿Qué demonios se supone que debo pensar? —se cuestionó a sí misma. Se cubrió con las palmas el rostro y ahogó un quejido. Con paso cansino se acercó a la cama y Antón se paró en su hombro—. Fue una mala idea no haber desayunado. Muero de hambre.

—Perry, cocina —recordó el ave al picotearla cariñosamente en la mejilla. Elena sonrió y se sentó en la cama. Algo crujió. Frunció el ceño. Se levantó, tocó con la mano la bolsa de atrás de su pantalón y notó que había algo, así que metió la mano y sacó una hoja.

—¿Qué es esto? —se preguntó mientras la desdoblaba. Cuando por fin observó de lo que se trataba, la dejó caer al suelo, mientras mantenía los ojos abiertos como platos. Era la hoja del libro de su padre. La hoja que alguien había arrancado y que decididamente no había sido ella. Antón voló hacia la hoja en el suelo, la sostuvo con el pico y se la regresó. Elena tuvo que tomarla de nuevo entre sus dedos y su corazón se detuvo. No podía ser. Ella no había arrancado esa hoja… estaba segura, a menos que fuera cleptómana; pero tenía la certeza de que no lo era.

Pez volador

A la mañana siguiente Elena continuaba sin saber cómo demonios había llegado la hoja a su bolsillo. Una sensación de desasosiego se movía por todo su cuerpo cada vez que observaba el mapa. Estaba lleno de pequeñas cruces en diferentes lugares, sin coordenadas ni letras. Nada. El mapa parecía estar elaborado con elementos inservibles a su ver. En la parte de debajo de la hoja había algo escrito con caligrafía muy pequeña, casi no se veía y además parecía estar escrito en otro idioma. No podía pedirle a su padre que le ayudara, porque estaba segura de que la retaría por haber arrancado la hoja y si le decía a Perry… bueno, en primer lugar, la echaría de cabeza y en segundo lugar, tampoco es que fuera tan ubicado. El único que quedaba era Rob, pero de igual forma no era una opción viable. La noche anterior él había querido hablar con ella más de cinco veces y ella, simplemente, lo había ignorado o evadido.

Se levantó de su cama, se dio una ducha, se cambió de ropa y cuando estuvo lista salió a desayunar… o al menos eso fue lo que trató, porque al dar dos pasos fuera de su habitación, una voz la forzó a detenerse:

—¿No vas a darme una respuesta?

Elena trasladó una mano a la frente antes de volverse. Cuando lo hizo no le pasó desapercibido que su amigo estaba a unos metros de su puerta, apoyado de lado contra la madera, con los brazos cruzados y la contemplaba con semblante de clara confusión.

—¿Una respuesta?

—Sí, eso he preguntado. No te pongas a repetir todo como ayer. Solo dame un sí o un no, para continuar con mi vida.

Elena sonrió y se cruzó de brazos como él.

—Lo siento pero… ¿cuál era la pregunta?

Rob negó con la cabeza al sonreír y se acercó. Elena no se movió ni un ápice.

—La pregunta estaba relacionada con el hecho de que me gustaría que formalizáramos lo nuestro.

—¡Ah!, ¡sí!, ya la recuerdo. Esa pregunta tan romántica por la que había esperado por años —concordó ella mientras asentía y lo señalaba con el índice. Rob no se sintió ofendido y se rio ligeramente—. Te luciste —continuó y se lo dijo como si fuera un secreto.

—No te burles de mí —le dijo él riendo y le jaló de la coleta.

—No seas bestia —comentó Elena al apartarle la mano—. No estoy de humor para responder ahora.

—¿No estás de humor para responderme? —cuestionó sorprendido y ella asintió despacio.

—Te tardaste siglos en interesarte, lo mínimo que puedes hacer es esperar unos días. No te pongas intenso con eso, hay demasiadas cosas que tengo que pensar porque, a diferencia de ti, no suelo actuar sin hacerlo.

—¿Qué están haciendo tan temprano? —preguntó la voz de Perry, quien sacó la cabeza despeinada por la rendija de la puerta de su camarote. Elena se sonrojó y Rob lo saludó despreocupadamente con la mano.

—Estamos discutiendo un tema importante.

—¿Un tema de qué? —cuestionó de nuevo el contramaestre con el ceño fruncido.

—No quiere casarse conmigo —dijo Rob con fingida tristeza y Elena abrió la boca sorprendida.

—¿Casarme?

—Bien por ti —comentó Perry y levantó el pulgar hacia la chica que los miró a ambos agobiada.

—¿De qué lado estás? —preguntó Rob incrédulo, al retirarse un mechón que le resbalaba por la frente.

—Del de ella —luego, mirando a Elena con el ceño fruncido, agregó—: ¿Por qué no quieres casarte con él?

—¿Casarme? —repitió de nuevo y Rob alzó las cejas sorprendido.

—¿Estás fingiendo que estás sorprendida?

—No, Rob. No estoy fingiendo que estoy sorprendida. Estoy sorprendida.

—¿De qué creías que he estado hablando? —preguntó con una sonrisa traviesa y acarició la mejilla femenina. Elena se movió y le apartó la mano de nuevo.

—De noviazgo. No pensé que estuvieras hablando de… formalizar, formalizar. Tengo dieciocho, bien… casi. No me puedo casar ahora —sustentó como si creyera estar entre lunáticos.

—Obviamente no me refería a ahora, Lena. No te alteres —comentó encogiéndose de hombros para quitarle relevancia—. En un año o dos…

—En un año o dos aún seré demasiado joven para casarme —dijo áspera.

—¿Quién se va a casar? —preguntó su padre al salir de su camarote y Rob sonrió entretenido por el azoramiento de su amiga.

—¡Nadie! —exclamó Elena y se retiró del pasillo con dirección a la cocina. Bart observó a Perry que se encogió de hombros y a Rob que lo saludó con la mano en la frente y en seguida siguió a Elena.

Antón, que había salido de su camarote desde que los primeros rayos de sol se habían asomado, voló hasta ella y entró sobre su hombro a la cocina, saludando a todos con su voz gangosa y aguda característica. Elena se sentó en una mesa y ordenó unos huevos revueltos. Como sus pensamientos. Le iban bien. Rob entró y ella deseó que se sentara lejos. No necesitó decírselo, porque él parecía leerle la mente todo el tiempo. Desde que habían decidido ser amigos lo hacían. Tenían buen tino para saber lo que el otro pensaba o deseaba. Él se sentó con otros tres hombres de la tripulación que animados bebían jugo mientras ella esperaba sus huevos dándoles la espalda.

Desayunó deprisa después de que el cocinero dejó el plato en frente de ella, salió de la cocina y se quedó en cubierta para fregar la madera. Eso siempre la relajaba.

—Creo que alguien se levantó con el pie equivocado hoy —canturreó su padre sentado sobre uno de los barriles cercanos al mástil principal. Antón se rio por la broma y Elena le dio una mirada escéptica al ave que la contempló con precaución y voló lejos de su hombro—. ¿Qué te pasa, Piruleta?

—Nada —aseguró y fregó con más fuerza de la normal.

—Oye, calmada, me desgastarás la cubierta. ¿Sucedió algo con el amor de tu vida?

—Papá —Elena dejó el trapeador adentro de la cubeta y se acercó a él—, no es gracioso —se lamentó al llegar a su lado y apoyó la espalda contra el mástil. Bart se sintió incómodo. La verdad era que nunca había hablado con ella de esos temas.

—Cariño… ¿tienes idea de cómo llega un bebé? —preguntó con un tono agudo que reflejaba lo apenado que se sentía por hablar de ello. Elena sonrió con guasa.

—¿Lo trae una mujer rubia, en una balsa pequeña desde el mar del oeste, cuando tienes diecinueve?

Bart rio entretenido y negó con la cabeza.

—Sabes a qué me refiero. Nuestra historia no entra en la mayoría.

—Sé a lo que te refieres papá.

—Escuché… Bien, no sé si escuché correctamente pero, ¿hablaban de matrimonio? —preguntó sin dejar de jugar con su cuchillo.

—Él hablaba de matrimonio, yo hablaba de que está completamente loco.

Bart sonrió y continuó sin mirarla.

—Pensé que si algo como eso sucedía algún día, tendría que recogerte del suelo luego de que te hubiera dado un ataque al corazón —susurró su padre a su lado.

—También yo creí lo mismo… pero nada ha sucedido como me lo he imaginado. Lo que me hace pensar que la imaginación es una porquería.

—Muy pocas veces en la vida las cosas salen como uno las imagina o las planea, Piruleta. Yo diría… que a veces, aunque es muy diferente a lo que se planea, la realidad es mucho mejor que lo que uno se imagina. La realidad está llena de sorpresas. La imaginación no.

—Es solo que… creí que sería diferente. Me da algo de rabia que yo haya estado sufriendo por años en silencio y que ahora él quiera la cosa fácil.

—Querida, los hombres no solemos pensar las cosas con la profundidad con la que ustedes las piensan. No lo hace por maldad, ni para hacerte sentir que todo este tiempo y sufrimiento fue en vano. Además, si quieres saber, creo que él ha estado enamorado de ti desde hace algún tiempo, pero no se había dado cuenta.

—¿Me estás alentando a aceptar su propuesta? —preguntó y lo miró fijamente. Bart se bajó del barril y caminó hasta apoyarse en el barandal de madera. Elena lo siguió con paso inseguro.

—Quizá —murmuró cuando su hija llegó a su lado.

—¿Por qué? —luego de que pensó lo peor, preguntó—: ¿Es por el maleficio?, ¿crees que debo asegurarme un futuro que tal vez no logre conseguir después?

Su voz había sonado temblorosa aunque ella no había tenido la intención de que saliera de ese modo. Se aclaró la garganta y Bart se quedó mirando el mar.

—No. Lo hago porque creo que es lo que deseas. Pero no lo sé. ¿Es lo que deseas? Todo apunta a que la vida de Rob está en el mar… pero tú… aún no puedo descifrarte —dijo al volverse un poco para mirarla.

—Tampoco lo sé —aceptó. Bart sonrió y se enfocó de nuevo en el mar. Minutos después, un montón de peces voladores golondrina pasaron a los lados del barco y Elena se inclinó para verlos con atención—. Son hermosos.

—Lo son —secundó él a su lado sonriendo—. Me recuerdan a ti.

Elena arrugó la frente en un indicio de interrogante y él se pasó una mano por el cabello que se le despeinaba por el viento.

—Me recuerdan a ti cada vez que los veo porque parece que perteneces al mar, como yo, Perry o Rob, pero a la vez… siento que deseas volar lejos. Esto del compromiso es igual de mortal para ti que para ellos. Debes decidir con sabiduría, cariño.

—¿Mortal?, ¿a qué te refieres con eso?

—¿Sabes lo que pasa cuando estos peces desovan? —preguntó al señalarlos con una breve sonrisa y Elena negó.

—Nunca me lo dijiste.

—Bien pues, ellos no pueden dejar sus huevos en cualquier lugar, deben dejarlos en una superficie sólida que les permita crecer lejos del peligro. Normalmente lo hacen en hojas de palma que han sido arrastradas por el aire o la corriente —explicó y ella asintió siguiéndolo con la mirada—. Muy pocos son los valientes que comienzan, pero cuando empiezan algunos, los demás se motivan por el ejemplo.

—¿Por qué les da tanto trabajo decidirse?

—Lo que pasa es que son muy indecisos, como tú —le dijo y Elena chasqueó la lengua sin creerse media palabra—. No... bien, no es esa la razón. Verás, resulta que cuando la hoja de palma se va llenando de huevos, con ellos viene una sustancia pegajosa que los ayuda a mantenerse en la hoja. Son cientos de peces que desovan, así que la cantidad de huevos y del líquido pegajoso es inmensa, por lo que, desgraciadamente, muchos de los peces se quedan atascados entre la sustancia y la hoja, que cada vez se va haciendo más pesada y termina hundiéndose hasta el fondo del mar; quienes se quedan atrapados, mueren.

—¿Sientes que te sucedió eso cuando me trajeron aquí? —preguntó ella, y lo miró sin aplicarlo a su propia situación. Bart la miró con el ceño fruncido.

—Jamás. Quiero decir, para mí fue algo muy inusual, incluso llegué a pensar que estaba viviendo un sueño de lo más terrible, pero nunca me sentí atrapado. Era joven, pero siempre había estado solo; sabes que mis padres murieron cuando era un niño. Sentía que me faltaba algo... hasta que te tuve conmigo, en mis brazos. Lo demás ya no me importó.

—Y tuviste ayuda —agregó con una sonrisa y Bart asintió.

—Y tuve ayuda. Toda la tripulación moría de encanto al tenerte con nosotros. Pero no estaba hablando de mí. Hay muchas personas Elena, que cuando deciden tener familia no se sienten atrapadas, pero hay otras que sí lo sienten, y para cuando se dan cuenta... ya es muy tarde, porque es difícil encontrar una salida. No sé a cuál de esos dos grupos perteneces, pero, ciertamente, no quisiera verte atrapada en algo que no deseas.

—¿Y qué si es el amor de mi vida? —preguntó en un murmullo. Bart le pasó un brazo por los hombros y la apretó contra su cuerpo.

—Princesa mía, ¿crees que si en verdad lo fuera estarías dudándolo tanto? —Elena suspiró y apoyó la cabeza en el hombro de su padre.

—Tal vez todos estos años de amistad me han arruinado el amor platónico —se quejó con voz triste. Bart rio con ganas y negó con la cabeza.

—Quizá. Pero no te apresures. Tal vez Rob no ha hecho las cosas como tú lo has querido, es un poco…

—¿Bestia?

—Se podría decir que sí, pero es un buen chico. Me sentiría tranquilo de que estuvieras con él si algo llega a sucederme; pero solo si es lo que quieres. Tómate tu tiempo para pensarlo.

—Lo haré —dijo y afirmó con un movimiento de cabeza.

—Por cierto —comentó su padre al alejarse para observarla con atención.

—¿Qué sucede?

—Ayer fuiste a mi camarote… me he preocupado porque no logro recordar a qué fuiste. Lo de la tormenta pasó casi inmediatamente después y tal vez toda mi atención se desvió a eso.

Elena lo contempló sin poder creerlo. Su padre siempre se había caracterizado por poseer una excelente memoria. Eso estaba raro y era más que obvio que no estaba sufriendo un estado prematuro de Alzheimer.

—¿No recuerdas qué fue lo que te pregunté?

Bart negó con la cabeza.

—¿Era algo importante? —quiso saber en lo que peinaba el cabello lacio de su hija con las yemas de sus dedos. Elena negó.

—No. No era nada —declaró sin mirarlo a los ojos—. No era nada.

—Les traje unos refrigerios —exclamó Perry desde unos metros atrás. Elena se giró y lo saludó con la mano—. Me he robado estos pasteles de la cocina.

—Tiburón te matará cuando se entere —le dijo el capitán con una sonrisa al referirse al cocinero mientras tomaba uno entre sus manos. Perry se encogió de hombros.

—Vale la pena el robo —comentó y le dio a la niña de sus ojos uno lleno de crema y fresas.

Los pasteles de Tiburón eran los mejores. Elena había comido postres en los puertos en los que se detenían por comida y herramientas, y jamás ninguno había logrado gustarle tanto como los del cocinero; pero a Tiburón nunca le había apetecido admitir que le gustaba la repostería, así que lo hacía en sus horas libres y en secreto, justo como su padre con el tejido. Elena se llevó a la boca el pastel y sonrió cuando tragó el primer bocado. Siempre había imaginado que si alguna vez probaba una nube... sabría así de bien.

—Piratas envidiosos —dijo una voz a sus espaldas.

Todos se giraron con los ojos bien abiertos y los labios llenos de crema, que claramente, los culpaba del crimen. Rob se acercó casi brincando hasta ellos con una amistosa sonrisa, que se esfumó al ver que la bandeja de postres estaba vacía.

—¿No pensaste en mí? —acusó él al contramaestre y el del bigotillo se encogió de hombros.

—Ten la mitad del mío —dijo Elena que se estiró y le alcanzó el trozo que había cortado. Perry no estuvo de acuerdo pero se tragó sus palabras.

—Gracias. Eres la mejor —contestó guiñándole un ojo y todos sonrieron divertidos cuando Rob se embarró de crema también.

Elena miró a sus tres hombres favoritos y sintió que no había nada más que pudiese desear. ¿Qué podría querer ella además de estar por siempre al lado de esas tres personas que formaban toda su vida? Nada, se dijo mientras mordía de nuevo el pastel; pero el viento susurró algo en su oído: "No puedes desear algo más hasta que no lo conoces."

Sable de mango rojo

Después de los postres Rob y ella practicaron tiro toda la tarde como acostumbraban hacer. Si había algo en lo que Elena era mejor que él, era en eso. Tenía una pistola que su padre le había obsequiado, que era vieja y solo tenía espacio para una bala, pero a ella le encantaba usarla; era ligera y pequeña, así que le parecía que no le apetecería cambiarla nunca. Ambos solían pasar horas practicando tiro, uno lanzaba un pedazo de madera al aire y el otro debía balearlo en pleno vuelo; se calificaban por puntos, y cuando daban en el centro de la pieza de madera ganaban más puntos. Esa tarde ganó ella, como todas las demás desde hacía más de tres años.

Al esconderse el sol, ambos dejaron la práctica por la paz y se sentaron en la borda. Rob no volvió a mencionar nada acerca de formalizar la relación y ella se sintió mucho más tranquila. De vez en cuando la tomaba de la mano o le lanzaba miradas pícaras que ella correspondía. Le gustaba estar así con él, sentir que por primera vez en muchos años, no tenía que esconder lo que sentía.

—Es hora de dormir —comentó él después de que ambos habían estado callados con la mirada perdida en el mar, que se había tornado oscuro por la falta de luz. Elena asintió y sin prever sus acciones, terminó sobre la espalda del muchacho, anclada a su cuello—. ¿Recuerdas cómo solía llevarte a cuestas? —preguntó divertido, mientras ella afianzaba las piernas a sus caderas y sonreía.

—Lo recuerdo. A veces creo que abusaba de ti. Me encantaba que me llevaras cargada a todos lados. Siempre fuiste alto y fuerte… creía que nunca ibas a cansarte —recordó riendo.

—Nunca lo he hecho. Es solo que dejaste de pedírmelo y yo no insistí porque no quería que te sintieras avergonzada.

Elena olió su cabello. Él olía delicioso todo el tiempo. A pesar de ser un chico rudo, le daba un tiempo largo a su aseo personal, a diferencia de la mayoría de los hombres de la tripulación. Siempre se fijaba en su apariencia física, en especial cuando paraban a comprar cosas en los puertos de las costas. Ella sabía que lo hacía para atraer las atenciones de las mujeres, pero él nunca lo había admitido, aunque siempre conseguía tener a todas las jóvenes detrás de sus zapatos.

—¿Cambiaste de shampoo? —quiso saber y él rio de buen humor—. ¿Qué se te hace tan gracioso? —preguntó ella con el ceño fruncido. Él sonrió.

—No tenía idea de que estuvieras tan colgada por mí… es decir, lo sabía, pero no tenía idea de a qué grado, ¿incluso sabes qué shampoo uso?

Elena hizo mala cara e intentó bajarse de la espalda del muchacho que la mantuvo sujeta de las piernas.

—Perdona, no quise molestarte con mi comentario… es solo que estoy sorprendido porque he sido demasiado estúpido como para darme cuenta de lo mucho que me querías —aceptó. Ella sonrió y volvió a apoyar las manos en sus hombros.

—Que te quiero —murmuró cuando llegaron a la puerta de su camarote y él la bajó.

—¿Y qué fue lo que yo dije?

—Que te quería. En pasado —aclaró y aferró la manija de la puerta, pero él asió su mano y la miró con sus encantadores y bellos ojos negros.

—Lo siento. Siento haber tardado tanto —se disculpó y ella le regresó la sonrisa.

—Descansa.

Él afirmó y esperó a que ella entrara para irse directo a la bodega.

A la mañana siguiente anclaron en un muelle de un puerto que visitaban con frecuencia cuando debían reabastecerse en grandes cantidades. Según su padre, harían un viaje largo en busca de un barco que, al parecer había encallado, y llevaba miles de botellas de licores diversos. El alcohol se vendía como pan caliente, así que eso representaba una inmensa fortuna.

—¿No prefieres quedarte aquí? —preguntó su padre al entrar a su camarote cuando ella terminaba de cambiarse. Elena lo miró con expresión extrañada.

—No. Iré con ustedes —pero su padre se mostraba nervioso por alguna razón que ella desconocía, así que ladeó la cabeza interrogándolo con la mirada.

—No encuentro tus gafas.

Cuando se detenían y bajaban a los pueblos, ella solía usar unas gafas; mismas gafas que su padre insistía en guardar él mismo pues eran especiales.

—¿Cómo que no las encuentras? ¿No las guardaste donde siempre?

—Sí, lo hice. Pero no sé en dónde están… no están en donde deberían estar —anunció. Elena no dejó que eso interfiriera con sus deseos.

—Pues iré sin ellas.

—¿Sin ellas?

—Sí.

—Pero… se armará un escándalo y creo que hoy hay festival.

—¿Piensas pedirme que me quede en el barco cuando hoy hay festival? Sabes lo mucho que he querido asistir a uno y nunca he tenido esa suerte.

Bart dio la impresión de librar una batalla consigo mismo. Masculló un perjurio y al final se encogió de hombros.

—Todos te mirarán feo, vete haciendo a la idea —le dijo y le puso una mano en el hombro. Elena sonrió.

—No hay problema. Solo será un día y regresaremos. Podré superarlo.

Se dio cuenta de que a su padre no le hacía mucha gracia, pero al final terminó accediendo y ambos se dirigieron a la salida del área de camarotes. Cuando Rob, quien estaba afuera y esperaba cerca del portalón del barco la vio, arrojó hacia una cubeta vacía las cáscaras de naranja que tenía en la mano y se acercó con una linda sonrisa.

—¿Ya te lo dijo? Seguro que estarás brincando de felicidad —aseguró al referirse a lo del festival. Elena confirmó emocionada, pero a Rob no le pasó desapercibido que algo le hacía falta y la interrogó con la mirada.

—Papá las perdió —contestó ella de súbito y acusó al hombre que caminaba detrás de ella.

—¡Yo no las perdí! —se defendió el capitán que negó con la cabeza.

—¿Quién perdió, qué? —preguntó Perry al llegar al lado de todos con una cangurera de color verde chillón que le encantaba utilizar cuando paraban en puerto.

—El capitán perdió las gafas de Lena— explicó Rob, entretenido por el azoramiento del hombretón detrás de Elena.

—Que yo no las perdí —gruñó de nuevo Bart.

—No pudieron desaparecer por sí solas, papá. Seguro que la última vez olvidaste ponerlas en su lugar.

Perry profirió un sonido gutural y los miró a todos para, en seguida, llevarse una mano a la barbilla.

—Pero fui yo quien las guardó la última vez. Lo recuerdo bien —dijo Percibald.

—¡Entonces tú las perdiste! —afirmó el más joven. Percibald le dio una mirada de desagrado.

—Seguro que fuiste tú —atizó Bart, le apuntó con el dedo y negó con la cabeza para después bajar del barco. Percibald quiso decir algo pero Rob fue más rápido y le apoyó una mano en el hombro suspirando con aparente preocupación.

—Creo que deberías ser más ordenado.

Perry apretó los labios en una delgada línea; se quitó de encima la mano de Rob, y corrió detrás de su jefe para intentar convencerlo de lo contrario. Elena inspiró una bocanada profunda.

—¿Todo bien?... ¿estás segura de que quieres bajar? —inquirió su amigo y ella sonrió insegura.

—Eso creo.

Rob le sonrió al verla inquieta, le despeinó el pelo en un gesto relajado y se inclinó para verla mejor.

—Tranquila. Me pondré un parche en el ojo. ¿Eso te haría sentir mejor?

Elena alzó ambas palmas para denotar su escepticismo.

—¿Por qué me haría sentir mejor el hecho de que llevaras un parche en el ojo?

—Porque me haría ver malo y nadie tendría las agallas de meterse contigo. Suena bien, ¿no? —preguntó animado, como si tal cosa. Elena bufó con fastidio y se encogió de hombros.

—Dale… haz lo que quieras, pues.

Ella bajó primero y silbó para que Antón volara hasta su hombro y el ave no tardó en hacer acto de presencia mientras Rob bajaba detrás de ella con las manos en los bolsillos y observaba su espalda con atención.

A pesar de que todos ponían cara de sorpresa o la señalaban por lo bajo, nadie se sintió tentado a hacerle un desaire al verla acompañada de toda una tripulación de hombretones rudos y musculosos quienes, a simple vista, parecían tener la habilidad de matar a alguien con un solo dedo. Elena no la pasó mal, de hecho fue todo lo contrario. Siempre se había imaginado un festival como ese. Su padre le había contado todo lo que hacían en esas fiestas: los juegos, las luces, las botargas, las ventas de comida y bebidas de muy variados tipos y, en especial, los espectáculos que se daban cada media hora o cuarenta minutos.

Mientras compraban frutas que el capitán escogía con cuidado, Elena vio que cerca había una pista con caballos que estaban haciendo demostraciones de habilidades dancísticas y de marcha.

—¿Puedo ir a ver a los caballos, papá? —preguntó como niña pequeña. Bart la miró de reojo y negó con la cabeza.

—No quisiera que te alejaras del grupo, Piruleta.

Elena hizo un mohín con tristeza, enfocó hacia Rob con sus grandes ojos de color violeta casi en una muda súplica para que la llevara.

—No me mires así —dijo él riendo.

—Anda, acompáñame —suplicó; él se puso las manos en las caderas y alzó una ceja suspicazmente.

—¿Y qué gano yo?

—Aprender sobre espectáculos ecuestres.

—No me animo —le contestó y avanzó con el grupo hasta el siguiente puesto, cosa que era mentira porque los caballos le fascinaban, pero él era un especialista en sacarla de sus casillas. Elena le dio alcance rápidamente y lo cogió de la mano.

—Robbie, anda, solo unos minutos y regresamos con el grupo.

Él, con un resoplido hizo volar un mechón que le caía sobre un ojo y con aparente malhumor, asintió. Ambos caminaron hacia el espacio en donde había una gran cantidad de gente rodeando a los jinetes y a los animales.

—Nunca había visto uno tan de cerca —comentó emocionada. En la actualidad, no quedaban demasiados por desgracia y Elena sentía que un deseo de su lista estaba cumplido—. Son en verdad magníficos —apreció con seguridad al acercarse un poco más para ver sus largas y musculosas patas y sus elegantes crines. Rob le sonrió y afirmó con toda su atención puesta en los caballos.

—¿Sabes cuál es el caballo más hermoso? —preguntó a su lado.

—No. ¿Cuál es?

—El caballo árabe. Quedan muy pocos y siempre he querido encontrarme con uno de esos.

—¿Por qué dices que es el más hermoso? —quiso saber curiosa, pero sin dejar de observar a los animales.

—Lo escuché. Fue en una taberna hace unos tres años. Pero no puedo olvidar lo que dijo ese hombre.

—¿Qué dijo?

—Pues... que al parecer, es el animal preferido de la Naturaleza y de quien la creó.

—No creo que la Naturaleza tenga un animal preferido. No seas bruto —comentó riendo y Rob le jaló un mechón. Elena le dio un manotazo para que la soltara, pero él, como siempre, fue más veloz que ella y alejó su mano—. Explícame qué quieres decir con eso.

—Bueno… no fui yo quien lo dijo, pero considero que tenía mucho sentido. Hay una historia interesante con respecto a eso. Resulta que la fuerza que creó al mundo se encontró con un beduino…

—¿Un qué?

—No interrumpas, era un señor de esos que vivían en los desiertos. Como sea, el punto fue que se encontró con uno. El hombre le reclamó por haber creado para él un lugar sin agua, sin plantas… es decir, sin beneficio alguno. ¿Me explico?

Elena asintió y esta vez se volvió para encararlo.

—Así que esta fuerza se sintió mal por haber dejado al beduino sin nada y creó al caballo, dándole cuerpo al viento. ¿No es increíble?

—Lo es.

—Pero no solo eso; sino que lo dotó de tal manera que cualquier otro animal se sentiría celoso. Le dio una mirada excelente como la del águila, la velocidad de la pantera, la fuerza del tigre y el coraje del león. También lo dotó con una elegancia extrema, y una crin tan suave como las plumas de cualquier ave. Es de los animales que saben regresar a su lugar de origen, como el gato o el halcón; es mucho más incansable que el camello y mejor compañero que cualquier perro. El hombre de la taberna dijo más cosas, pero no recuerdo todo.

—Impresionante —contestó admirada.

—Lo es. ¿Pero sabes qué es lo mejor?, ¿lo que más me gusta de ellos?

—¿Qué es? —quiso saber con mirada atrayente; él sonrió y se inclinó un poco para compartirle algo.

—Que pareciera que pueden volar sin tener alas —dijo en un susurro. Elena sonrió con calidez y él suspiró—. Creo que a veces siento que tenemos eso en común. Cuando estoy en el mar, arriba en las velas, en la proa o sentado hasta arriba de un mástil… también siento como si estuviera volando sin alas.

Elena sabía que el hecho de haberse enlistado en la tripulación de su padre lo había hecho inmensamente feliz. Rob había vivido solo, como Bart, desde los seis años y había sobrevivido a duras penas vendiendo periódicos. Su sueño desde pequeño, según él, había sido vivir en alta mar, en especial porque vivía en costa y observaba cuando los barcos llegaban y los marineros parecían ganarse el respeto y la admiración de la gente con facilidad. Cuando su sueño se cumplió, él no quiso nada más.

—Escucha —dijo y Elena aguzó el oído. Sonrió. Alguien invitaba a las personas a una competencia de tiro. Rob la asió de la mano y ambos se acercaron a la zona de donde provenía la voz de barítono del hombre que la anunciaba.

—Papá se pondrá furioso si no regresamos a tiempo —comentó ella en voz baja al ver al señor invitando a todos a participar.

—Solo quiero saber qué premios darán —le confesó él y luego, alzó la voz y se giró hacia el hombre—. ¿Qué gana el primer lugar? —indagó.

El sujeto sonrió al mirarlos, pero su sonrisa se convirtió en una mueca al fijarse en los ojos de color violeta; con todo, negocio era negocio y casi de inmediato se recompuso.

—¿Cree que puede ganar el primer lugar, jovencito? —inquirió divertido y provocó que todas las miradas se fijaran en ellos.

—Yo no, pero tal vez ella pueda hacerlo —comentó Rob al tomarla de la mano y levantarle el brazo. Elena sonrió con seguridad.

—¿Quiere intentarlo? —preguntó el hombre a la chica.

—¿Cuál es el premio?

—El premio para el primer lugar es un sable con mango rojo, que está modificado en su estructura molecular para convertirse en un arma realmente fuerte y resistente, pero a la vez, totalmente liviana. No pesa más de cien gramos. Le serviría para atravesar cualquier superficie… pero siendo tan preciado, es difícil de ganar. He hecho esta competencia por años y me temo que nadie ha podido llevárselo —explicó con un asentimiento y expresión compungida—. Pero además están el segundo y el tercer lugar.

—¿Qué hay para ellos? —preguntó Elena; el hombre se frotó ambas palmas una contra otra y sonrió.

—Para el segundo lugar hay un mosquete que perteneció a un miembro de la tripulación de Barba Roja. Cualquier coleccionista lo querría… vale mucho dinero. La persona que quede en tercer lugar, ganará un juego de pañuelos extrafinos, con bordado de hilo de oro. Como puede ver, cualquiera de los premios vale la pena el intento. Para participar solo deben pagar cinco kurdos.

—¿Cuál es el desafío? —quiso saber Rob.

—El desafío es en parejas, pero debo advertirles que ha terminado muy mal en muchas ocasiones. Si aceptan jugar es bajo su propio riesgo. Deberán posicionarse a una distancia de veinte metros uno del otro y la persona que no realizará el tiro deberá colocarse una moneda sobre la cabeza, sujetada únicamente por el dedo índice y el pulgar. La persona del otro lado, quien realizará el tiro, deberá golpear la moneda con la bala. Si la bala pasa por encima del dedo índice y lo roza, será tercer lugar, si golpea el índice o el pulgar, será el segundo y si la logra golpear la moneda… entonces ganarán el primero.

Elena y Rob se miraron con el ceño fruncido y pretendieron definir los pensamientos del otro.

—Es una locura —expuso ella. Rob se encogió de hombros y le sonrió entretenido.

—Puedes hacerlo —contestó con una envidiable despreocupación.

—Papá me matará si pierdes un dedo por esto.

—Dedos hay diez, no te preocupes.

—No creo que nada de esto valga alguna parte de tu cuerpo —comentó nerviosa. Rob la tomó de los hombros y le dijo:

—Lena, no hay nadie más en quien confíe tanto como en ti. Tienes excelentes habilidades. Hazlo.

—¿Y bien?... ¿han decidido ya? —quiso saber el señor que había logrado convocar a una buena cantidad de hombres y mujeres.

—Lo haremos —dijo Rob sin esperar a que ella se decidiera. Sacó los cinco kurdos para dárselos al hombre, al mismo tiempo que Elena le daba una mirada angustiada —. Tranquila.

—Genial —comentó el sujeto—. ¡Acérquense! —dijo al mirar hacia todas las personas cerca de allí.

Elena sujetó del brazo a Rob y él se detuvo cuando ya había comenzado a caminar en dirección al hombre para que le diera la pequeña moneda.

—¿Qué pasa?

—Tengo miedo de lastimarte —declaró.

—Entonces no lo hagas.

Pensó que si su padre se enteraba de eso la iba a matar. Antes de que él caminara de nuevo ella volvió a halarlo del brazo.

—Cuando la bala golpee la moneda —inició esperanzada de que así fuera—, esta se calentará. Trata de no mover los dedos o la mano, porque un movimiento en falso te podría costar mucho.

Rob asintió divertido y cuando el hombre le dio la moneda se dirigió hacia la marca de los veinte metros establecidos. Todos aplaudieron el valor… o la estupidez del muchacho y él ni siquiera prestó atención. La miró a ella todo el tiempo.

—Maldita confianza que tienes, Rob —murmuró ella después de que el sujeto le dio la pistola.

Elena sopesó el arma y percibió que era muy similar en peso a la que ella usaba, cosa que la tranquilizó. Se paró en la marca, alzó la mano y apuntó. El hombre silbó para darle pie para empezar; no obstante, Elena sintió que el estómago se le revolvía y supo que no tenía el valor para hacerlo. Así que bajó el arma. Todos le aplaudieron por al menos haberlo intentado.

—¡Vamos, Lena!… no lo pienses! ¡No me moveré, lo prometo! —gritó Rob desde el otro lado; ella inspiró y volvió a subir el brazo apuntando con cuidado y precisión. Todos aguantaron la respiración y ella disparó. Inmediatamente después de que la bala salió disparada, Elena soltó el arma y se cubrió los ojos con las palmas, sintiéndose como una idiota, pensando cómo se le había podido ocurrir aceptar hacer algo así. Los aplausos la obligaron a subir el rostro y vio que Rob estaba ileso. Corrió hacia él sin importarle el resultado y él la abrazó con fuerza.

—¡Estás bien!

—Perfectamente. ¡Lo hiciste, lo sabía!

Uno de los hombres del público se acercó a la moneda que estaba a unos pocos centímetros de sus pies y la tomó entre sus manos.

—¡Lo ha logrado! ¡La moneda tiene la marca de la bala en ella! —y después vitoreó.

Incluso el hombre del negocio, aunque se veía triste, no podía dejar de aplaudir. Se acercó y le entregó un estuche de color negro. Elena lo abrió y pudo ver un hermoso sable con mango rojo.

—Es tuyo, chiquilla. Te lo has ganado a pulso.

Elena asió el mango del sable en su mano derecha y lo levantó.

—¿No deberías probarlo? —preguntó Rob y apuntó hacia un tambo de metal grueso que había cerca de allí. Estaba lleno de vino. Elena sonrió, se acercó con paso lento y lo clavó con una increíble facilidad. Era cierto… todo lo que ese hombre había dicho, pensó ella sorprendida. Al sacar el sable, las personas continuaron aplaudiendo y acercaron sus vasos al agujero del tambo.

—Esto es en verdad genial —apreció Elena. Rob abrió el estuche para permitirle que lo guardara de nuevo.

A los pocos minutos las personas se alejaron y el ex dueño del sable se acercó a ellos.

—Cuídalo. Muchas personas matarían por él —susurró y miró el estuche.

—Si es tan valioso, ¿por qué lo prometió como premio?

—Porque yo no puedo usarlo. El sable esperaba a la persona adecuada.

—¿La que tiene la mejor puntería? —preguntó Rob y puso la mano sobre el hombro de Elena. El hombre negó.

—No. La que tiene el valor para enfrentar sus propios miedos.

El hombre se fue y Elena se quedó con la mirada clavada en el estuche mientras Rob se despedía del hombre con la mano; al volverse se dio cuenta de que ella se mostraba inquieta.

—¿Qué pasa?

—¿No crees que tú lo mereces más que yo?... finalmente fuiste más valiente —aseguró y alzó el estuche para dárselo.

—Tonta… ¿crees que es peor la muerte que perder a alguien a quien quieres?

Elena sonrió. Rob le acarició la mejilla con suavidad.

—Sigo pensando que fue una estupidez —confesó ella cuando comenzaron a caminar hacia el grupo.

—Totalmente de acuerdo. La próxima vez que te diga que confío en tus habilidades… no vuelvas a apuntarme con una pistola.

Ambos continuaron riendo hasta que encontraron al grupo de la tripulación. Estaban en una taberna y bebían entretenidos. Perry estaba beodo y bailaba con pasos extraños con una mesera de la taberna. Bart, por el contrario, estaba sobrio, al menos lo suficiente para prestar atención cuando ambos entraron por la puerta para seguirlos con la mirada hasta que se sentaron frente a él.

—¿Demostración ecuestre? Mis pelotas —susurró sin esconder su molestia. Elena lo besó en la frente y le enseñó el estuche—. ¿Qué es eso?

—Lo gané.

—¿Por qué?

—Por intentar matarme —confesó Rob como siempre con sus comentarios despreocupados. Bart supuso que no hablaba en serio y Elena balbuceó un poco antes de contestar.

—En un concurso de tiro. Debía... disparar hacia una manzana en la cabeza de Rob.

—A veinte...

—Diez metros —interrumpió ella, sin dejar de mirar mal a su amigo que se encogió de hombros con simpleza.

Bart miró de uno a otro y supo que había algo que no le estaban diciendo. Elena abrió el estuche y él se inclinó para observar el sable.

—Es bonito; supongo que fue fácil para ti atinar a la manzana, ¿cierto?

—Pan comido.

Uno de los hombres, que al parecer ya no tenía idea ni de cómo se llamaba y que estaba sentado en la mesa de al lado, se puso de pie y golpeó en la mesa de Bart, quien lo miró como advirtiéndole que podría matarlo en cuestión de segundos si así lo quería, pero el hombre estaba tan pasado de copas que no se percató de ello.

—¿Qué podemos hacer por usted, buen hombre? —preguntó Rob. Uno pensaría que esa frase se escuchaba agradable... decente, tal vez hasta educada; pero no sonó así.

—Este demonio no puede estar aquí —urgió el tipo arrastrando las palabras y refiriéndose a Elena. Con prontitud su padre se puso de pie, pero Rob fue más veloz y se trasladó frente al capitán—. Es horrible... sáquenla —se quejó y apuntó a la puerta con la mano temblorosa y con poco equilibrio.

—Hijo de...

—No capitán. Usted ha dicho que no debemos causar estragos en este puerto —le recordó Rob.

—Déjalo, papá —le dijo Elena, que al punto se levantó del asiento y Bart la escondió tras él.

—Fea, fea... esos ojos... esos ojos son horribles.

Bart se puso rojo de furia y todo el lugar se quedó en silencio cuando se escuchó un golpe seco y un estallido de lo que pareció ser una botella.

—Hijo de puta —dijo Perry después de que el hombre cayó al suelo cuando él le atizó un golpe en la parte trasera de la cabeza con la botella de cerveza.

—Diantres —se lamentó Rob cuando la mayor parte de los hombres que no pertenecían a la tripulación, se levantaron al ver al conocido en el suelo. Gruñeron. Bart se quitó el chaleco, Rob se dobló las mangas hacia arriba y todos los marineros se pusieron de pie también.

—Sal —le ordenó suavemente Bart a su hija.

—Pero...

—Lena, esto se pondrá feo. Espera afuera —dijo Rob sin mirarla.

Elena empuñó el estuche y poniendo mala cara salió del establecimiento, justo cuando las sillas se cayeron al suelo, los golpes se escucharon por todas partes y por las ventanas comenzaron a volar los hombres.

—Todo lo tienen que arreglar a golpes. Estúpidos —declaró al sentarse en una banca cercana para esperar a que la batalla terminara.

El graznido de Antón la hizo volver la cabeza. No se posó en su hombro cuando ella se lo ofreció y se quedó parado en una rama del árbol a su izquierda.

66

—Ven —le dijo Elena y lo animó con la mano, pero Antón no se movió.

—Elena, irse —contestó después de unos segundos y en seguida voló.

Se quedó sentada en la banca sin saber qué debía hacer: esperar a que el ave volviera o ir tras ella.

—¿Estará asustado por la pelea? —se preguntó en voz suave, pero casi al tiempo negó la suposición. No podía ser eso... estaba demasiado acostumbrado. Antón regresó a ella segundos después y volvió a pararse en la misma rama—. Ven conmigo, Antón.

—No. Elena irse —dijo el ave con tono apremiante y volvió a alzar el vuelo.

Ella supuso que tal vez él se refería a regresar al barco, por lo que se levantó y caminó detrás del animal con el estuche del sable; el ave, en efecto, se dirigía hacia el puerto. Elena sonrió. Antón se tomaba sus responsabilidades de guardián muy a pecho. Seguro que haberla visto cerca de la pelea lo había inquietado.

Continuó caminando mientras observaba el vuelo impecable de su amigo cuando escuchó algo. Se detuvo. A su derecha había un descomunal edificio en ruinas y alguien parecía estar en la primera planta. Se acercó un poco para ver si lograba observar de qué o de quién se trataba, pues empezaba a anochecer y, desde donde estaba, no alcanzaba a ver nada. Al acercarse vio que el primer piso no tenía paredes y estaba lleno de columnas. Elena al fin pudo determinar de qué se trataba. Eran golpes y gemidos. Alguien estaba peleando. Chasqueó la lengua furiosa de tener que pasar por algo así dos veces en un mismo día. Odiaba las peleas. Se dio media vuelta con intención de salir de allí, pero en ese segundo una voz conocida llegó hasta sus oídos.

—No... por favor... ten piedad.

La reconoció casi de inmediato. Era el hombre. El hombre que le había dado el sable. Se volvió de nuevo y se apoyó detrás de una columna. En seguida se reprendió mentalmente.

—No seas tonta. No te incumbe —se susurró a sí misma al percatarse de que no tenía por qué acercarse y ponerse en riesgo.

—No —gimió de nuevo la voz conocida.

—Cállate —ordenó alguien con voz ronca y bastante áspera—. Si sigues portándote así… no me dejarás otra opción.

Elena quiso creer que la otra persona no hablaba de la opción que ella pensaba. Juró en tono quedo, volvió a internarse y se colocó de nuevo tras otra columna más cerca a la ubicación de donde provenían las voces.

—Yo no hice nada, lo juro —lloriqueó el hombre.

—Ya sé que no lo hiciste, pero tienes nombres y en este punto… eso es lo que necesito. ¡Dímelos! Dime quiénes son los asesinos. Es la última… —y se interrumpió. Elena dejó de respirar, pegada al concreto de la columna y creyó que tal vez el sujeto que amenazaba al hombre que ella conocía, se había percatado de su presencia. No era posible—. No me parece que sea el mejor escondite que pudiste haber encontrado —susurró una voz a su lado.

Elena se asustó tanto que cayó al suelo de sentón, el estuche se le escapó de las manos y su contenido quedó botado en el piso. Intentó alzarse y a la vez sujetar con la mano el sable que estaba a pocos centímetros de distancia en el suelo, pero no lo logró, porque el sujeto la cogió de la muñeca y la levantó con extrema facilidad.

Ella había aprendido muchas cosas, pero si en algo era buena, además de en disparar, era en defensa personal. El tipo que la había sujetado tan poco delicadamente de la mano, se sorprendió bastante cuando Elena pasó su cuerpo por debajo de la unión de sus manos y torció la de él con la intención de ponerla sobre su espalda; empero, él reaccionó con rapidez antes de que ella lograra su intención y bloqueó su maniobra con su mano libre, girándose para sujetarla del cuello. Elena masculló un juramento, lo soltó antes de que la mano se cerrara sobre su cuello y se alejó con un brinco hacia atrás.

Inhaló para concentrarse. No podía ver casi nada. El tipo se adelantó de nuevo con languidez, casi como si creyera que el pelear con ella era como un juego. Elena trató de patearlo, pero él la evadió; intentó golpearlo cinco veces, pero él volvió a eludirla exitosamente. Supo que no iba a lograr nada, así que se dio media vuelta con la intención de correr, pero los brazos de él la rodearon impidiéndole el escape.

—¡Suéltame! —gritó y se movió con tanta fuerza que él pareció ceder por un momento, pero de repente, algo helado y puntiagudo se abrió paso hasta su cuello.

—No grites y no te haré daño —murmuró la voz en su oído. Elena se mordió el labio inferior y sintió rabia. Pura y caliente rabia.

—Cerdo —casi escupió—. ¿Cuchillo en un combate cuerpo a cuerpo?

—Tú también quisiste tomar ese sable, pero digamos que yo tuve mejor suerte —contestó él, mientras la arrastraba hasta llegar al hombre al que había agredido anteriormente. Cerca de donde él estaba había una ventana con los cristales rotos, la luz de la luna pasaba por allí y ella pudo ver el rostro asustado del sujeto que estaba amarrado en el suelo. Fue a parar junto a él cuando quien la había sujetado la empujó con poca gentileza.

—¿Se encuentra bien? —preguntó Elena y tocó la mejilla del hombre del sable.

—Aléjate de él y guarda silencio. Tengo negocios con este sujeto —dijo el agresor desde las sombras.

—Entonces puede dejarme ir.

—No. No puedo dejarte ir. No quiero que causes un drama adolescente y les llames a los soldados. Al menos no hasta que le corte la garganta —continuó y señaló al hombre a su lado.

—¿Cortarle la garganta?

—Sí.

—¿Por qué? ¿En serio es algo que necesita hacer ahora? —quiso saber ella con disimulado interés.

—Depende. Si coopera no tengo que hacerlo. Alan, coopera por favor. Me lo estás haciendo más difícil de lo que es.

—No lo sé… te juro que no lo sé.

—No te creo.

—Pues créale —interrumpió Elena.

—No estoy hablando contigo.

Elena observó algo reluciente en el suelo cerca de su pie derecho… era un pedazo de vidrio de la ventana. Lo tomó con lentitud mientras el sujeto seguía sin creerle al hombre del sable y de un momento a otro se puso de pie.

—Siéntate —ordenó el atacante. Elena sintió que se le crispaban los dedos con los deseos de moverse.

—Tengo que ir al baño.

—No, no tienes.

—Pero debo hacerlo. Tomé demasiado jugo hoy —dijo ella mientras sujetaba con fuerza el pedazo de vidrio entre los dedos de su mano derecha.

—No me podría importar menos si tomaste un cartón, una garrafa o un barril de jugo. ¡Siéntate! —ordenó de nuevo. Elena vio el destello de la hoja del cuchillo que él tenía en la mano derecha y corrió hacia él, embistiéndolo sin pensarlo. El cuchillo cayó al suelo y al tratar de evadir el vidrio, él también terminó en el suelo, debajo de ella. Elena apoyó las rodillas a ambos lados de las caderas del individuo mientras intentaba clavarle el vidrio en algún lugar, pero él le sostuvo con destreza ambas muñecas.

—¡Corra! —ordenó ella en un grito. El hombre, con ambas manos atadas al frente, se lanzó por el cuchillo que se le había caído al otro y al sujetarlo, cortó la soga que amarraba sus dos piernas, luego se puso de pie y corrió. El sujeto debajo de ella gimió con molestia y trató de quitarla de encima, pero la chica, aunque no era fuerte, era bastante tozuda. Al final, el atacante logró tirarla hacia un lado y se puso de pie con la intención de ir tras el hombre, pero Elena se aferró a su pierna para impedírselo.

—¡Niña!, ¡suéltame! —ordenó él desde arriba, halando su pierna fuera de la cárcel que los brazos de Elena simulaban. No lo logró—. No quiero tener que hacerte daño.

Elena negó con la cabeza y algo insólito le sucedió. Sus brazos perdieron fuerza sin aviso y la pierna se le escapó con facilidad. Él asió el cuchillo que había usado antes, lo guardó a su espalda y corrió hacia afuera. A los pocos segundos ella recuperó su condición y se puso de pie sintiendo sus brazos normales. Esperó hasta que no escuchó nada y corrió siguiendo los pasos del hombre hacia la calle, con la intención de regresar a la taberna. Pero al salir del edificio se quedó petrificada al notar que el rubio seguía allí, parado a mitad de la calle desierta, de espaldas y con las manos hechas puño. Elena retrocedió, pero una pequeña piedra rodó cuando la golpeó con el talón y el atacante se volteó.

Ella lo estudió deprisa. Era joven. Por el tono de su voz había pensado que era mucho mayor que ella, pero al parecer, le llevaba dos o tres años de edad. Era rubio y tenía el cabello recogido en una pequeña coleta. La miró enfadado. Más que enfadado. Elena chilló como una ardilla a punto de ser devorada por una serpiente y dio media vuelta para correr. Mas no dio ni dos pasos antes de que él la sujetara de la muñeca. Fuerte. Del tipo de fuerte que corta la circulación.

—Eres una entrometida —le dijo y la instó a encararlo—. ¿Tienes idea de lo mucho que he tardado en encontrar a ese hombre?

Elena estaba a punto de contestar... no sabía qué y posiblemente no habría sido nada elocuente, pero no pudo saberlo, porque en ese instante escuchó un silbido. La canción de la tripulación que se acercaba. Suspiró aliviada e inspiró.

—¡Rob! —exclamó a todo pulmón. El tipo frente a ella advirtió que algo no estaba bien; la agarró del cuello, se movió para posicionarla frente a él con la intención de usarla de escudo y le puso el cuchillo contra la garganta, cuando los pasos rápidos se acercaron.

Elena observó algo que nunca había visto en los ojos de cada uno de los hombres que llegaron frente a ella. Ni en las peores ocasiones había visto algo así: Terror. Su padre, que encabezaba al grupo, analizó deprisa la situación y observó con gesto de desagrado al tipo que la retenía frente a él y que la usaba de escudo.

—Lena... —susurró Rob al sentir que el corazón le dejaba de latir por un segundo.

—¡No se acerquen! —ordenó con voz firme el sujeto detrás de ella—. ¡O correrá sangre esta noche!

Ladrón que roba a ladrón

Al escuchar la amenaza, varios de los marineros de la tripulación sacaron sus pistolas y quitaron los seguros.

—¡Adelante! ¡Obtendrán dos por el precio de uno! —invitó el chico detrás de ella, irradiando toda la seguridad del mundo.

Bart de inmediato alzó la mano y todos, de mala gana, guardaron las armas.

—Ella es mi hija. Entrégamela ahora mismo y olvidaré que te vi. Todos lo haremos —dijo y englobó a los hombres a su alrededor con una acción, quiénes asintieron ipso facto.

—Creo que sería muy estúpido si confiara en la palabra de un pirata y sus changos. Discúlpeme, pero no tengo la culpa de nada de lo que está pasando. Su hija —comentó y apretó más la punta del cuchillo contra su garganta. Elena gimió y Rob se mordió el labio inferior hasta que reconoció el sabor a sangre—, parece tener el mal gusto de inmiscuirse en los problemas ajenos.

—¿Y qué piensas hacer con ella? —preguntó Rob con angustia.

—La usaré para llegar a salvo a mi bote. Eso es todo. Si intentan impedírmelo, o me siguen, la mataré.

—Hijo de puta —exclamó Rob y avanzó hacia él, pero Bart lo sujetó del brazo.

—Le daremos alcance rápido. No podrá avanzar muy lejos; estando en el mar será más fácil.

Rob afirmó y retrocedió dos pasos. Desde lejos observó la sonrisa burlona del chico rubio y sintió que su odio crecía cada vez más.

—Por favor… —suplicó Elena entre los brazos del criminal. La punta del cuchillo estaba ya incrustada levemente en su piel. Cualquier movimiento sería catastrófico.

—Solo guarda silencio y no me hagas esto más difícil de lo que ya es. No sé qué esperabas encontrar, pero lo que sea que estuvieras buscando… parece que lo has encontrado —le susurró al oído y comenzó a retroceder con ella pegada a su pecho.

Los próximos minutos que pasaron retrocediendo hasta el muelle fueron los más aterradores, tanto para ella como para toda la tripulación. Cuando el criminal llegó con ella al bote, en un movimiento preciso, la alzó por la cintura, subió con ella y se sentó en la bancada transversal de madera que hacía de asiento, más próxima a la proa. Elena se sintió aún más atemorizada… él planeaba llevarla al mar en esa antigüedad. Era su fin. La sentó en su regazo, hizo presión en su cuello con la hoja afilada y observó a la tripulación que se acercaba a ellos con paso cuidadoso.

—Voy a encontrarte —exclamó Bart desde el muelle.

—Mejor enfóquese en buscar a su hija en la marea.

Elena tragó audiblemente.

—Toma los remos y empieza a remar —le ordenó cambiando rápidamente la ubicación del cuchillo. Elena tembló al sentir la punta sobre su abdomen. La hoja estaba apoyada sobre su bazo. Si él la apuñalaba ella moriría desangrada en minutos. Cobardemente, el secuestrador escondió su cabeza detrás de la de ella y esperó mientras la barca pequeña se alejaba poco a poco de tierra.

Cuando la diminuta embarcación fue un punto alejado en la distancia, Bart les ordenó a todos subir a la nave lo más a prisa posible. Justamente estaban izando velas cuando Antón llegó volando al barco y dejó caer al suelo pulido el sable de mango rojo que había permanecido, hasta ese momento, en el edificio abandonado. Rob lo cogió, lo guardó en su cinturón y silbó a Antón que seguía revoloteando cerca.

—Búscala —ordenó en tono cortante al ave que se posó en su brazo.

El cuervo asintió y volvió a alzar el vuelo.

Elena sintió alivio cuando, después de casi una hora de estar con el cuchillo pegado al cuerpo el sujeto lo alejó de ella, se puso de pie, caminó hacia la proa de la pequeña embarcación y se sentó en la otra bancada.

—Es agradable tener a alguien que haga el trabajo duro, para variar —le dijo y le apuntó con el cuchillo.

—No te relajes tanto. Mi padre dará contigo en menos de lo que puedas tararear tu canción favorita.

—No tengo canción favorita —dijo y la miró con fastidio—. Y él, no va a encontrarnos.

—Le tienes demasiada fe a este… intento de nave —comentó adusta y gimió por el esfuerzo que le daba remar. Las palmas le ardieron.

—Ha estado conmigo desde que tengo memoria; pero te equivocas, no es a esto a lo que le tengo fe.

Con desinterés le echó un vistazo a su reloj de muñeca, asió el cuchillo y lo arrojó al mar ante la mirada confundida de ella.

—Dormiré cinco minutos. Debo reponer energías si quiero avanzar más rápido de lo que tus enclenques brazos pueden llevarnos —anunció. Echó la cabeza hacia atrás y la apoyó sobre la borda del bote.

Elena paró en ese punto. Pensó que ese tipo estaba loco. Ella podía golpearlo con uno de los remos o asfixiarlo hasta morir pero parecía que a él no le importaba.

—¿Cómo puedes dormir la mona tan a gusto? ¿No tienes miedo de que te haga algo mientras duermes? —preguntó con tono mordaz y él levantó la cabeza, la miró de arriba hacia abajo y sonrió con guasa.

—No. Deja de darme la lata. Ya se me ha pasado un minuto.

Dicho eso, volvió a apoyar la cabeza sobre la borda y cerró los ojos. Elena se sintió ofendida. Él parecía creer que ella en verdad no representaba peligro alguno. Le haría saber lo contrario. Observó por todos lados del pequeño bote. No había nada que pudiera usar como arma más que los remos, pero si algo les sucedía, no tendría cómo remar de vuelta. Sus manos eran la única opción, pero se negaba terminantemente a ahorcarlo… nunca había matado, ni siquiera herido a nadie. Resolló. No tenía de otra: esperaría pacientemente a que su padre la rescatara.

Esos fueron los cuatro minutos más largos de su vida. Se hizo una trenza y se la deshizo. Cogió los remos y retrocedió unos metros mientras se regañaba mentalmente por pensar que podría retroceder en cinco minutos lo que había avanzado en más de una hora. Se miró las uñas; reparó en un singular aro de metal que estaba cerca de su pie derecho, se intentó quitar dos astillas de los remos que se le habían clavado en la mano izquierda y, entonces, él despertó.

—Renuncié —le reportó y tocó los remos. Él se encogió de hombros para quitarle importancia a su comentario.

—No los necesitaremos —respondió con seguridad.

Un chillido agudo los alarmó y Elena sonrió al ver que Antón se acercaba con un vuelo elegante. Cuando llegó hasta ella y se posó en su brazo, el sujeto ni siquiera lo miró más de dos veces.

—Vienen —le comunicó el ave a Elena y ella sonrió, se levantó de la bancada y miró hacia el horizonte oscuro. A lo lejos distinguió las luces del barco.

—Déjame ir. Nadaré hasta ellos —dijo Elena acercándose a él; como respuesta el sujeto le dio una mirada sarcástica, mientras le decía:

—Morirás en segundos. El agua está helada. No podrás dar ni diez brazadas antes de quedarte entumida.

Ella masculló una maldición y supo que era cierto. Normalmente ellos surcaban aguas cálidas, pero se habían encaminado hacia el Norte para buscar el navío encallado.

—Pero si gustas, yo mismo haré el honor de empujarte —agregó él sin mirarla.

Elena trató de buscar otra solución en su mente, pero no la consiguió. No había nada más que esperar... seguro habría sangre y heridos. Esperaba que fuera la sangre de él y no la de ella, por supuesto. Estaba tan ensimismada en sus pensamientos que cuando se giró para encararlo, el tipo había sujetado entre sus dedos el aro de metal que ella había visto con anterioridad y lo había alzado hasta dejarlo frente a él. El aro se tornó de un color azul resplandeciente y cuándo él lo liberó, quedó suspendido dando vueltas y sacando chispas a su alrededor. Elena se dio cuenta, muy tarde, de lo que eso significaba. No habría una pelea... ni sangre, ni siquiera la de ella. El aro creció de tamaño y Antón le clavó las garras en el hombro cuando se vieron absorbidos, con todo y barca, por el vórtice.

En el instante en el que recuperó el conocimiento se llevó las manos a la cabeza, ya que sentía un terrible mareo; buscó a tientas la borda de la barca, pues su visión estaba borrosa, se apoyó, se inclinó hacia el agua y vomitó.

—¿Qué... qué ha sido eso? —preguntó confundida al incorporarse totalmente pálida. Volvió su mirada hacia donde, por última vez, había creído ver su barco. ¡Ya no estaba!

—He tenido que apresurar el viaje —explicó él por todo y Elena se dio cuenta de lo que había sucedido.

—Eres... tienes...

En su tartamudeo, él ni siquiera se dignó a mirarla y simplemente asintió. Elena suspiró, se puso una mano en el pecho y sintió el veloz latido de su corazón. Estaba perdida. Perdida en altamar con un loco que, además, practicaba magia. Un hechicero. En una fracción de segundo recordó a Antón y miró, tan rápido como el vértigo se lo permitía, hacia todas direcciones, hasta que dio con él. Estaba tirado a mitad de la nave con la respiración tranquila. Al parecer se había quedado inconsciente. Lo entendía a la perfección... realmente tele-transportarse le había provocado la sensación más horrible que hubiera tenido en su vida. Se acercó a Antón, lo recogió del suelo y lo recostó en su regazo.

—¿A dónde me llevas? —le preguntó al hombre rubio y trató de aguantarse las ganas de llorar. Tenía que aceptar que su realidad había cambiado drásticamente y que no podía ponerse a llorar esperando que su padre corriera a rescatarla como lo había hecho tantas veces. Esta vez estaba sola. Debía valerse por sí misma.

Pasaron unos pocos minutos y él, sencillamente, no pareció sentirse con ganas de contestarle. Le estaba dando la espalda y remaba con destreza.

—¿A dónde me llevas? —volvió a cuestionar, pero alzó la voz esta vez.

—No sabría describirte el lugar a donde vamos. Será mejor que esperes hasta que estemos allí.

—¿Por qué querías matar a ese hombre? —le preguntó para cambiar de tema. Él hizo amago de mirarla, pero al punto se arrepintió y fijó su vista al frente, sin contestarle nuevamente.

No le gustaba hablar. En parte, porque lo consideraba una pérdida de tiempo; pero, por otro lado... porque no estaba acostumbrado. Así que, estar atrapado en un espacio tan pequeño con una persona a quién no le paraba la boca, le parecía que lo llevaba muy lejos de su zona de confort.

—¿Estabas buscando el sable?

Eso llamó su atención.

—¿Cuál?

Elena percibió que su confusión era real.

—Ese hombre que deseabas matar... él me lo dio. Dijo que muchas personas matarían por tenerlo en su poder.

—Si hubiera querido el sable del que hablas, créeme, lo habría conseguido con facilidad.

—¿Entonces por qué querías matarlo?

—No te incumbe.

Ella guardó silencio y acarició las alas de Antón que continuaba dormido.

—¿Qué tenía de especial? —preguntó el sujeto más de cinco minutos después.

—¿El hombre?

—El sable —contestó él con obviedad y ella se quedó callada de nuevo—. ¿Tenía algún poder? —quiso saber cuando se dio cuenta de que ella continuaba sin hablar.

—No es de tu incumbencia.

Él la miró despectivo. Ella le dio una sonrisa sarcástica y él se concentró en continuar remando.

—Bien —anunció tajante.

—Bien —respondió Elena con simpleza.

Minutos después propuso:

—Tal vez si me dices por qué querías matar a ese hombre yo pueda decirte lo que tiene ese sable de especial.

—No gracias. Siento que he pasado contigo escasas dos horas y ya se me ha pegado lo cotilla.

—¿Perdona? —preguntó Elena sorprendida por el modo en el que él se refería a ella, pero no recibió respuesta alguna—. Tú eras el que se veía genuinamente cautivado por el sable. Pensé que quizá...

—No deberías sacar conclusiones. No tengo el más mínimo interés en él. —Mentía. Ambos lo sabían. Pero él no parecía querer aceptarlo y ella prefirió dejar el tema por la paz. Notó que él continuó remando, observando hacia el cielo de vez en cuando y tratando de mantener el curso.

La brisa empezaba a sentirse en serio helada. Él tomó un bolso de cuero de debajo de su bancada, lo abrió y sacó un abrigo que se veía que podía calentar a un mamut. Elena sintió envidia.

—¿Tienes uno extra?

—No.

—Deberías darme el tuyo.

—No.

—¿Qué tienes pensado hacer cuando muera? —esa pregunta sí lo obligó, casi de inmediato, a girar la cabeza para mirarla extrañamente.

—¿De qué demonios estás hablando?

—Quiero decir cuando muera de hipotermia... o hambre. Seguro que no eres de esos que comparten la comida.

Él puso al cielo de testigo por sus comentarios, que a su parecer carecían de sentido.

—Cuando te conocí, te consideré todo menos tonta... pero creo que empiezo a dudar de mis primeras impresiones

—susurró casi hacia la nada. Elena se encogió de hombros para darle a entender que no le dolían sus palabras.

—¿Qué harás conmigo cuando muera?

—No lo he pensado. Te lo diré cuando lo sepa —contestó él con tono fastidiado.

—Preferiría saberlo ahora, si no te molesta.

—¿Por qué? —quiso saber él mientras negaba con la cabeza como si no terminara de comprender sus locuras.

—Porque quisiera prepararme mentalmente para el deceso. Creo que la mayoría de la gente no tiene la oportunidad de hacerlo y dado que es tu culpa el que yo me encuentre aquí, a poco tiempo de pasar a mejor vida… pues… quiero decir… sería un acto benéfico decírmelo.

—Cielos —se lamentó y recorrió su rostro con la mano en muestra de clara desesperación—. Olvídalo. Odio los actos benéficos —contestó segundos después con voz grave.

Antón despertó de su inconciencia y se paró despacio en el regazo de su ama.

—Elena… ¿dónde es? —preguntó con su característico tono agudo. Elena sonrió; al menos Antón continuaba a su lado y eso le daba algo de seguridad. Al escucharlo hablar, el sujeto frente a ella lo observó con el ceño fruncido.

—Lo enseñé desde que nació.

—No te pregunté —contestó y volvió la mirada hacia la popa.

—¿Siempre eres así de agradable?

—Podría ser peor, créeme.

Alzó las cejas escéptica sin comprender cuál podría ser la razón por la que él se comportaba de ese modo. Habría tenido que vivir algo terrible para terminar así.

—¿A qué te dedicas?

—¿Podrías mantenerte en silencio, por lo menos unos minutos? —pidió con fastidio.

—¿Con qué propósito?

81

—El de mantener tu cabeza unida a tu cuerpo —contestó mordaz y Elena resopló con fastidio.

—Eventualmente se separarán. ¿Cuál es el punto en querer retrasar lo inevitable? Mi padre solía decirme que...

—No podría interesarme menos lo que ese asqueroso pirata te decía.

Y esa fue la gota que derramó el agua de su vaso. Si había algo que ella no podía tolerar era que alguien hablara mal de su padre. Así que se puso de pie guardando el equilibrio gracias a la experiencia de navegante que había tenido en la escuela de su vida y Antón voló para no caerse de nuevo al suelo.

—Repítelo —dijo con voz suave.

—Ah... una fibra sensible —murmuró sin dejar de remar.

Elena sintió que el enfado controlaba todos sus pensamientos y deseos.

—¡Repítelo! —le gritó. Él dejó los remos.

—Siéntate —le ordenó en tono cortante.

Elena se mordió el interior de las mejillas al sentirse verdaderamente impotente. Pero no iba a obedecer como si él fuera su dueño.

—Escucha... no tengo tiempo para perderlo peleando contigo. Siéntate y solo guarda silencio. Nos hará más fácil el viaje a ambos.

—No eres mi jefe, no tengo por qué hacer caso a lo que dices.

Los ojos negros de él la recorrieron de arriba abajo. La pequeña embarcación se movió en un violento vaivén provocado por él y Elena observó en fracciones de segundos el agua a milímetros de su rostro cuando estuvo a punto de caer por la borda. Una mano se aferró a su brazo y la haló hacia atrás.

—Siéntate —dijo él y la forzó con la mano a tomar asiento— o la próxima vez no voy a impedir que caigas al agua. Te dejaré adentro por unos cinco segundos y te sacaré. Toma en cuenta que solo tengo un abrigo y no pienso compartirlo.

—No volvería a pedírtelo, aunque mi vida dependiera de eso —le contestó y lo miró adusta. Él sencillamente alzó una ceja como una última advertencia y la liberó dejándole el brazo levemente adolorido.

Elena miró hacia todas las direcciones tratando de ver si no había luces de barcos cerca de allí. No había nada más que oscuridad.

—¿Puedo saber tu nombre? —preguntó e intentó sonar un tanto civilizada.

—No.

—A la mierda —largó Elena, sin poder creer la actitud tan maleducada de él—. ¿Por qué no puedo saberlo?

—Porque no quiero decírtelo —contestó sin mirarla.

—Ah ¿te da vergüenza tu nombre? Tal vez... Cartágeno. Ese es un nombre en verdad horrible, odiaría tenerlo y, en definitiva, no se lo querría decir a nadie.

—Ese no es mi nombre.

—Supongo que no; pero de igual modo necesito saberlo o te llamaré así... si es que no se me ocurre ninguno peor que ese.

—¿Tienes verborrea? —preguntó intrigado. Dejó los remos para levantarse y tomar un refrigerio de una pequeña caja que estaba bajo la bancada.

—Solo cuando estoy a pocas horas de morir. No me gusta quedarme con las ganas de decir lo que me viene a la mente.

—¿Aunque sean sin sentidos?

—La mayor parte de las cosas que digo son sin sentidos; pero eso no me disuade de continuar. Así que... Cartágeno; es un nombre horrible, pero ya que te empeñas en dejar el tuyo en las sombras, deberé llamarte de ese modo; dime, ¿qué tipo de hechicero eres?

—Escucha niña —dijo—; no quiero hablar de mí, contigo. No te conozco ni me interesa que me conozcas, pensé que te lo había dejado claro. ¿Por qué no te duermes? Dame un descanso y aparenta que no estás aquí.

—Considerando que estás haciendo conmigo prácticamente lo que quieres… haré lo mismo contigo. Haré lo que yo quiera. Y como ahora comprendo lo mucho que detestas escuchar otra voz que no sea la tuya, cantaré para ti —anunció Elena, aclarándose la garganta. Él alzó las cejas sorprendido de que ella saliese con algo así.

—Voy a dejarte muda —amenazó cuando ella iba a entonar una de las melodías que solían cantar en el barco cuando lograban alguna proeza. La mirada de la chica cambió, drásticamente, de decidida a nostálgica.

—Bien. Estoy preparada para eso desde hace muchos años. No puedes asustarme con algo así —dijo al final. Recordó una de las canciones que su padre le cantaba cuando era pequeña y tenía problemas para dormir. La cantó y recordó con cariño cada frase y cada entonación.

El frío de la noche le hacía arder la garganta, pero no le importó. De algún modo sentía que era el momento de desahogarse. Un sentimiento de tristeza y de desesperación le inundó el pecho y, sin darse cuenta, su voz se entrecortó cuando comenzó a llorar sin poder evitarlo mientras cantaba. El sujeto frente a ella no se movió ni un ápice; ni siquiera cuando la escuchó sollozar; todo el tiempo mantuvo la mirada fija en el agua.

Sin en realidad quererlo, Elena apoyó la cabeza en la borda del bote, mientras miraba el perfil de él y dejaba salir las gotas gruesas de sus ojos. Se sentía mal, triste y decepcionada de que sus últimas palabras, probablemente las escucharía alguien que no las merecía. Cerró los ojos y continuó con la canción unos pocos minutos más hasta que se quedó dormida.

Lo que la obligó a despertar fue el terrible frío de la mañana. La temperatura había descendido más de diez grados, como mínimo; sentía las piernas entumidas, los labios, las orejas y la nariz helados por completo y al mirarse las uñas a la luz de los rayos del amanecer, advirtió que estaban moradas. Si no encontraba un modo de arroparse, moriría por hipotermia. Los dientes le castañearon al querer incorporarse, pero falló de modo miserable, pues estaba demasiado entumida. La marea no ayudaba tampoco, pues estaba fuera de control y las raudas olas movían el pequeño bote con demasiada fuerza.

Cuando logró incorporarse y observar hacia la proa, sus pensamientos y toda la actividad de su mente se detuvieron por una fracción de segundo, al darse cuenta de que frente a la pequeña nave, a unos pocos kilómetros de distancia, se alzaba un descomunal castillo de color negro. Negó brevemente con la cabeza, sin comprender cómo era posible aquello. La isla en la que estaba el castillo era tan pequeña que apenas lo protegía de las colosales olas.

—Pareciera que acabas de ver un fantasma —dijo el sujeto frente a ella, con tono burlón. Elena ni siquiera se dignó a mirarlo.

Y es que, si era honesta consigo misma… ese castillo no era un fantasma, pero sentía como si lo fuera… Aquel lugar era el mismo que ella había visto en su mente hacía unos pocos días. No supo si fue el frío o el hecho de que parecía sentir que el estar allí era como un mal presagio, pero tembló tanto de la cabeza a los pies que pensó que en cualquier momento se desmayaría.

Vidas cruzadas

—Baja, rápido —le dijo él con voz cansina cuando la pequeña nave tocó tierra. Elena le dio una veloz mirada a Antón que había estado parado en la proa todo el tiempo y el ave velozmente voló hasta su hombro. Paseó la mirada por todo el exterior visible del castillo, sorprendida de que se mantuviera en pie. No parecía ser viejo en absoluto, más bien... parecía ser como una extraña obra contemporánea que tenía muy pocos puntos de equilibrio; un conjunto de pequeñas construcciones que, unidas, simulaban un castillo a lo lejos, pero que de cerca daban la impresión de ser independientes.

—¿Qué lugar es este? —preguntó aunque supo de antemano que no iba a obtener ninguna respuesta. Él dejó los remos adentro del bote y lo amarró con una cuerda a una roca. Terminado eso, se acercó, la asió del brazo y la arrastró con él sin contestarle.

El monumental castillo tenía un puente de piedras sin barandal y que era en verdad angosto. Elena creyó que, si su agradable acompañante no estuviera sujetándola, para como se sentía de débil, podría caer con facilidad. Al llegar a la puerta, con un suave movimiento de mano él la abrió sin siquiera tocar el picaporte y la instó a entrar.

Un calor perturbador la hizo tambalearse. Él se apartó. Mala idea. Elena supuso que él estaba acostumbrado a esos extremos cambios de temperatura, pero ella no. Al haber estado a punto de sufrir una hipotermia, llegar a ese lugar tan caliente le provocó un desequilibrio térmico y después de que él la soltó, ella pudo mantener el equilibrio solo por unos segundos más y cayó al suelo desmayada.

No supo si lo pensó en el tiempo en el que estuvo desmayada o segundos antes de despertar, pero se sintió extrañada al recordar que se había desmayado hacía pocos días también… ella no era así. No era débil para nada. Abrió los ojos de sopetón y se incorporó tan deprisa que la cabeza le dolió y sintió que todo giraba a su alrededor. Gimió y se llevó las manos a los costados de la cabeza para apretar su cráneo e intentar aliviar el dolor.

Cuando logró mantener la vista fija en un punto, el dolor remitió con la presión de sus manos, por lo que las bajó despacio. Observó la habitación en la que estaba, parpadeó varias veces y pensó que continuaba inconsciente. La habitación era enorme y tenía un montón de objetos que pertenecían a diferentes partes de todos los reinos. Lo sabía porque era hija de un pirata… pero eso era un exceso: jamás había visto tantos objetos robados en un mismo sitio. Un hermoso cuadro de un pintor que ella reconoció casi al instante, la hizo querer ponerse de pie para mirarlo más de cerca y ver si era falso o si realmente era un original; empero, al hacer amago de levantarse, notó que estaba desnuda. Se sintió desconcertada, pues recordaba haber llevado toda su ropa hacía solo unos momentos por lo que supuso que habían tenido que meterla en agua tibia para poder nivelar su temperatura corporal. Trató de apaciguar el sentimiento de vergüenza que la recorrió por completo mientras tomaba los bordes de la delicada sábana y se la pegaba al cuerpo. Buscó con la mirada su ropa, pero no encontró nada. La puerta se abrió en ese instante y entró por ella el sujeto que la había arrastrado hasta allí. Ella lo miró con el entrecejo fruncido.

—Gracias por tocar —comentó sarcásticamente, mientras trataba de cubrirse por completo, sin tener mucho éxito en la tarea, pues la sábana estaba hecha un desastre a sus piernas. Él no le contestó nada y dejó su ropa encima de uno de los sillones de la época de la regencia.

Elena se dio cuenta de que el sujeto se había cambiado de ropa y ya no llevaba el pesado abrigo ni las prendas negras. Estaba vestido con una camisa blanca, con las mangas arremangadas y unos pantalones de color azul oscuro. Se giró después de haber dejado la ropa y se encaminó de nuevo a la puerta. Antes de salir le dijo con tono serio:

—Apresúrate. No deberías estar aquí.

Elena no comprendió lo que él le dijo y quiso ir hacia allí antes de que él cerrara la puerta, pero tiró esa idea por la borda.

—¿Fuiste tú el que me trajo hasta aquí y...? —la voz se le entrecortó. Él alzo una ceja sin poder encontrarle sentido a sus palabras hasta segundos después, y convino.

—Solo hay dos personas en este lugar y créeme, estarás agradecida de que lo hiciera yo. Cámbiate rápido. Si no estás lista en cinco minutos, tendré que sacarte aunque lo único que vistas sea esa sábana.

—Espera... —pero él, como siempre, hizo caso omiso de su súplica y cerró la puerta tras sí.

Sabía que cumpliría lo dicho así que se puso de pie y corrió hacia el sillón, se vistió dándose cuenta muy tarde de que se había puesto la playera al revés. Salió de la habitación y observó que él la esperaba apoyado de espaldas contra una columna y miraba su reloj de muñeca.

—¿En dónde está Antón? —le preguntó al acercarse con la alerta pintada en sus facciones.

—Lo he dejado en una jaula. Pronto te reunirás con él —estableció sin darle la menor relevancia a lo que acababa de decir. Elena no captó del todo la frase—. Vamos. No tengo tiempo que desperdiciar.

Él apuró el paso y ella no tuvo de otra más que seguirlo. Todos los lugares de la enorme construcción contrastaban uno contra otro de manera increíble; era como si cada vez entrara en un mundo distinto. Bajaron por unas inmensas escaleras sin barandal y Elena volvió a sentirse mareada. Al llegar a la planta baja un singular chapoteo la hizo bajar la mirada. Era agua. Estaba caminando en agua. Tal vez la isla no protegía del todo al castillo de las terribles olas marinas. Elena notó que cuando la luz del sol entraba por las ventanas, se fraccionaba al chocar contra el agua y reflejaba todos los colores alrededor de los pasillos. Continúo caminando, insegura, hasta que llegaron a unas altas y robustas puertas de color berenjena.

—¿Quién es la otra persona que vive aquí? —preguntó ella con un hilillo de voz.

—Es la dueña del castillo —dijo él; al abrir una de las puertas entró primero sin el menor rastro de caballerosidad.

La habitación era increíblemente grande. Elena tuvo que cerrar los ojos cuando los rayos de luz que se reflejaban en los pisos y paredes de cristal de la habitación, la cegaron un poco. Había alguien al fondo del lugar. Alguien sentado sobre una descomunal silla cubierta con terciopelo morado. Vio a una mujer con larguísima melena negra y ondulada, y rozagante rostro. Era hermosa desde lejos y a Elena le dio miedo pensar que de cerca probablemente la deslumbraría con su belleza. Se detuvo casi como si hubiera chocado contra una pared invisible y respiró agitada. Algo no estaba bien.

—Pasa, querida. No te quedes ahí parada —le dijo con voz suave la que estaba sentada en la gran silla. Elena continuó el camino que ya había trazado antes el sujeto rubio y cuando estuvo a pocos pasos de los escasos escalones que llevaban a la silla, se detuvo y miró de cara a cara a la mujer. La deslumbró como ella había pensado. Tenía unos grandes y almendrados ojos negros, con pintas plateadas y refulgentes. Nunca había visto a nadie que tuviese ojos con detalles a color. Sus pestañas eran largas, rizadas y espesas, y estaban acompañadas de unas cejas tan sencillas y bien delineadas, que parecía que alguien las hubiera pintado con un solo trazo de grueso a delgado. Sus labios, llenos sin dejar de ser elegantes, le sonrieron al ver su clara admiración. A Elena nunca le habían simpatizado los vestidos; los consideraba un estorbo y normalmente le gustaba verlos, pero no llevarlos. El vestido que llevaba esa mujer presentaba tonos verdes azulados y le llamó mucho la atención. La tela se veía tan delicada como la más fina seda que su padre hubiese robado.

—¿Qué tan hermosa te parezco? —le preguntó mientras se apartaba un mechón de sedoso cabello del rostro. Elena regresó la mirada a los ojos de la mujer.

—Lo siento… la he mirado demasiado —se disculpó y dio unos pasos hacia atrás, sin en realidad poder ir a ningún lado pues, a los pocos segundos, chocó contra el pecho del sujeto rubio que la tomó de los hombros y la acercó de nuevo a la mujer.

—No me molesta que me miren; de hecho soy de las personas que lo disfrutan. Lamentablemente no me pasa seguido. Estoy demasiado sola en este lugar como para que alguien alabe mi belleza.

—Sí, bueno… parece un lugar demasiado grande para solo dos personas —puntualizó Elena, dándole la razón a la mujer que rio.

—¿Cómo te llamas? —indagó cautivada.

—Me llamo Elena —contestó de súbito la de ojos violeta.

—Es un lindo nombre. Me da gusto que lo haya considerado —dijo la mayor casi en un murmullo. Elena arrugó el entrecejo sin poder darle sentido del todo a lo que ella decía—. Tienes unos ojos muy bellos —miró por encima del hombro de Elena y sonrió hacia el rubio—. ¿No te lo parecen, Diel?

El sujeto se encogió de hombros. La mujer sonrió amigable, se inclinó un tanto y apoyó el codo en una de sus rodillas.

—¿Cómo fue que llegaste aquí, Elena?

—Yo… quiero decir, él me trajo. Estaba… —pero no pudo continuar porque en ese instante, él la interrumpió.

—Es una larga historia. Ella metió sus narices en medio de mi misión. Tuve que traerla para asegurarme de que no me siguieran. Puedes hacer lo que quieras con ella… pensé que tal vez tendrías hambre —dijo él dando su explicación a grandes rasgos y Elena viró la cabeza para mirarlo con rostro asustado. ¿Hambre?... ¿qué demonios?

La mujer le disparó una mirada que claramente era de advertencia, pero a él no pareció importarle. Se aclaró la garganta y sonrió con encanto para volverse a fijar en ella.

—Así que… Elena… ¿tu padre nunca te enseñó a no meterte en los asuntos ajenos? —preguntó entretenida la mujer.

—La verdad es que me enseñó lo contrario —aceptó entre dientes y de mala gana.

—Me imagino.

—¿Quién es usted? —se aventuró a preguntarle con voz que reflejaba un valor que no sentía.

—Mi nombre es Morgana —se presentó la mujer e hizo una corta reverencia con la cabeza—. Soy la señora de este castillo y una de las hechiceras más poderosas de los seis reinos. Es una pena que, de todos los lugares, hayas tenido el mal tino de caer por aquí… y en tan mal momento.

—¿Mal momento? —preguntó desconcertada. La mujer compuso una aparente cara de tristeza y asintió varias veces.

—Verás… cada año me alimento de un cuerpo humano para que mi fuerza mantenga su equilibrio. Justo le comentaba a Diel que ya necesitaba uno para eso.

Elena no sabía si reírse o llorar. En parte creía que eso era imposible. El canibalismo estaba muy mal visto en la actualidad y nadie lo practicaba… pero esa mujer era una hechicera, y qué más le daba hacerlo si estaba aislada. Nadie la veía mal. Elena se dio media vuelta y miró con incredulidad a Diel.

—¿En serio era tan difícil decirme que moriría devorada por ella? Me habrías ahorrado todos los otros terribles pensamientos que tuve. Gracias por nada.

Él siguió mirándola sin mostrar un ápice de arrepentimiento.

—En tu beneficio, no creo tener tan buen sabor —comentó Elena negando con la cabeza. Morgana sonrió, animada.

—Ya lo veremos. Acércate, quiero cerciorarme de algo.

Elena no se movió. Bien… iba a comerla, pero pensó que al menos no se lo haría tan fácil; no obstante, antes de que pudiera eludirlo, Diel se había acercado y, como una frágil muñeca, la había cargado y llevado frente a la hechicera.

—Qué caballeroso —opinó con ironía, mientras él la dejaba en el suelo y regresaba al lugar que había ocupado todo el tiempo al pie de las escaleras, cerca de una gruesa y altísima columna.

La hechicera acercó su rostro al suyo y Elena cerró los ojos asustada pero, cuando abrió a medias uno, no le pasó desapercibido el hecho de que Morgana la olisqueaba y sonreía a la vez.

—Eres tú. Ya no tengo ninguna duda.

—No... no entiendo —tartamudeó Elena, con la voz entrecortada.

—Tienes algo que me pertenece —estableció la mujer cerca de su rostro. Elena pudo oler su aliento a vino.

—Yo no tengo nada suyo, en absoluto. Al menos que se refiera a mi cuerpo... y en ese caso, tampoco es suyo, hasta que logre ingerirme por completo.

Morgana rio ufana. Le hacía gracia esa niña. Le recordaba los viejos tiempos.

—No es a tu cuerpo a lo que me refiero, querida. Es algo más. Algo que está en tu bolsillo trasero.

Elena se quedó completamente sorprendida ante las palabras de la hechicera y la miró con la boca abierta, tratando de darle sentido a lo que decía. Sabía lo que había en el bolsillo trasero de su pantalón, por supuesto.

—No hay nada en mi bolsi... —mintió Elena y dio dos pasos hacia atrás.

—Mientes.

—No.

—Lo haces.

—¿Cómo lo sabe? —preguntó confundida Elena y Morgana sonrió.

—Porque fui yo quien lo puso en tu bolsillo. —Y levantó la mano derecha para reclamarlo—. Dame el mapa.

Elena sintió que toda la sangre le bajaba a los pies. Esa tarde de tormenta en donde la hoja del libro de su padre había desaparecido... todo eso lo había hecho esa mujer, pero ¿por qué? No entendía qué tenía que ver con ella. La mirada de la mujer se hizo mucho más apremiante.

—¡Ahora! —ordenó una vez más.

Sintió un temor que le recorrió todo el cuerpo; sacó el mapa del bolsillo trasero de su pantalón y se lo alargó a la mujer que, con una sonrisa triunfante, lo recibió en sus manos.

—¡No puedo creerlo! —susurró al desdoblarlo y darle la vuelta. Sonrió y miró sobre el hombro de Elena hacia el otro—. En verdad estoy asombrada. No solo me has traído a alguien a quién deseaba ver desde hace muchos años; también me has traído a la persona a la que he destinado como protectora de este mapa. Eres un genio, Diel —dijo entusiasmada. Él se cruzó de brazos y la miró con el ceño fruncido.

—Si estás tan agradecida, devuélvemela —le contestó él entre dientes.

—Estoy muy agradecida... pero no tanto. Sería una tonta si te la devolviera sin que hayas cumplido con tu parte del trato —negó ella y acarició con las yemas de los dedos la hoja vieja.

—¡Qué demonios crees que he estado tratando de hacer hasta ahora! —inquirió él fastidiado y ella sonrió.

—Inténtalo mejor —comentó secamente y finalizó la conversación—. Yo que tú, no perdería el tiempo... no te queda mucho —le recordó al apuntar hacia un reloj de arena que estaba en una vitrina cerca de su asiento.

Elena paseó la mirada de uno a otro durante esos segundos de conversación, pero no pudo comprender mucho. Cuando la mujer dobló de nuevo el mapa con la intención de guardarlo en su escote, Elena tuvo que obligarse a preguntar:

—¿Por qué está interesada en ese mapa? No es de usted. Es de mi padre.

La hechicera se detuvo a mitad de camino a su escote y sonrió con desdén.

—Lo sé. Sé que es de tu padre, por eso me interesa.

—¿Por qué?... Usted... —Elena se quedó sin poder decir las palabras que tanto deseaba porque la mujer asintió, adelantándosele.

—Así es. Conozco a tu padre. Digamos que lo conozco demasiado bien. De hecho, tengo una deuda de vida con él.

—¿Una deuda de vida? —repitió con el ceño fruncido y la mujer afirmó. Elena trató de recordar si alguna vez su padre le había contado tal cosa… pero no pudo hacer memoria de nada de eso—. Nunca… nunca la ha mencionado.

—Lo sé. Él no lo recuerda.

—¿Cómo es eso posible?

—Yo me deshice de sus recuerdos.

Elena pensó que eso tenía todo el sentido del mundo, aunque no comprendía por qué la mujer se había visto en la necesidad de buscar esa hoja.

—¿Por qué?

—Porque nunca logré pagarle la deuda. Me pidió algo a cambio que yo estaba dispuesta a darle en un principio pero luego me fue imposible.

—¿Qué era lo que él quería a cambio?

—Quería información —clarificó la mujer con tono serio y mirada ligeramente perdida, como si hubiera vuelto a ese específico instante en su mente. En seguida la miró con intensidad y dijo—: Referente a ti.

Elena sintió náuseas. Su estómago solía ser fuerte y aguantaba las peores tormentas, incluso misiones peligrosas y llenas de adrenalina; no podía comprender que solo tres palabras de esa mujer le provocaran esa horrible sensación de desasosiego y malestar.

—¿Usted sabe sobre mí? ¿Qué es lo que sabe, exactamente?

—Yo sé algunas cosas, Elena. Sé de dónde vienes tú y los otros. Sé perfectamente por qué te llevaron a ese barco y te dejaron con Bart, sé qué es lo que tienes que hacer… pero no puedo decírtelo. En esa misma encrucijada estuve antes. Resulta que muchas personas desean apoderarse de ti y Bart quería saber por qué y quiénes. Cuando nos conocimos, tú apenas tenías un año y Bart era joven e inexperto. Confió en mi palabra, pero yo no pude cumplir.

A Elena, su padre le había contado la historia de lo que su madre le había dicho en el momento en el que la había dejado en sus brazos: Su tía había querido hacerle daño en aquel entonces poniendo sobre ella un hechizo. Elena no sabía más. Esa mujer tenía las respuestas que muchos años deseó saber y, aun así, no podría acceder a esa información.

—¿Puedes decirme ahora lo que él deseaba saber?

Morgana suspiró casi displicente.

—Lamentablemente, no. Verás... estuve enamorada de tu padre por muchos años, pero tuve que renunciar a él cuando me borré de sus recuerdos. La persona que ha querido hacerte daño también me lo hizo a mí. Al enterarse de que yo tenía información que le concernía, asaltó mi castillo con un grupo de seguidores maniáticos y se llevaron a mi hermana pequeña. Me amenazaron con quitarle la vida si yo decía algo. Las palabras, desafortunadamente, están selladas en mis labios pues son la sentencia de Odette.

Elena sintió todas sus esperanzas desvanecerse; era lógico que no iba a decirle ni pío.

—¿Qué tiene ese mapa de especial?

—En mi interior no quería que él me olvidara, así que dejé unas palabras escritas, que ambos solíamos leer antes, la primera vez que nos separamos. Esas palabras le harían recordarme. En aquel tiempo no representaba una amenaza, pero en la actualidad con todas sus habilidades y sus seguidores... de haber leído estas palabras me hubiera recordado y habría venido a buscarme. Nunca volvió a abrir ese libro... hasta que tú estuviste allí. ¿Por qué? —se inquirió ella, elevó el mentón y apoyó la espalda en el respaldo.

—Vi este castillo en mi mente.

Morgana se mostró intrigada ante esas palabras.

—Imposible. Solo tu padre y esas horribles personas de las que te conté conocen este lugar. ¿Cómo podrías haber tenido una visión de un lugar que jamás has visto? ¿Tienes poderes mágicos?

Elena negó en seguida y la mujer quedó pensativa ante su negativa por un rato, hasta que, con lentitud, miró al tipo cerca de la columna, que se mostraba ajeno a todo lo que ambas decían, aunque Morgana lo conocía bien y sabía que él estaba prestando atención. A menos que...

—¿Has visto a este joven antes? —preguntó la hechicera y apuntó con el dedo al sujeto rubio detrás de ella. Elena viró la cabeza para observar al secuestrador que continuaba serio y negó con esta.

—Nunca lo había visto.

—¿Diel, la conoces? —dijo ahora la mujer dirigiéndose a él. El aludido chasqueó la lengua y negó mientras respondía:

—No. No la conozco. ¿A qué viene tu pregunta? —cuestionó con tono ácido.

—Nada... no es nada. Aunque tampoco puedo creer en tu palabra, ya que muchos fragmentos de tu memoria no te pertenecen ahora —susurró la hechicera; sonrió animada y se puso de pie.

—¿Qué hará conmigo?, ¿va a comerme? —quiso saber Elena y trató de esconder su temor.

—No voy a comerte; por lo menos no lo haré ahora. Diel, llévala a la mazmorra.

—¿A la mazmorra? —casi gritó, sorprendida de que la mujer ordenara aquello.

—Eres una prisionera. Jamás te invité a venir aquí —se defendió Morgana, y Elena miró al chico rubio.

—Yo no me invité. Él me trajo y ni siquiera tuvo la decencia de preguntar.

Morgana se puso una mano en la cabeza, como para tratar de hacerle ver que estaba fastidiada con tanto ajetreo.

—Como sea, da igual. Irás a la mazmorra mientras decido qué hacer contigo. No te quiero merodeando por todos lados. Este es un lugar tranquilo para mi comodidad… Encárgate de ella —continuó la mujer e hizo un gesto despreocupado con la mano al dirigirse a su secuestrador.

—¡No!, espere —pidió Elena al ver que él estaba a punto de cumplir con los deseos de la hechicera—. Puedo trabajar y ayudarla. No quiero estar encerrada…

—No es algo que esté a discusión. Llévatela. Ya decidiré más tarde que haré contigo. Diel, aliméntala bien, no quiero que sea una enclenque en caso de que decida comérmela.

—Bien —dijo él de malhumor, mientras pretendía tomarla del brazo, pero Elena pudo esquivarlo.

—No me toques.

Diel puso mala cara, casi como si cuidara de un infante dolorosamente travieso.

—Será mejor que no lo hagas enojar. Tiene mucho odio guardado y en cualquier instante puede arrojarlo hacia ti —dijo exultante la hechicera. Asió una taza de fina porcelana de la mesita que estaba cerca de su silla y se sirvió un poco de té con la tetera, mientras observaba a la muchacha que se daba por vencida y aceptaba ser llevada a la mazmorra.

—Puedo hacerlo sola —determinó Elena y miró a Diel con mala cara.

Compañeros de encierro

Elena siguió al rubio hacia la mazmorra. Había conocido mejores. El lugar estaba un piso abajo, detrás de una horrible pared llena de moho. Masculló, lamentándose de que probablemente moriría de una infección pulmonar. Diel abrió la puerta sin tocar el picaporte, como Elena ya había notado que era su estilo, y la invitó poco amablemente a pasar. Tuvieron que bajar más de diez escalones muy altos y al estar por fin en la habitación llena de celdas, Elena vio que había mucha agua. En el momento en que bajó por completo el agua le llegó debajo de las rodillas.

—Ahí está tu amigo —dijo Diel al señalarle a Antón que estaba en una de las celdas—. Supongo que el agua no será problema, ya que estás muy acostumbrada a ella.

Pensó que él se burlaba, pero al mirarlo se dio cuenta de que no era así. Hablaba en serio.

—No tanto —susurró, mientras el guardián abría la celda en la que estaba Antón. El ave quiso salir pero Elena negó con la cabeza y el cuervo se detuvo en pleno vuelo y regresó a donde había estado posado.

—Pasa —indicó Diel y ella asintió con mal genio y se metió en la celda.

El ruido de la puerta al cerrarse le puso los pelos de punta. Elena intentó tranquilizarse; no era ni de lejos la primera vez que se encontraba encerrada, pero sí era la primera vez que estaba custodiada por dos hechiceros. Sería muy complicado escapar.

—Más te vale no mandar a tu paloma mensajera… morirá si está a más de veinte metros de distancia del castillo. Le he puesto un sensor en la pata.

—No es una paloma mensajera —dijo enfadada.

—No podría importarme menos.

Con eso, puso la llave. Elena se acercó y apresó los barrotes con ambas manos, mientras lo miraba directamente, sin que él se mostrara inquieto.

—¿Necesitas algo?

—Necesito comida. Me muero de hambre.

—Comerás a la hora que pueda traértela. Punto.

—Vaya —dijo Elena y sonrió con ironía—. En verdad eres un cabrón.

—Gracias —contestó él y se metió la llave a uno de los bolsillos del pantalón.

—No era un cumplido.

—La vida me ha enseñado que, aunque la gente diga pestes sobre ti, todo está en cómo te lo tomes.

Elena se quedó boquiabierta al escucharlo decir por primera vez una oración tan larga y con tanto sentido. Él se giró y caminó en el agua para poder subir de nuevo la escalera y salir de allí. Elena retrocedió hasta la pared de la celda y se sentó en una superficie elevada y dura que podría hacer de asiento y de cama a la vez. Las cosas habían terminado mal. Peor que mal… y si era posible, algo peor que peor que mal. Bufó y Antón voló hasta su hombro.

—Esto es mala suerte.

—Lo es —convino el ave.

—Necesito encontrar la forma de salir de aquí sin que lo noten, pero… no puedo irme sin ti —susurró Elena al acariciar el plumaje del ave que pegó su cabeza contra la suya y le picoteó el cabello negro.

—Elena irse.

—No sin ti.

—Yo estar bien —dijo de nuevo el ave.

—Buscaré el modo, ya verás. Lograré que te quite esa cosa de la pata y cuando lo haga, nos iremos de aquí.

—Eso no va a funcionar —comentó una voz lejana.

Elena se quedó inmóvil pensando que, tal vez, había imaginado esas palabras. Se puso de pie y tardó en llegar a la reja porque el agua ponía resistencia. Se asomó por entre los barrotes pero no alcanzó a ver nada.

—¿Quién está allí? —preguntó entre atraída y asustada—. ¿Eres… eres otro prisionero?

La voz tardó en contestar tanto que Elena pensó que tal vez estaba loca y en verdad había imaginado todo.

—Se podría decir que sí —contestó la voz desde el otro lado. Era una voz masculina. Su celda parecía estar algo retirada de la suya.

—¿Te trajo también ese canalla como alimento de la bruja?

Una risilla la hizo sentirse como una tonta.

—Lo hizo, pero no como alimento de la bruja.

—¿Cuánto tiempo llevas aquí? —preguntó y se sujetó a los barrotes con ambas manos.

—Algunos años.

—¿Específicamente?

—No lo sé. Cuando uno está encerrado pierdes la cuenta de los días, de las semanas… incluso de los años. Es difícil; el tiempo no transcurre igual para una persona libre que para alguien que está atrapado en un lugar.

—Supongo. Soy Elena Romier, por cierto.

—¿Con quién hablabas hace un minuto? —se interesó la voz.

—Es mi acompañante. Se llama Antón… es un cuervo.

—Hola, Antón —saludó la voz desde su celda.

—Hola —contestó el cuervo y Elena sonrió brevemente.

Ella se sacó las horquillas y cogió el candado con la intención de abrirlo.

—No pierdas tu tiempo intentándolo. Es mágico. Aunque logres abrirlo… volverá a cerrarse una y otra vez.

A Elena le pareció que él ya había tratado de abrir su candado varias veces; así que resopló y se sentó de nuevo en donde había estado. Hablando con tono más alto, dijo:

—¿Cuál es tu nombre?

Él tardó en contestar, de hecho, varios minutos.

—Un nombre no tiene importancia cuando ya no se puede usar. El nombre es aquello que te da un lugar, una identidad dentro de un grupo de personas… eso no existe aquí. Puedes llamarme como tú quieras.

—Vamos. No puedo llamarte el chico de la celda. No suena agradable.

—La verdad es que prefiero olvidarme de todo. De mi nombre, del lugar de donde vengo y de lo que represento. Debido a todo eso me encuentro encerrado en este lugar.

—Parece algo drástico —comentó ella y se recostó sobre la loza fría.

—¿Qué eres, Elena? —preguntó de la nada y ella se mostró confundida.

—¿Qué soy?

—Sí.

—Soy... —no supo qué contestar. Parecía una pregunta fácil, pero la verdad era que distaba de serlo. Se rio al darse cuenta de que no tenía una respuesta.

—¿No lo sabes?

—Bueno... es que, para ser honesta, nunca nadie me lo había preguntado; ni siquiera yo lo había hecho. —Él se rio también ante esas palabras.

—No es una pregunta fácil —escuchó Elena decir a la voz.

—Tendría que serlo. ¡Uno debería saberlo!

—Te sorprendería conocer la cantidad de personas que no tienen ni idea.

—Y yo he subido el porcentaje —agregó con una sonrisa. Antón hizo el sonido que ella conocía perfectamente y que denotaba su buen humor.

—No creo que te quedes en la incertidumbre con respecto a eso. Das la impresión de ser de esas personas que, al final del día, logran identificar qué son. —Elena suspiró al escuchar atentamente sus palabras. Tal vez, algún día, podría saberlo—. Cuéntame de ti —pidió él alzando el tono de voz.

Ella sonrió. Siempre le había gustado hablar acerca de su vida en el mar, pero no tenía idea de cuánto hasta ese momento en el que se dio cuenta de que tal vez nunca volvería a ver su hogar.

No supo cuánto tiempo estuvo platicándole sus hazañas y peripecias a bordo del "Bala plateada": su barco, y para cuando se percató, ya era de noche.

—Perry suena como a alguien que me hubiera gustado conocer —comentó alegremente, Elena sonrió y asintió como si él pudiera verla.

—Es muy agradable. Una linda persona; me ha cuidado toda la vida.

—Parece que has tenido una vida ajetreada.

—Mucho. En especial en las situaciones en las que he ayudado a mi padre en sus robos —dijo con un tono lastimero en su voz.

—No suenas muy orgullosa de eso —comentó él y Elena se sonrojó.

—No es algo de lo que uno pueda sentirse orgulloso. Toda la tripulación... quiero decir, lo tienen en la sangre, se han dedicado a eso por años e incluso muchos de ellos provienen de familias que estuvieron en la piratería. Mi padre sabía que no era algo que me llamara mucho la atención, pero yo me ofrecía, de vez en cuando, para no desilusionarlo. Antes pensaba que él estaría encantado de que yo pudiera seguir con su legado.

—¿Y no es así?

—No. Después me di cuenta de que solo quiere que yo sea feliz y aunque está al tanto de que el mar es parte de mi vida, parece que sabe mejor que yo que no pertenezco a él —explicó al recordar las últimas veces que había intercambiado palabras con él en la embarcación. Lo echaba de menos... pero tenía que ser sincera: estaba un poco agradecida por haber salido de esa nave por primera vez, valiéndose por sí misma, aunque no hubiera resultado bien al final de cuentas.

—Yo nunca conocí a mi padre. Me alegro de que tengas a alguien que se preocupa por lo que quieres. ¿Y tu mamá?

—No tengo mamá. Es decir... tengo una, pero nunca la he visto. Espero poder encontrarla algún día. Ella me dejó en el barco cuando yo tenía poco menos de un año.

—¿Supiste la razón?

—Pues... según sé, mi tía no era una buena persona, era hechicera también y no quería a mi madre. Se quiso vengar de ella de alguna forma y terminó hiriéndome a mí. Me lanzó un maleficio.

—Suena terrible, ¿qué tipo de maleficio?

Elena estuvo a punto de contestar cuando, unos pasos en la escalera la alarmaron y se sentó sobre la loza. Antón aleteó inquieto y ella le acarició las alas para tranquilizarlo. Se trataba del rubio. Puso mala cara y se paró para caminar hacia los barrotes oxidados.

—¿Ya han decidido qué harán conmigo? —preguntó con una sonrisa animosa. Diel alzó las cejas en gesto de completo escepticismo y negó con la cabeza.

—No. He venido a traerte comida —le dijo sacando la llave de bolsillo de su pantalón para abrir el candado.

Elena lo miró confundida pues no cargaba con nada con qué alimentarla. Diel entró a su celda y se acercó a la loza. Con un movimiento de manos apareció un emparedado sobre un plato de cerámica y un vaso con agua y hielos.

—La prefiero al tiempo —dijo con la clara intención de molestarlo, cosa que no ocurrió porque, con facilidad, los desapareció del agua y salió de nuevo de la celda sin decir nada. Antes de cerrar la puerta, Elena se apresuró y lo asió del brazo. Diel arrugó el entrecejo, miró la mano delgada sobre su brazo y con un movimiento ligero se liberó y la contempló extrañado.

—¿Qué quieres?

—Quiero saber si te gustaría hacer un trato conmigo.

—No me interesa —susurró y la invitó con un movimiento de cabeza a quitarse de la zona en donde se cerraba la puerta. Elena no se movió.

—Debe haber algo que quieras y que yo pueda conseguir —insinuó. Diel parpadeó más rápido de lo normal—. Si me ayudas a salir, lo conseguiré para ti.

—No hay nada que puedas conseguir para mí. Olvídalo y resígnate.

—Espera —continuó antes de que él cerrara la puerta—. Quieres algo de ella… lo dijiste antes. Puedo conseguirlo.

Diel se mostró irritado por la alusión a la anterior conversación con la hechicera.

—Tú no tienes nada que ver con eso, será mejor que te mantengas al margen.

Elena percibió que eso parecía ser algo demasiado importante para él; algo que prefería que nadie supiera.

—¿Puedo hacerte una pregunta?

—No es como si no vayas a hacerla solo porque te diga que no.

—¿Eres un malnacido porque trabajas para ella, o porque es tu verdadera naturaleza?

Un asomo de sonrisa modificó su rostro. Elena se sintió abrumada de que algo como eso le causara una reacción así.

—Buen provecho —le dijo y cerró la puerta tras él para regresar a la escalera. Ella lo observó alejarse siguiéndolo con la mirada hasta que desapareció. Se volvió hacia su cena y se sentó a un lado de esta en la loza.

—Un emparedado de carne fría… por lo menos podría habérmelo servido caliente —se quejó al llevarlo a su boca. Agarró un pedazo de pan y lo partió en pedacitos pequeños dejándolo sobre sus piernas. Antón se acercó volando para comerse las migajas.

Cuando terminó notó que el chico de la celda alejada no había comido nada hasta ese momento tampoco. Se sintió mal por no poderle compartir.

—¿Tienes hambre? —preguntó en voz alta, pero él no le contestó. Elena supuso que se había quedado dormido, se recostó en la fría loza e intentó hacer lo mismo.

Fue en ese instante, al poner su cabeza sobre la piedra y cerrar los ojos, que recordó las palabras de la hechicera, que antes, supuso, por haberlas recibido de sorpresa, no les había encontrado el sentido: "Sé de dónde vienen tú y los otros". Elena abrió los ojos de sopetón y se incorporó sobre los codos.

—Yo y los otros —repitió en un susurro.

Su mente daba vueltas en torno a los datos recibidos. Ella y los otros. ¿A quiénes se refería, específicamente, esa mujer? ¿Habría alguien similar a ella en algún lugar? Lo dudaba. Su padre nunca le había contado de nadie más aparte de su madre. ¿De qué se trataba todo eso? Por un minuto supuso que tal vez había inventado aquello en su mente, pero tenía una excelente memoria. Se volvió a recostar y miró el techo de la celda. El agua bajo la loza tenía movimiento y al instante recordó su barco, cerró sus ojos de nuevo dándose cuenta de lo cansada que estaba y, por un instante, se regocijó ante la idea de que tal vez… solo tal vez, no estaba tan sola como siempre había pensado.

Había un tragaluz en la parte de arriba de la zona de las celdas. La luz que entraba por este la forzó a abrir los ojos ayudándola a percatarse de que ya era de mañana. Se frotó los párpados con las yemas de los dedos y ahogó un bostezo mientras se incorporaba. Antón continuaba dormido a su lado y Elena sonrió al observar su tranquilidad. Bajó de la loza, caminó hacia los barrotes y notó que el agua apenas le llegaba a los tobillos.

—La marea —murmuró comprendiendo cómo funcionaba aquello. Aferró los barrotes con las manos y acercó su rostro hacia ellos—. Chico de la celda, ¿estás despierto?

—Ahora ya lo estoy —contestó con sorna—. Tienes una voz estruendosa.

Elena sonrió, pero a los pocos segundos la sonrisa se le borró del rostro.

—¿Todo bien? —preguntó cuando Elena tardó en contestar.

—Bien. ¿No tienes hambre? Noté que ayer no cenaste nada.

—Estoy bien. Me levanté temprano y me trajeron un emparedado, luego volví a dormir porque no parecía tener nada más entretenido que hacer. No quise despertarte con mi rutina.

Elena sonrió entretenida.

—¿Cuál rutina? —preguntó animada.

—Suelo ser muy escandaloso. Es difícil cuando estás solo como yo... uno aprende a mantener conversaciones consigo mismo.

—Menos mal que ya te ha llegado una acompañante —dijo Elena sintiéndose terrible... el gusto le iba a durar poco a ese pobre chico—. ¿Cómo eres? —quiso saber.

—Muy apuesto —dijo sin vacilación. Elena rio y él pareció tomarse a mal su risa—. No te burles. Es verdad, lo juro.

—¿Qué tanto?

—Mucho más que ese Rob del que me contaste ayer, por el que parece que se te fue la razón.

Elena abrió la boca por completo azorada de que él hubiera notado aquello. Se sonrojó sin poder evadir su vergüenza y jugó un rato con el metal medio corroído de los barrotes.

—¿Cómo lo has sabido?

—Es bastante obvio, Elena. ¿Desde cuándo estás colgada por ese sujeto?, ¿o es un tema que prefieres eludir?

—No es un tema que pueda eludir. La mayoría de las personas que conozco lo saben.

Él se rio con su voz grave y ella sonrió también.

—Me gusta desde que lo conocí. Yo era solo una niña... pero pensé que nunca funcionaría.

—¿Y funcionó al final? —inquirió él. Elena torció la boca.

—No he llegado a esa parte. Él me dijo que le gustaba poco tiempo antes de que el rubio me arrastrara hasta aquí. No supe qué contestarle. Después de tantos años que estuve para él, que prefirió ignorar el modo en el que yo me sentía... es complicado.

—Así que no tienes una idea clara de cómo terminarán las cosas. Lo lamento por él. Sin embargo, me atrevería a decir que la has pasado mucho peor. Como ese plebeyo, ¿sabes?

—¿Cuál?

—El de la leyenda. ¿No la conoces?

Elena negó con la cabeza y se reprendió mentalmente sabiendo que él no podía verla.

—No.

—La leyenda se llama "Los cien días del plebeyo". Cuando era un niño solía leer con frecuencia y me encantaba leer todo tipo de libros, incluso los que no eran para niños.

—¿Y yo soy como ese plebeyo?

—Creo que eres su viva imagen.

—¿Puedes contármela?

—Podría, si tú te ofreces a hacerme un favor cuando lo necesite.

Elena no pensó que fuera nada malo, por supuesto, así que decidió aceptar el trato. No se quiso quedar pegada a los barrotes y regresó a sentarse a la loza cuando Antón despertó.

—Buenos días.

—Elena, hola.

—¿Qué tal Antón?, ¿cómo has pasado la noche? —quiso saber el muchacho al escuchar los graznidos del ave.

—Bien, bien —respondió el ave educadamente.

—¿Entonces Elena... tenemos un trato?

—¿Por qué crees que una historia vale un favor? —quiso saber ella sin poder esconder su curiosidad.

—Una historia puede valer el precio que se le ponga. ¿No habría algo que podrías arriesgar por conocer alguna?

Elena sintió escalofríos. Sin duda arriesgaría algo valioso para conocer su propia historia. Sonrió.

—Acepto.

El plebeyo que esperó cien días

Elena acomodó en su regazo a Antón y se dispuso a escuchar la historia con atención. Sintió un poco de frío en los pies, pero cuando comenzó a oír la voz del joven su mente pareció quedarse en trance.

—Cuenta la leyenda que hace muchos años, una preciosa princesa que tenía un descomunal castillo, buscaba marido. Muchos eran los que querían postularse para el puesto; así, nobles y ricos llegaban de todos los recónditos lugares de la Tierra para ganarse sus atenciones y poder desposarla.

—Alto —indicó y él se detuvo ante lo imperativo de su orden.

—¿Qué pasa?

—No quiero escucharla si es de una princesa.

Él se rio ruidosamente y preguntó:

—¿Por qué?

—Porque a pesar de no mover ni un dedo, siempre les pasan cosas buenas de la nada. Los cuentos todo el tiempo tienen

110

princesas y caballeros que las rescatan, además de joyas, posición social y... mucha discriminación.

—Este no es así. Además... no te he dicho que seas como la princesa. Te he dicho que eres como el plebeyo.

—¿Lo ves? Discriminación social. La princesa y el plebeyo; ¿quién escribe esas cosas?

—Te gustará, créeme. Dale una oportunidad.

Elena se alzó de hombros casi como si no le quedara de otra.

—Bueno, continúa. Esta era una princesa hermosa con dinero y que quería un esposo apuesto...

—Digamos que sí.

—Pero había un joven sin dinero que quería casarse con ella —intuyó Elena y él se rio de nuevo.

—¿Quieres contar la historia tú?

—No. Lo siento. Prosigue.

—Pero había un joven sin dinero ni riquezas que quería casarse con ella —continuó él. Ella sonrió y puso los ojos en blanco.

—Supongo que lo rechazó.

—No. Cuando le tocó el turno al plebeyo para presentarse frente a la princesa, le dijo que él la había admirado toda la vida, desde que era un niño y la había visto por vez primera; y que como no tenía tesoro alguno, le ofrecía su sacrificio.

—¿Su sacrificio?

—Sí. Pensó en que el modo de mostrarle su amor era sacrificando algo que era importante para él. Le ofreció quedarse cien días debajo de su ventana, sin más alimento que la lluvia y sin más cobijo que el de la ropa que llevaba puesta.

—Cielos... qué suicidio.

—Ante semejante propuesta, ella tuvo que acceder. Le pareció algo increíble que nadie hubiera pensado hacer algo así por ella. Y el plebeyo así lo hizo. Pasó los días y las noches sentado debajo de la ventana de la princesa; la admiraba en

111

silencio mientras ella se pavoneaba de un lado a otro y lo saludaba cada noche desde detrás de sus delgadas cortinas.

A Elena no le sorprendió el comportamiento de la princesa. Antón graznó casi como si le hubiera leído la mente y ella sonrió.

—¿Logró permanecer los cien días como prometió? Porque la verdad es que no me sorprendería nada que hubiese muerto de inanición.

—Lo soportó. A pesar de que los primeros días fueron los más difíciles, su verdadera batalla inició no por la falta de alimento ni de cobijo, sino por orgullo.

—¿Qué quieres decir?

—Pues… al llegar el día noventa y nueve todas las personas se regocijaban porque estarían a punto de tener un monarca como lo habían soñado. Nadie hace un sacrificio de ese tamaño a menos que sea una persona con una voluntad férrea. Pero una hora antes de que se cumplieran los cien días, el plebeyo se puso de pie y se fue.

Elena puso cara de circunstancia mientras negaba con la cabeza sin tener ni una pista de lo que había pasado.

—¿Se fue?

—Se fue y no regresó nunca a ver a la princesa.

—¿Por qué hizo algo como eso si estaba a punto de obtener lo que él había querido? —preguntó intrigada.

—Porque él no quería algo así. Unos meses más tarde un niño del pueblo lo encontró y le preguntó por qué había decidido irse estando a un paso de alcanzar la meta. Algo por lo que muchos matarían, incluso. Una posición de poder que no se regala.

—Yo le hubiera preguntado lo mismo —dijo Elena.

—El plebeyo le respondió con voz triste: ¿crees que una persona que no comprende un sacrificio de tal magnitud, no se conduele con él, ni se interesa en restringirlo por lo menos un poco… merece ser amada? Ella no merecía mi amor y yo no

112

puedo darle lo más valioso que tengo a alguien que no ha demostrado que lo merece.

Elena sintió una terrible opresión en el pecho. Cuando Rob le había dicho que le gustaba y que quería tener una relación con ella, después de tantos años de estar al tanto del amor que ella le tenía… no había sabido descifrar el sentimiento que rondaba en su mente y en su corazón. Hasta ese punto pudo ponerle nombre. La verdad era que sentía que él ya no merecía su amor.

—Entiendo —dijo en tono quedo, pero al parecer él la escuchó.

—¿Qué es lo que entiendes?

—Entiendo por qué soy como el plebeyo. Gracias.

—No hay de qué. Me da gusto ayudar a las personas; últimamente no he tenido la oportunidad de hacerlo, así que esto debe de valer algo al menos.

Elena sonrió tristemente y apoyó la cabeza en la pared.

—¿Cuál es el favor que te debo por abrirme los ojos a la realidad de mis más profundos sentimientos?

—No lo tengo a la mano ahora. Pero lo tendré. No debes olvidar la promesa que me has hecho, Elena Romier.

—Dudo mucho que pueda ayudarte a conseguir algo fuera de esta celda. No creo que nos den la oportunidad siquiera de tomar el sol.

El chico tardó algo de tiempo en responderle. Elena se recostó en la loza y esperó pacientemente.

—Ese sujeto… Diel; estoy seguro de que quiere algo. Tal vez no insististe lo suficiente.

Elena sabía que, en efecto existía algo que el rubio quería recuperar, pero parecía haberse sentido ofendido de que ella le hubiese ofrecido ayuda para encontrarlo. ¿Qué podría ser?

—Pensé que, cuándo le pregunté, no nos habías escuchado, que tal vez ya te habías quedado dormido.

—No. Simplemente no quise interrumpirlos. Sonaban anclados en su plática. En unos minutos más te traerá de desayunar, entonces podrías preguntarle de nuevo.

—No creo que vaya a tener éxito. ¿Sabes algo con respecto a él?

—Un pasado oscuro. No me gusta meter las narices en los asuntos de los demás, pero parece que es la persona que creo que es.

—¿Lo conocías? —se interesó en preguntar.

—No específicamente.

—Pero él fue quien te trajo aquí. ¿Cómo fue que ambos se encontraron?

Él no habló por unos minutos. Elena pudo escuchar su suspiro y sonrió.

—Él y yo… tenemos mucho más en común de lo que crees, pero en aquel entonces yo solo lo conocía porque es una persona muy buscada. Su foto está en todos lados. En los seis reinos incluso, pero especialmente en Tarso, que es el lugar de donde viene.

—¿Cómo sabes todo eso?

—Digamos que no soy pirata como tú, pero soy navegante. Antes de verme encerrado me enteré de que el ejército de Tarso buscaba a alguien con su descripción física; pero parece que últimamente es más complicado. Buscan a todos los hechiceros de ese movimiento… ¿lo conoces?

—El de los ciprianos, sí. Mi padre me habló de eso. Ha habido muchos piratas que han resguardado hechiceros y encontrado su fin por traicionar a los reinos. ¿Todos son en verdad tan malos como dicen?

—Ese es el error más común… pensar que lo son. Desgraciadamente muchos buenos hechiceros han muerto porque han sido acusados de estar liados con los ciprianos.

—¿A él lo culparon de eso también?

—No. A él lo han buscado desde antes de que se estableciera el movimiento. Su crimen no solo es ser hechicero.

—¿Entonces por qué lo buscaban?

—Parece que asesinó a alguien.

Elena sintió un escalofrío recorrerle de la cabeza a los pies. Asesino. El sujeto rubio parecía muchas cosas, un tipo egocéntrico con aires de grandeza, intratable, sí... violento tal vez, pero se le hacía difícil creer que en verdad pudiese haber matado a alguien.

—¿Asesino?

—¿No lo parece? —Ella chasqueó la lengua ante el tono de duda.

—No lo sé. Me es difícil pensar que pueda serlo.

—¿Por qué? —quiso saber él con un claro interés reflejado en su voz grave.

—Yo creo que no lo conozco lo suficiente para juzgarlo. Sería un error pensar que alguien, por ser frío, descortés y desagradable en general, es un asesino.

—Cualquiera diría lo contrario. En especial una persona que se ha visto privada de su libertad por él.

—No sería correcto que juzgara a alguien llevada por el enojo, por la decepción o cualquier emoción negativa. No soy ese tipo de persona.

Él ya no le respondió pues los pasos en los escalones le avisaron que, el sujeto del que habían conversado los últimos minutos, bajaba con su desayuno. El estómago le gruñó. Tenía mucha hambre. Al mirarlo, a Elena le sorprendió notar lo relajadas que se veían las normalmente tensas facciones del muchacho. Por primera vez pudo observarlo a la luz del día y lo estudió con atención mientras se acercaba. Era alto y tenía el cabello rubio dorado, que brillaba con los rayos de sol que chocaban contra él. Sus ojos eran grandes y sus pestañas y sus cejas, al ser de un dorado más oscuro, le daban bastante luz a su

115

rostro. Al sentirse observado él se detuvo como si hubiese chocado contra algo y elevó una ceja en indicio de desconcierto.

—Buenos días —saludó ella, afable.

Diel pareció pisar un terreno desconocido; empero, su confusión no duró mucho, y sin regresarle el saludo se acercó a los barrotes, abrió el candado y entró en la celda.

—¿Ya saben qué harán conmigo? —preguntó esperanzada.

—¿No te cansas de preguntarme lo mismo todo el tiempo? —cuestionó con el tono de siempre. Elena torció la boca y se sentó en la loza, displicente, mientras él aparecía un emparedado, como el mismo de la noche anterior.

—¿No hay otra cosa en el menú?

—No lo creo.

Elena descansó su mano en el brazo de su carcelero, pero esta vez él no intentó rehuir su toque, solo la miró extrañado de nuevo, como cada vez que ella lo tocaba.

—Por favor —pidió ella y lo miró directamente a los ojos. Diel denegó.

—Te he dicho que no... y será mejor que no vuelvas a tocarme.

—No tengo ninguna enfermedad contagiosa —le dijo al aparentar sentirse ofendida, pero sin quitar los dedos de su brazo—. ¿Pensaste en la oferta que te hice ayer por la noche?

—No tengo tiempo para pensar en palabrerías sin sentido.

—Sé que tienen sentido. Lo que sucede es que tú tal vez no confías lo suficiente en mis habilidades. Puedo hacerlo... déjame ayudar.

—No puedes hacer nada. De todos modos, si tuviera que elegir a alguien que lo hiciera, probablemente serías la última persona a la que elegiría.

—¿Por qué? —preguntó sin poder entender el inconmensurable desagrado que le profesaba.

—Porque sí. No vuelvas a traerlo a colación. No quisiera tener que cortar tu garganta… que se ve que, hasta el día de hoy, te ha funcionado muy bien —susurró él y se volvió hacia la puerta para abrirla y cerrarla detrás de él.

—Tal vez necesitas hablar con Morgana. Este parece ser un hueso extremadamente duro de roer —le dijo su compañero de encierro, después de que los pasos se dejaron de escuchar. Elena resolló decepcionada por no haber podido lograr que él aceptara su propuesta y se llevó el emparedado a los labios—. Supongo que sí es tan malo como todos lo dicen.

—Sí —afirmó indignada al morder el emparedado, de pronto arrugó el entrecejo y alejó el pan de su boca. Lo separó sorprendida al ver que no se trataba de carne como la del día anterior, aunque ella había estado casi segura de que de eso era. Era pescado y de la más fina calidad. Sonrió y se llevó el emparedado de nuevo a la boca—. O tal vez no. Lo único de lo que estoy segura es que cada vez estoy más interesada en lo que busca. ¿Qué crees que sea?

—¿Especulando? Diría que es a su novia.

Elena ladeó la cabeza, incrédula. El chico rubio parecía capaz de todo… incluso de ser asesino, ahora que lo pensaba mejor, pero carecía de todo lo que se necesitaba para tener una relación amorosa. No creía que ninguna mujer pudiera tolerar un comportamiento como el de él. La risa de su compañero se sumó a sus pensamientos.

—¿Qué te ha dado tanta gracia? —le preguntó ella.

—Esa tontería que ha salido de mi boca.

—¿Crees que es imposible?

—¿Que tenga una novia, a la cual esa bruja haya dejado escondida en algún lugar de este castillo, y que la esté buscando desesperadamente, intentando cumplir con las órdenes de Morgana para poder conocer su paradero?

—Sí —contestó ella con voz trémula—. Vaya… tu hipótesis está muy elaborada. Habría pensado que eso no podría ser posible; pero después de escucharte, supongo que tal vez esa es una opción.

—No lo creo, más bien pienso que a mi hipótesis se le puede cambiar novia por cualquier otro elemento —comentó con tono sarcástico. Elena sonrió y se percató de que en efecto, podía ser tal como su compañero lo había dicho.

—Pero uno no sabe… tal vez tienes razón, quizá sí tiene una novia —comentó ella seriamente.

Ambos permanecieron en silencio y luego de algunos segundos, los dos dijeron al unísono con tono burlón:

—¡No!

—¿Qué es lo que te gusta tanto de tu pirata? —quiso saber él después de unos minutos, ya que Elena terminó de comer su emparedado.

—No lo sé; me gusta estar con él y que pasemos el tiempo juntos. Tal vez nunca me ha querido como yo lo he querido, pero es un excelente amigo. Al principio, creo que lo que me gustó de él fue que no me trataba como los demás hombres de la tripulación; yo era la luz de los ojos de todos esos hombres, pero no de los de Rob.

—Me es difícil imaginarte de ese modo. ¿Eras una niña consentida?

—Sí. Por toda la tripulación de mi padre. Siendo la única mujer y pequeña… vamos, todos pasaban el tiempo conmigo, me cuidaban, se peleaban incluso por cantarme alguna despiadada canción pirata antes de dormir. Cuando conocí a Rob la cosa no fue así, tuve que esforzarme muchísimo para que me aceptara, pero él nunca me soportó. Incluso besó a una chiquilla que trabajaba en una taberna para desilusionarme. No volví a dirigirle la palabra hasta muchos años después

—comentó ella, sin sentirse incómoda por hablar de ese tema con alguien que no conocía y que además ni siquiera había visto.

—Y cuando volviste a hablarle, ¿repentinamente se hicieron mejores amigos?

—Algo así. Teníamos muchas cosas en común, nos gustaba hacer lo mismo, ¿sabes? La pasábamos muy bien, supongo. Nos encanta gastar horas haciendo competencias de tiro, por darte un ejemplo.

—¿Eres buena en eso?

—Sí. Mucho. Prácticamente soy la mejor de toda la tripulación —presumió y Antón asintió para darle a entender que estaba de acuerdo con sus palabras.

—Me gustaría poder verte haciéndolo.

—Oh, te encantaría. El día que me encontré con Diel había ido a un festival en donde tenían una competencia de tiro. Gané el primer puesto.

—¿Y cuál fue tu premio?

Elena se percató de que había perdido el sable.

—Demonios —susurró, pero pareció que él pudo escucharla a la perfección.

—¿Qué sucede?

—Perdí mi sable.

—¿Qué sable?

—Era… era el premio del primer lugar.

—Seguro podrás conseguir otro —le dijo él, con tono comprensivo.

—No hay otro como ese. Era especial.

Antón hizo los sonidos característicos de cuando deseaba decir algo pero tenía mucho en la cabeza.

—¿Qué sucede? —preguntó ella y se movió hacia el ave

—Antón dio Rob —y repitió lo mismo una y otra vez. Elena comprendió después de algunos segundos y le dio unas palmaditas cariñosas en la cabeza al ave.

—Gracias amiguito. Parece que Antón lo encontró y se lo dio a Rob —explicó Elena hacia su compañero de encierro.

—¿Y, si era tan especial, por qué lo perdiste?

—No lo perdí… es decir, lo olvidé cuando ese bruto me tomó de rehén.

La risa jovial de su compañero la hizo sentirse un tanto avergonzada.

—¿Qué tenía de especial entonces?

—Parece que se trata de un sable que tiene propiedades increíbles. Es liviano y fino, pero está hecho del metal más fuerte del mundo. Puede cortar cualquier cosa con facilidad.

—Me recuerda al sable de un antiguo faraón que encontraron hace siglos, y fue hace otros pocos que descubrieron que el metal no se había oxidado en milenios, pues según se decía, procedía del exterior.

—¿Del exterior?

—Sí… ya sabes. De otro planeta. Alidioro en su mayoría, también cobalto y algo de iridio y níquel.

—Suena asombroso. ¿Crees que se trate del mismo? —preguntó Elena, pensando que quizá habría tenido en sus manos una reliquia como esa.

—No lo sé. Muchas de esas reliquias se han perdido por las guerras y la nueva distribución de los continentes, entre otros factores. Quizá si tuviera la oportunidad de verlo… pero lo dudo. ¿Te comentó algo la persona que te lo dio?

—¿Acerca de si podría ser o no ese que mencionas? No. Solo me dijo que muchos matarían por él. Al principio no creí que fuera cierto, porque… ¿quién podría entregar algo así a otra persona? Luego lo probé.

—¿Funcionó?

—Funcionó —afirmó ella al recordar el modo en el que, sin problemas, había atravesado la gruesa capa de metal del tambo.

—Creo que me gustaría verlo y estudiarlo.

—Tal vez cuando salgamos de aquí, si es que salimos algún día —se lamentó Elena.

—Lo haremos. Conseguiremos salir de algún modo. Ahora somos dos, y dos cabezas piensan mejor que una.

—¿Nunca me dirás tu nombre? —preguntó ella y se sentó en la loza mientras colocaba el plato sobre el agua. Este flotó hasta los barrotes y regresó a ella.

Él tardó en contestar y ella no quiso presionarlo, así que esperó pacientemente.

—Puedes llamarme Dan —dijo, después de varios minutos y Elena sonrió al tiempo que miraba hacia el techo.

—¿Es un diminutivo?

—Podría decirse que sí.

—En ese caso puedes llamarme Lena. Es el modo en el que me llaman mis amigos —dijo con nostalgia y él rio a boca cerrada—. ¿No crees que lo somos?

—No lo sé. Nunca me caractericé por ser persona de amigos —confesó con tono afligido.

—¿Por qué?

—Estaba ocupado con otras cosas y la verdad es que solía perderlos, incluso antes de hacerlos.

—¿Ocupado con otras cosas? ¿No fuiste niño alguna vez? —inquirió con sorna.

—Fui niño, por supuesto, pero nunca me comporté como uno.

Los pasos en la escalera los alarmaron a ambos. Elena se puso de pie y caminó entre el agua, que ya había comenzado a subir de nuevo, hasta que llegó a los barrotes. Diel avanzó con fluidez aunque el agua le llegaba casi debajo de las rodillas.

—Morgana quiere que la acompañes a comer —explicó por todo, mientras abría el candado, la puerta, y se movía a un lado para permitirle el paso.

—Ah, ¿ya ha decidido qué quiere hacer conmigo? Dime... ¿seré su acompañante o seré su comida?

Diel no le contestó, simplemente la cogió del brazo con fastidio y la sacó de la celda, cerró detrás de ella y ambos subieron la escalera.

Plan maestro

Cuando Diel abrió las puertas del comedor, Elena se sorprendió al ver la enorme habitación. Era muy animada y retro, a diferencia de los otros lugares del castillo que había visto. Tenía un techo pintado con mandalas de colores diversos y psicodélicos; la larga mesa rectangular y sus sillas eran de color verde menta y tenían diseños inclinados, tanto que le pareció que sería imposible comer algo allí sin que se derramara. Otra cosa que le llamó la atención fue la cantidad de relojes que había; circulares, de cucú, de pared, de bolsillo y de otros tipos, todos decoraban las paredes.

—Parece tener gustos muy excéntricos —dijo Elena, dirigiéndose a la mujer de inconmensurable belleza que la miraba desde la cabecera de la mesa, quien le sonrió y la invitó a sentarse con un ademán de la mano.

—¿Cómo te ha parecido tu habitación? —preguntó irónicamente y con un retintín gracioso—. Querido, sé un caballero y ayúdala a sentarse.

—No es como si no tuviera brazos —dijo Diel, áspero.

—Gracias —dijo Elena sarcásticamente y movió la silla por sí misma—. Tienes razón, soy muy capaz de hacer las cosas por mí misma. En cuanto a la habitación —empezó al volverse hacia la hechicera—… es algo fría, para mi gusto, pero está bien. Le agradezco de todo corazón por su desbordante amabilidad.

Morgana sonrió jubilosa ante las muestras de buen humor de Elena. Hacía años que no tenía una compañía tan agradable.

—¿Lo ves, querido?, deberías aprender de ella a ser más optimista con la vida.

Él le obsequió una mirada mordaz y se sentó frente a Elena al otro lado de la mesa sin mirarla.

—Me encantaría poder serlo… pero sabes que no puedo y no es mi culpa —contestó y observó a la hechicera con odio puro. Elena deseó poder entender a qué se refería, mientras Morgana movía su luminosa melena de un lado a otro y la analizaba, afable.

—Escuché que tienes un cuervo que habla —inquirió y Elena dejó de mirar al rubio y parpadeó varias veces ante sus palabras.

—Sí. Así es.

—Eso es extremadamente insólito. Háblame de él, ¿cómo fue que lograste educarlo?

—No es tan difícil —explicó ella—. La mayoría de las personas cree que los cuervos no son inteligentes; que por el tamaño de su cerebro no pueden tener mucha actividad significativa. Se equivocan.

—Ilústranos querida —dijo la hechicera al aparecer en la mesa un festín mayúsculo. Luego enfocó hacia Diel—. ¿No crees que es increíble? —molestó.

—No —contestó el aludido sin inmutarse.

124

—¿Por qué no me sorprende? —murmuró con suavidad y le alargó su copa—. Sirve de algo entonces y dame un poco de alcohol.

De mala gana el chico rubio asió la botella de vino y llenó sin cuidado la copa de la hechicera. Elena continuó:

—El cuervo es uno de los animales más inteligentes del mundo. Se ha descubierto que es uno de los pocos que utiliza herramientas para conseguir alimento.

—Algo que solo los monos y los humanos menos inútiles pueden hacer, ¿cierto?

—Así es. Mi padre me regaló a Antón cuando cumplí los catorce años.

A la sola mención del capitán del barco pirata la mujer perdió el color que rondaba en sus mejillas y bebió varios tragos de su copa de vino.

—Y lo entrené con su ayuda y la de un amigo. Le enseñamos a comunicarse y no solo eso, también a comprender lo que las personas le decían. Su vocabulario no es muy amplio pero utiliza la contextualización: un punto más a favor de su inteligencia.

—¡Qué cosa más asombrosa! Son muy unidos, supongo.

—Lo somos.

—Aprende algo. Esta chica se hace amiga incluso de los animales mientras tú… no puedes entablar amistad ni con una roca. ¿No te parece triste? —preguntó la hechicera al rubio y él la miró con fastidio.

Elena empezaba a darse cuenta de cómo funcionaba la relación entre ambos. Notó con claridad que Morgana disfrutaba jugar con él, lo provocaba para que se saliera de sus casillas, mientras que él permanecía con la misma actitud y no se tomaba sus comentarios de manera personal.

—No todos tenemos las mismas habilidades —contestó sin molestarse. Morgana sonrió animada.

—Y dígame —interrumpió y la hechicera se volvió hacia ella—. ¿De qué fue exactamente que la salvó mi padre?

Eso no le pareció divertido; de hecho, la hechicera se mordió el labio inferior y, por alguna razón desconocida, parpadeó varias veces, casi como si quisiera espantar de su mente algún pensamiento o emoción. Luego de lo que le parecieron minutos eternos, Morgana sonrió con el rostro mucho menos lívido que antes.

—Cuando conocí a tu padre, él era un chico valiente, al grado de ser de esos que se podrían catalogar de imprudentes.

—Aún es valiente.

—No lo dudo.

—Pero ahora es algo más precavido —explicó Elena al recordar el rostro de su padre con cariño.

—Supongo. El tiempo lo obliga a uno a darse cuenta de que los actos impulsivos siempre te llevan por mal camino. En aquel tiempo, yo era esclava. Un amigo de mi padre, que en paz descanse —comentó mientras miraba hacia abajo y se llevaba una mano a la frente—, estaba enamorado de mi madre y cuando ella lo rechazó después de que mi padre falleció, no logró superar su enfado por haber sido rechazado. Así que mató a mi madre y nos arrastró a mi hermana y a mí con él. Nos forzó a hacer todo tipo de cosas... tus bellos oídos se sentirían terriblemente avergonzados de tan solo escucharlo.

Elena tuvo una horrible sensación de náusea y notó que algo de lo que ella decía tampoco le había agradado al rubio, porque frunció el ceño para reflejar su malestar.

—¿No podía utilizar su magia? —preguntó Elena confundida.

—Lo intenté al principio, pero no era tan buena como lo soy ahora. Mi madre mortal nunca deseó que yo practicara las habilidades que había heredado de mi padre; mi hermana no heredó la magia, así que tampoco tenía con quien entretenerme realizando hechizos cuando era pequeña. Siendo amigo de mi padre, nuestro captor también era hechicero y tenía un poder mucho más fuerte que el mío.

—¿Cómo pudo mi padre...?

—Cada quién tiene sus habilidades, querida. Tu padre usó lo que tenía y lo que hacía mejor: robar. Bart siempre tuvo una capacidad increíble para manipular a la gente. Le vendió una idea al hombre que nos tenía presas, con la intención de establecer un negocio con él... una intención ficticia, por supuesto, porque él, lo único que deseaba, era entrar en las tierras del amigo de mi padre y robarle todo lo que él tenía.

—¿Sabía que era un hechicero?

—Por supuesto. ¿No te dije que era muy imprudente? —Luego, con una risa sarcástica, agregó—: Un pirata contra un mago, ¿no es algo imposible?

—Supongo que no, porque aquí está usted.

—Al convencer a ese horrible hombre de hacer negocios con él y entrar a sus tierras, fue cuando me conoció. Se enamoró de mí, por supuesto, como todos los hombres que tuve la desgracia de conocer.

—Menos él —comentó Elena y se fijó en Diel, que le dio la mirada más asesina que ella hubiese sentido en la vida. Morgana sonrió y asintió.

—Tu padre no era un tonto. Sabía que no podría obtener ambas cosas: a mí y lo que deseaba robar. No obstante, tu padre, a pesar de ser un pirata, tenía un sentido de responsabilidad demasiado fuerte. Al vernos desamparadas a mi hermana y a mí en aquel lugar decidió olvidarse del botín y nos ayudó a salir.

—¿Y estaba usted enamorada de él?

—¿Yo? —preguntó al señalarse irónicamente con el dedo índice—. Yo tenía apenas dieciocho años, querida. No tenía idea de lo que quería; mi prioridad no era otra más que la de salir de allí. Al principio no me enamoré de él, a pesar de ser apuesto y caballeroso. Eso fue después. Al despedirme de él cuando nos trajo aquí para que ambas nos quedáramos a vivir en este castillo, pensé que lo volvería a ver pronto, pues él tenía la posibilidad de pedirme ayuda en cualquier situación y yo tendría que estar dispuesta a ayudarlo.

—Eso le molestaba.

—No. De hecho lo esperaba con ansias. Quise verlo incluso la misma noche en la que zarpó de aquí y me miró desde la proa para despedirse. Tuve miedo de no volver a verlo nunca, por lo que me metí en el barco antes de que se fuera y dejé esas palabras escritas en su libro de mapas, justo detrás de donde estaba el del reino de Tarso, el mar y la isla: las palabras eran un hechizo que lo obligaría a recordarme poco a poco, hasta que se sintiera forzado a regresar conmigo, en caso de que no necesitara ningún favor y continuara con su vida. Pero solo a los pocos meses llegó con una preciosa bebé de ojos color violeta y supe que necesitaba ayuda. Pensé que había tenido una hija con alguna de las mujeres que frecuentaba.

—No era así —dijo Elena con premura para defender a su padre.

—Sí. Lo supe después, cuando Perry me dijo que Bart no solía frecuentar mujeres de ese modo. Tu padre me explicó la manera en la que habías llegado a su vida. Al principio me pareció increíble, casi de no creerse, ¿sabes?

—Así que le pidió a usted ayuda para investigarme.

—Tu padre no tenía amigos influyentes, porque la verdad era que no los necesitaba. Solo se daba abasto; pero creyó que, al ser hechicera, tendría más oportunidades de conocer algo sobre la historia que tu madre le contó.

—¿Y no tenía razón?

—Por supuesto que no. Yo estaba aislada; tenía miedo de volver a mi hogar y buscar la información porque sabía que eso podía causarme problemas. Lo hice, pese a todo. Me arriesgué y arriesgué todo lo que había conseguido hasta ese momento.

Obviamente sin saber que las consecuencias llegarían a sobrepasarme.

—¿Le fue muy difícil?

—Tardé unos meses en conseguir un poco de información; meses en los que tu padre vivió en mi castillo, en donde ambos convivimos como una pareja. Los meses más felices de mi vida. Creo que puedes comprender lo difícil que fue para mí engañarlo cuando, una noche, buscando a mi hermana, no pude encontrarla y me enteré de que la persona que te había hecho daño, se la había llevado y me amenazó con eso para impedir que dijera lo poco que sabía acerca de ti.

—Lo lamento mucho.

—La verdad es mucho más cruel de lo que imaginas. Solo espero que cuando logres conocerla, tengas a alguien a tu lado.

Elena sintió un temor ajeno. Un temor a algo que ni siquiera conocía.

—Así que, ¿engañó a mi padre y le borró la memoria para que se alejara del castillo y no volviera a verla? —inquirió sin poder sacar de su cabeza las últimas palabras de la mujer.

—Días después de que tu padre se fuera, recordé las palabras que había escrito esa noche en su libro la primera vez que nos despedimos; tuve miedo de que lo leyera, me recordara y regresara a mí para obligarme a cumplir con el trato. Así que tomé uno de los mechones que me había quedado de tu cabello y puse un hechizo, para nombrarte guardiana de esas palabras. Espero que entiendas por qué hice todo eso; era el único modo de ayudar a mi hermana y a tu padre también, pues te buscaban y lo único que conseguiría si él regresaba, sería guiarlos a ustedes.

—Pero qué buen corazón —se burló Diel y sorbió un trago de su propia copa. Morgana lo miró con una ceja alzada que reflejaba su superioridad.

—Mi hermana es lo único que me queda.

—¿Y no has podido encontrarla? Si quienes la tienen, saben en dónde estás, ¿por qué no han venido por ti? —preguntó Elena y olvidó hacer uso del lenguaje formal.

—No parece que les convenga; básicamente me tienen controlada y no ganarían nada teniéndome cerca de mi hermana. Encontraría la forma de sacarla de allí. Además, ya no soy tan débil como era antes. Después de que se la llevaron, como ves, me puse en forma.

—Pero no eres suficiente batalla para ellos.

—No lo entiendes. Son demasiados. Nadie es suficiente batalla para ellos y su mayor ventaja es que están en todos lados, Elena.

—Además, no tiene idea de en dónde está, ¿cierto?

La voz del muchacho hizo reaccionar a la mujer de modo poco agradable, porque dejó su copa estruendosamente sobre la mesa.

—No; pero para eso te tengo aquí. —En seguida, se volvió a la de ojos violeta y dijo—: He tratado de encontrar el lugar en donde la mantienen, pero parece que está en diferentes puntos.

—¿Cómo?

—Quiero decir, Elena, que nunca está en un mismo lugar. Todo apunta a que está en un sitio que cambia de ubicación cada cierto tiempo, así que me ha sido muy complicado seguirle el rastro.

—¿Y él está ayudándote a encontrarla? —preguntó Elena al referirse al sujeto frente a ella que se sintió irritado de que la joven metiera las narices en el asunto.

—Sí —respondió Morgana con naturalidad.

Elena no dijo más. La comida transcurrió con charlas que abarcaron temas irrelevantes, cosa que no le parecía del todo mal a la joven que, aunque sabía que había demasiadas cosas importantes que tratar, creyó que era mejor estar concentrada en el puré de patatas.

—¿Volverás a enviarme a la celda? —preguntó al terminar de comer y Morgana le dio una sonrisa ladeada.

—Sí. Te llamaré cuando esté aburrida —contestó la mujer al levantarse de la silla primero—. Llévatela —ordenó con voz suave la hechicera al rubio quien asintió de mala gana, se puso de pie y le indicó el camino a la de ojos violeta.

—Gracias por la comida —agradeció Elena e inclinó la cabeza antes de salir.

—De nada. Si te apetece tomar un té en mi compañía, díselo a Diel. Él te traerá conmigo.

Elena aceptó con semblante turbado. Nunca había conocido a personas tan extrañas. Él no le dirigió la palabra y ella tampoco hizo el intento de tener una conversación, así que cuando la dejó de nuevo en su celda y se retiró, ella se recostó en la loza y Antón se paró en su pecho para picotearle cariñosamente las mejillas.

—¿Me extrañaste?

—Mucho, mucho —contestó el ave.

—También yo —anunció la voz de Dan. Elena sonrió y se incorporó sobre los codos—. ¿La pasaste bien con tus amigos de tertulia? —preguntó con ironía su amigo. Elena le obsequió una risa amena.

—La mejor comida de todos los tiempos.

—Cuando llegué aquí, esa mujer solía invitarme a comer con ella también, pero supongo que le parecí aburrido después de unos meses.

—Se cansará de mí también; pero antes debo asegurarme de pensar en un modo de salir de aquí.

—¿De qué han platicado? —preguntó Dan con curiosidad y Elena apretó los labios en una delicada línea mientras intentaba acomodar sus ideas.

Durante la tarde, conversaron acerca de lo que la hechicera le había comentado y por la noche, Elena ya tenía un severo dolor de cabeza. Miró hacia las escaleras. No había rastro de Diel.

—¿Crees que nos deje sin cenar? —preguntó con tono triste y Dan rio.

—Probablemente ha creído que has comido mucho y que no tendrías hambre para la cena.

—¿Pero qué hay de ti?

—Me mandó varias de las cosas que comieron hoy. No te preocupes, en verdad no tengo tanta hambre.

—Lo que yo tengo ahora es un horrible dolor de cabeza.

—Debió de haber sido mucho que procesar. Creo que lo mejor será que descanses —le dijo Dan con tono gentil y ella asintió a la nada.

—¿Dormirás también?

—Creo que es una mejor opción que morirme de aburrimiento por no tener con quien charlar. Así que, sí... dormiré.

Elena se puso de pie y caminó a los barrotes, los aferró con ambas manos y apoyó su rostro entre ellos.

—¿Dan?

—¿Si?

—Me gusta hablar contigo —dijo con voz delicada—. ¿Crees que podremos vernos alguna vez?

—No lo sé, pero puedo asegurarte que eso me encantaría —le contestó él con seguridad—. Duerme bien, Lena... no sueñes con tu pirata —agregó.

Elena soltó una risotada y caminó de regreso a la loza, se recostó y cerró los ojos.

Un montón de pensamientos se movieron en su interior una y otra vez mientras dormía. Recuerdos de lo que Morgana había dicho e imágenes de las cosas que le había contado y que ella había imaginado. Claramente estaba impresionada por toda la información que había recibido y, luego de que pudo vaciar de su mente las imágenes, se quedó dormida. Sintió que solo habían transcurrido pocos minutos, cuando los rayos del sol que entraban por el tragaluz le dieron de lleno en el rostro y tuvo que apremiarse a despertar; no obstante, permaneció recostada, elevó el antebrazo y lo descansó sobre sus cejas para cubrirse un poco de la luz. El rostro del rubio llegó a su mente causándole sorpresa. Por alguna razón parecía tener la respuesta para salir de allí. Estaba en su mente…

"¿Y él está ayudándote a encontrarla?"

Elena se incorporó para sentarse y miró fijamente a la nada, metida en sus propios pensamientos.

Esa bruja le había dicho que la misión de Diel era buscar el paradero de su hermana… parecía entonces, que todas sus misiones y todo lo que él debía hacer tenían que estar relacionadas con Odette… pero…

—¿Lena?, ¿estás despierta? —preguntó Dan, al escuchar el chapoteo que produjo su amiga que, al ponerse de pie, había caminado lentamente hacia los barrotes. Veloz, cogió una de sus horquillas, agarró el candado y movió las manos con maestría para intentar abrirlo—. ¿Lena? —preguntó de nuevo Dan desde lejos—. Tranquilízate, vas a lastimarte y no conseguirás nada.

El candado se abrió y volvió a cerrarse casi al instante. Elena lo hizo de nuevo un total de siete veces.

—Ey, déjalo estar. Vas a lastimarte —volvió a increpar Dan. Elena sonrió al escuchar la puerta de arriba abrirse.

—Dan… tengo un plan para sacarnos de aquí —le dijo en voz baja.

—Espero que no se trate de intentar abrir el candado hasta la muerte —comentó su compañero de encierro, con una sonrisa.

Elena observó al rubio que ya estaba a poco de terminar de bajar la escalera.

—Parece que no acabas de comprender cómo funciona ese candado —inquirió Diel afuera de la puerta.

—Sé perfectamente bien cómo funciona. He logrado lo que quería.

—¿Y qué es eso?

—Forzarte a bajar a reprenderme por jugar con tu candado mágico.

Diel arrugó el entrecejo sin poder darle sentido a sus acciones y se dio media vuelta para volver a subir por la escalera.

—Espera —pidió Elena y se desplazó hasta el extremo de la celda—. Tengo una razón para llamarte.

Él se detuvo cuando subió el primer escalón, se volvió hacia ella y cruzó los brazos.

—¿De qué se trata?

—Morgana me dijo ayer que si quería tomar un té en su compañía, te lo dijera y que me llevarías arriba. ¿Recuerdas?

—Sí.

—Bien. Quiero ese té. ¡Ahora! —indicó ella con tono firme.

Él suspiró con fastidio, se acercó de mala gana, abrió la reja de la celda y le permitió el paso. Elena sintió el latir de su corazón en los oídos por lo nerviosa que estaba mientras subían la escalera. Cuando al fin llegó al salón de las paredes de cristal, en donde, al parecer Morgana pasaba un buen rato de su día, Diel abrió la puerta y le permitió la entrada. La hechicera que estaba sentada en su sillón morado y leía, alzó la mirada de su libro, intrigada.

—Quiere el té que le prometiste —explicó él por todo.

—Buen día querida. Pasa, espero que hayas descansado bien.

—Muy bien, gracias —mintió Elena al acercarse a la mujer. Al llegar frente a ella Morgana dejó el libro en su mesita, se levantó y le indicó con la mano una pequeña salita que estaba a unos cuantos metros, detrás de otra pared de cristal. Elena asintió, caminaron hasta allí y ocupó el asiento que la mujer le ofreció.

—¿Qué tipo de té te gusta? Tengo hierbabuena, frutillas, cítricos…

—De limón, está bien —le dijo Elena con una sonrisa. Morgana afirmó, sujetó una taza y le vertió agua caliente de una tetera; luego también tomó asiento.

—Y bien, ¿cuál es la razón del té tan temprano? Me da la impresión de que tienes algo que decirme.

Elena asintió con la intención de hablar, pero casi de inmediato se detuvo.

—Es un tema… personal. De hecho se trata de mi padre y quisiera hablarlo a solas, si es posible —pidió al darle una mirada al sujeto tras ella.

Morgana arrugó la frente y también observó a Diel, confundida por la petición; segundos después aceptó.

—Sal.

Él pareció no comprender del todo, pero asintió, regresó a la puerta que estaba bastante lejos de donde ellas estaban, y salió cerrándola detrás de sí.

—Elena… debes entender una cosa. Tu padre no es un tema que me apasione abordar. Así que te pido que seas rápida.

—Mentí —le dijo y Morgana alzó una ceja en desconcierto.

—¿Con qué propósito?

—Necesitaba hablar a solas contigo… lo que tengo que decirte se trata de tu ayudante.

—¿De Diel?

—Sí.

Morgana se rio y se acomodó el cabello detrás en la espalda.

—¿Y qué puedes decirme acerca de él que yo no sepa?

Elena organizó sus ideas y tragó nerviosa. Tenía una sola carta y era mejor utilizarla lo más sabiamente posible. Se aclaró la garganta.

—Morgana… ¿es… es verdad que él está ayudándote a buscar a tu hermana?

La hechicera la miró como si tratara de adivinar los pensamientos en la mente de Elena.

—Sí —respondió al final, con un asentimiento.

—Entonces... las misiones... cuando él sale del castillo...

—Busca el modo de ubicar el lugar en donde ella está.

—¿Incluso cuando me lo encontré?

—Sí. Él asiste solo a los lugares a los que le digo que vaya. Habla con las personas que yo le autorizo. ¿Por qué te importa?

—Porque... creo que él te engaña.

Morgana parpadeó varias veces para reflejar su confusión, se apoyó en el respaldo de la silla y cruzó las piernas.

—¿Y por qué crees eso?

—Antes de decírtelo, quiero que me prometas que no vas a volver a dejarme en esa mazmorra. Que al menos tendré algo de libertad.

Morgana alzó las cejas sopesando las palabras de la joven, suspiró y convino.

—De acuerdo. Lo prometo.

—Esa noche, la noche que lo encontré y que él me trajo aquí... él hablaba con un hombre.

—¿Recuerdas cómo era?

—Lo recuerdo a la perfección, pero no es el hombre lo que me llamó la atención. Diel le pedía el nombre de unas personas que asesinaron a alguien. Y la verdad... no creo que hablara de tu hermana. Estoy segura de que él busca la manera de liberarse del trato que mantiene contigo, sea cual sea, y también utiliza el tiempo que le das para buscar a tu hermana para encontrar otro tipo de información.

Trabajo forzado

Morgana la estudió con cuidado por unos minutos, antes de contestar. La miró de arriba abajo con sus fríos ojos con pintas plateadas y después suspiró.

—¿Cómo puedo saber que lo que me dices es verdad?

Elena sabía que ella iba a preguntarle eso. La angustia la invadió, pero trató de permanecer calmada.

—No puedes. Lo único que puedes hacer es confiar en mí. No soy una persona mentirosa y nunca lo he sido.

—Supongo que si lo que dices es cierto, parece que he confiado demasiado.

—No tengo ningún modo de comprobar que soy de fiar ni que lo que digo es cierto; lo que puedo decirte es que entiendo tus sentimientos con respecto a tu hermana. Si hubiera estado en tu lugar hubiera hecho lo mismo. Y sé que ahora lo único que quieres es encontrarla y si hay algo que pueda hacer para ayudarte, lo haré. Además —continuó con voz más segura—, me conviene que la encuentres lo más rápido posible así, al menos, podrías intentar pagar la deuda que tienes con mi padre y me dirás lo que sabes.

La hechicera pareció convencida ante sus palabras y sonrió con prontitud.

—Pues en ese caso te agradezco que me hayas dicho la verdad. Te dejaré una habitación del castillo y podrás estar con tu ave; pero tendrás que hacer algo más por mí.

—¿De qué se trata?

—Te lo diré durante la comida.

Elena asintió y Morgana se levantó primero con la intención de llamar a Diel, pero antes de que pudiera dar un solo paso, Elena la cogió de la mano.

—Hay otra cosa que quiero pedirte.

—Dime. Veré qué puedo hacer por ti.

—Quiero que también le permitas a Dan salir de la mazmorra. No me molesta incluso si tenemos que compartir la habitación.

Morgana frunció el ceño y con una lentitud casi letal, volvió a tomar asiento, sin dejar de mirarla con firmeza.

—¿A quién? —preguntó con una sonrisilla que sorprendió a la muchacha. Elena se aclaró la garganta.

—El joven. El chico que también está encerrado allá abajo. Es mi amigo y quiero que lo liberes.

—¿Es tu amigo? —preguntó admirada la hechicera. Elena, confundida por la actitud de la mujer, la estudió fijamente.

—Sí.

—¿Él venía contigo? —quiso saber Morgana y apoyó los codos sobre la mesa y el mentón sobre las palmas.

—No. Él ya estaba aquí. Diel lo trajo hace años —aclaró Elena, aún más sorprendida de que la hechicera no pareciera conocer todas las cosas que su subordinado hacía.

—Esto es en realidad sorprendente. Me pregunto cómo es que pudiste saberlo —se dijo a sí misma mientras la observaba con intensidad e interés.

138

—No entiendo qué estás diciendo.

—Querida... eres la única que estaba en la mazmorra. No había nadie más contigo.

Elena se apoyó en el respaldo de su silla y miró a la hechicera con gesto contrariado, tratando de darle sentido a sus palabras.

—¿Qué... qué quieres decir con eso?

—Justamente eso que acabo de decirte. Estabas sola. No hay ningún muchacho encarcelado debajo de mi castillo.

—No... no es posible. Estoy segura de que estuve hablando con alguien.

—¿Un fantasma, tal vez?

Elena se dio cuenta de que, al parecer, a Morgana se le hacía divertido el hecho de verla tan extrañada. Se aclaró de nuevo la garganta y negó con la cabeza, preguntándose si las charlas que había mantenido con él habían sido solo un producto de su imaginación... o peor, si tal vez era como la hechicera decía y en realidad había hablado con un fantasma. Un escalofrío la recorrió de la cabeza a los pies.

—Me pregunto qué pensará cuando le diga —susurró la mujer con un tono gracioso.

Elena no supo cuándo fue que la hechicera se puso de pie y llamó al rubio que ipso facto estuvo presente junto a ellas, esperando la orden de Morgana.

—Llévala a la habitación de los patos y entrégale su cuervo, ya no volverá a la mazmorra.

—¿Vas a comerla?

—No. Tengo pensado hacer algo mucho más emocionante con ella —murmuró—. Levántate —le ordenó gentil a Elena, que regresó a la realidad y se puso de pie muy despacio.

Diel la miró perplejo, sin saber cómo había logrado la chica convencer a la hechicera de dejarle un poco más de libertad.

—Sígueme —le ordenó y ella salió de la reluciente habitación guiada por él. Subieron las escaleras, atravesaron corredores y pasillos diversos hasta que estuvo frente a una puerta de color azul turquesa. Diel la abrió y le permitió el paso.

—Gracias —susurró.

—Traeré a tu mascota en unos minutos.

Elena asintió y él cerró la puerta a su espalda. La cama suave la llamó y con las piernas temblorosas se acercó hasta esta, se dejó caer y se quedó dormida a los pocos segundos.

Al abrir los ojos se encontró con Antón. Estaba parado a un lado de su cabeza y permanecía quieto, estudiaba su respiración y la miraba atentamente.

—Hola, hermoso —saludó con la voz entrecortada.

—¿Bien, bien? —preguntó el ave al acercarse a ella y Elena le sonrió.

—Todo bien.

Elena se incorporó y fue que observó con atención la habitación. Era enorme y tenía patos por todos lados. Patos de cerámica, patos pintados en las paredes con diversos tonos de color verde menta, patos de metal de colores eléctricos y que estaban elaborados de un modo muy surrealista porque estaban incompletos, patos de una fina madera blanca y brillante, y patos en la alfombra. Esos, en específico, le llamaron la atención, pues parecían tener expresiones humanas en sus rostros y estaban acompañados de un fondo en color amarillo pastel. Elena se preguntó el porqué de tantos patos. Se puso de pie y caminó hasta el armario cubierto de patos tallados en la madera, lo abrió y observó unos pocos cambios de ropa. Tomaría una ducha… necesitaba relajarse.

Se dirigió al baño y llenó con agua caliente la tina. Se sentía sucia y tensa, así que pensó que el baño seguro le haría bien. Cuando estuvo lista el agua, se desvistió y se metió en la tina con cuidado para no perder el equilibrio pues se sentía debilitada. Antón entró al baño y se paró en el borde de la tina mientras ella apoyaba la cabeza y cerraba los ojos.

—Esa fue una excelente maniobra.

Los graznidos del cuervo llenaron el baño cuando Elena, sorprendida por aquellas palabras, se incorporó bruscamente y salpicó agua por doquier, incluso un poco se le metió por la nariz y no pudo impedir el ataque de tos. La risa a su lado la instó a limpiarse el agua del rostro para abrir los ojos; pero no vio absolutamente nada.

—¿Qué eres? —exclamó a la nada y miró hacia todos lados.

—Soy yo, el chico de la mazmorra. Parece que el estar ahora en una habitación te ha hecho sentir superior y te has olvidado de mí —comentó él.

—Escucha —dijo Elena con la voz insegura sin poder verlo, recordando lo que Morgana había dicho acerca de que se podría tratar de un fantasma—. Esto no es gracioso.

—Siento haberte asustado. No fue nunca mi intención.

Elena tragó saliva con dificultad y se dio cuenta de que, aunque no podía verlo, sentía su presencia.

—¿Eres un fantasma? —preguntó temerosa y la risa jovial masculina la hizo sentirse como una tonta por preguntar algo así.

—¿Un fantasma? ¿Eso crees que soy?

—No lo sé, tú dime.

—No, Lena, no soy un fantasma, pero supongo que podría entrar en una categoría similar.

—¿Qué… qué es lo que haces aquí? —quiso saber. Dobló las rodillas y las abrazó para cubrir su intimidad.

—Estoy aquí porque me agradas. ¿Puedo entrar? —preguntó casi adivinando la respuesta de Elena.

—¡Por supuesto que no!

—No puedo tocarte, ¿cuál es el problema?

—El problema es que igual puedes verme.

—¿Y? ¿Te avergüenzas fácilmente?

—No se trata de eso. Dan… déjate de tonterías. ¿Acaso algo de lo que me dijiste antes es verdad?

—¿De qué estamos hablando?

—De todo lo que me dijiste en la mazmorra.

—La mayor parte de lo que te dije es verdad. Especialmente la parte en la que te comenté que era muy apuesto. Esa es una verdad innegable.

—Para lo que te sirve estando muerto —se quejó de mala gana.

—Yo no he dicho que lo estuviera.

Elena bufó para demostrar su exasperación. Le irritaba no poder verlo, pero a la vez estaba en verdad sorprendida de que algo así le pasara a ella.

—¿No estás muerto?

—No; estoy hechizado, que es totalmente diferente.

Elena sintió un escalofrío bajar por su columna. Suspiró y trató de sacar el nerviosismo contenido.

—¿Quién te hechizó?

—No puedo decírtelo. Quisiera poder hacerlo, créeme, pero me es imposible.

Elena no quiso especular nada, sencillamente asintió, terminó de asearse debajo del agua y se aclaró la garganta.

—¡Vuélvete! —le ordenó.

—¿Y cómo podrías saber que lo hago?

—Porque confío en que eres un caballero. ¡Vuélvete!

—Bien —susurró él. Elena se salió de la tina en un santiamén y se enrolló la toalla sobre el pecho. Le quedaba corta, apenas le cubría el trasero. Gimió enfurecida por la vergüenza y caminó hacia la puerta, la abrió y la cerró detrás de sí, casi como si con eso pudiera evitar que él fuera tras ella. En seguida pensó que eso era una estupidez, pues probablemente él podía atravesar las paredes.

Estaba por quitarse la toalla para vestirse, cuando la puerta de la habitación se abrió abruptamente. Elena se apretó la toalla contra el cuerpo, se volvió asustada y observó que Diel estaba contra el marco con los brazos cruzados.

—¿¡Pero qué diantre pasa con ustedes!? —gritó y lo miró acusadoramente. Diel la observó sorprendido por su explosión de mal genio.

—He venido a decirte que la comida ya está lista.

—¿Y no conoces el porqué de la existencia de las puertas? ¿No sabes llamar?

—Nunca lo hago —le dijo despreocupado.

—¡Sal de aquí!, ¡ya!

—Bien, de acuerdo —contestó y levantó ambas manos para salir por la puerta y cerrarla tras de sí.

—Parece que estás un tanto exaltada —comentó animada la voz de su amigo. Elena miró con mala cara hacia la dirección de donde había salido la voz.

—¡Oh, cállate! Quiero que salgas de mi habitación y me permitas vestir en paz —ordenó hacia ningún lado en específico.

—De acuerdo. Iré a tomar algo de aire; te veré más tarde.

—Espera —dijo Elena y dio unos pasos hacia la puerta.

—¿Qué?

—¿No vendrás a comer con nosotros?

—Ni loco me pararía en frente de esa mujer. Eres la única que me interesa. Te veo más tarde.

Elena se sentó en la cama sobre la colcha de patos. Antón voló alrededor de ella sintiendo su ansiedad. Minutos después se puso de pie, abrió el armario y sacó un vestido de color rojo, largo y con mangas abultadas. Parecía que esa bruja tenía gustos excéntricos, hasta para la ropa. Se lo puso y se miró al espejo. No le quedaba tan mal.

Al terminar de arreglarse bajó al comedor y cuando entró en él, ya la esperaban.

—Debes disculpar la barbarie de mi acompañante —murmuró Morgana, al referirse a lo que había sucedido minutos antes cuando el rubio había entrado a su habitación sin permiso. Él ni siquiera le dirigió una mirada.

—Será mejor que te vayas con cuidado, si quieres permanecer de una pieza —dijo ella directamente al joven que alzó las cejas desconcertado por sus palabras, en seguida rio como en son de burla sin que la emoción llegara a sus ojos.

—Como sea.

Morgana volvió a aparecer comida por doquier y ella misma le ofreció una copa de vino a Elena, que la aceptó agradecida. La comida transcurrió con normalidad hasta que, sin aviso, la hechicera asió la mano del rubio.

—Hay una noticia que debo darte.

Diel alzó una ceja cuestionando a la mujer con la mirada.

—He decidido que no voy a comerme a Elena. Siendo sincera… creo que estaría muy mal comerme a la hija del hombre que salvó mi vida. Aunque no sea su hija biológica —Luego viró hacia Elena con una sonrisa y dijo—: sin ofender.

—Gracias.

—Si no vas a comértela, ¿será entonces solo tu invitada?

—No. De hecho acabo de contratarla —explicó la mujer.

Elena pasó de uno a otro sin poder digerir ni media palabra. La hechicera jamás le había hablado de un trabajo para el que quisiera contratarla.

—¿Ahhh, sí? Muero por saber de qué se trata —dijo él mientras se llevaba la copa a los labios.

—Seguro lo harás. Elena te acompañará en las misiones. —Diel y Elena que tomaban vino en ese instante, se atragantaron, y el uno tosió copiosamente, mientras que la otra se limpiaba el líquido que le había salido por la nariz. A Morgana no pareció importarle en absoluto—. Ella me traerá un informe detallado de que lo que haces realmente sea lo que te pido.

Él se controló y abrió las fosas nasales para intentar respirar la mayor cantidad de oxígeno y poder controlar sus ansias de tirarle encima el vino a esa horrenda mujer.

—¿Ya no confías en mí?

—Por supuesto que lo hago, querido; pero no he conseguido lo que quiero y siento que se nos acaba el tiempo. No quiero que te pierdas del objetivo.

—¿Entonces tendré que cargar con esta niña? En verdad estás demente, Morgana. Ella no tiene ningún tipo de habilidad mágica, lo único que me causará serán problemas.

—No necesito nada de eso para defenderme —comentó Elena y lo miró de reojo.

—Igual que tu padre, supongo. Parece que por eso no debes preocuparte. Espero que trabajen juntos y que no me den más problemas de los que ya tengo.

Ambos se miraron a los ojos. Diel se veía más que molesto, decepcionado. Elena pensó que lamentaba tener que hacerle las cosas más difíciles, pero debía luchar por salir de esa situación lo más pronto posible.

—De acuerdo; pero no pienso hacerme responsable de ella.

—Sí lo harás. Harás lo que yo te ordene, ¿te ha quedado claro? —preguntó y alzó el tono para demostrar su posición de autoridad. Diel se mordió el interior de las mejillas para impedirse el continuar con la pelea, se puso de pie y salió del comedor—. Se le pasará en unos días.

—Lo dudo mucho. No suele ser el tipo de persona que olvida el mal que se le infringe.

—Lo será, pero no tiene lo que necesita ahora. Esto comienza a ponerse alucinante —se emocionó Morgana y comió un pedazo de su filete a medio cocer—. Y pensar que estuve todos estos años sin tanta emoción.

Elena no quiso contestarle nada grosero, pero dentro de ella, le fastidiaba que la hechicera se regodeara con el sufrimiento ajeno. Segundos después se levantó de la silla.

—¿Te vas tan pronto?

—Lo siento, pero creo que ya he tenido demasiado, tanto de comida como de su intercambio de comentarios mordaces. Me retiro.

Morgana no pareció ofendida en absoluto, se apoyó en el respaldo y sonrió animada.

—Comprendo. En dos días, Diel tiene que presentarse en el reino de Cratas. Irás con él, así que prepara lo que necesites.

—Bien. Te agradezco por los alimentos.

—Es un gusto, espero que puedas acompañarme en la cena.

Elena aceptó y se dirigió hacia afuera del comedor. Caminó por los pasillos de nuevo, subió por la escalera y al estar a unos pocos pasos de entrar a su habitación, escuchó la fría voz de Diel detrás de ella.

—Quiero saber.

Elena tragó saliva, conflictuada, y se movió para enfrentar al que estaba a su espalda. Trató de mantener el control, se puso en jarras y ladeó la cabeza en un gesto interrogante.

—¿Qué es lo que quieres saber?

—No te hagas la tonta. Dímelo. ¿Cómo has conseguido lavarle el cerebro a esa mujer?

—No le he lavado el cerebro a nadie.

—¿Y cómo lograste pasar de la mazmorra a una de las mejores habitaciones y luego a meterte en mis asuntos?

Elena pensó que le parecía raro que la habitación de los patos fuera de las mejores. Se aclaró la garganta.

—¿Tus asuntos? Pensé que todo lo que hacías estaba relacionado con Morgana.

Diel se mordió el labio inferior con fuerza y casi pudo sentir el sabor de su sangre en la boca.

—Eso quise decir.

—No. Eso es mentira… porque claramente dijiste que eran tus asuntos.

—Escucha, será mejor que te mantengas alejada de todo esto. Por tu propio bien.

—¿Ah, sí? Me parece que es más por el tuyo y te recuerdo… fuiste tú quien me trajo aquí. Fuiste tú quien firmó la sentencia.

—¿Hubiera sido mejor que te dejara en el mar? —preguntó al acercarse y la miró enfadado. Elena alzó el rostro.

—¿Lo hubieras hecho?... supongo que lo que dicen de ti es cierto, entonces.

—¿Lo que dicen de mí? —preguntó y negó con la cabeza sin entender lo que ella establecía.

—Sí. ¿No te buscan por asesinato? —dictó sin miramientos. Diel la contempló absorto de arriba abajo sin poder creer sus palabras.

—¿Cómo demonios sabes eso?

Al notar su respuesta exaltada, Elena dio unos pasos hacia atrás, pero él se adelantó y la miró con tanto odio que ella tuvo que forzar a su cuerpo a detenerse.

—¿Quién te lo dijo?

—No voy a decírtelo —respondió fatigada e intentó pasarlo de largo

—¿Cómo lo sabes?—volvió a preguntarle con la voz firme.

—No voy a decírtelo —repitió letalmente—. No vas a conseguir nada de mí.

Diel, con la respiración agitada, retrocedió.

—Voy a deshacerme pronto de ti. Vas a desear nunca haberte entrometido en mi vida —sentenció y la señaló acusadoramente con el dedo índice, dio media vuelta y se fue por el pasillo, dejándola con la respiración agitada y un sentimiento de temor desbordante.

Al entrar a la habitación de los patos, minutos después de haberse tranquilizado, pues no quería alterar a Antón, cerró la puerta despacio tras ella y sonrió al ver a su amigo volar hasta ella. Se posó en su mano y Elena le acarició la cabeza con cariño.

—¿Ya has comido algo?

—Fruta —contestó el ave al apuntar con el pico la mesita con un frutero que estaba al lado del armario.

Se sentó en la cama y jugó un rato con él mientras su mente estaba ocupada en pensar qué pasos debía seguir. Ya tenía la oportunidad de salir, aunque las cosas no habían salido exactamente como ella había pensado. El problema, ahora, era averiguar el modo de perderle el rastro al chico rubio.

Al caer la tarde percibió que tenía un severo dolor de cabeza, así que movió las cobijas y se recostó con el vestido puesto. Antón se posó en la mesita de al lado de la cama, Elena se movió para observarlo y puso ambas manos debajo del perfil de su rostro.

—Necesito averiguar cómo alejarme de todo esto.

—Lena, lo hará —dijo el cuervo con su tono agudo.

—¿Y si no lo consigo?

—Si no lo consigues, siempre puedes contar con que estaré contigo —susurró alguien detrás de ella en su oído.

Elena se exaltó y se movió sin ver nada.

—¿Dan?

—¿Tardé mucho?

—No. Yo… pensé que ya no regresarías después de cómo me comporté contigo esta tarde.

Él se rio y Elena sonrió en breve.

—Para nada. La verdad es que el que tiene que disculparse soy yo. No debí entrar a tu baño de ese modo. Prometo que no sucederá de nuevo.

—¿Y cómo se supone que sabré que eres honesto?

—No puedes saberlo, pero tengo palabra de honor. ¿Crees que eso sirve?

—Supongo.

—¿Y has logrado conseguir algo que te ayude a escapar de aquí?

—Algo así, pero no es exactamente lo que planeé. Parece que tendré que acompañar a Diel en los viajes que realiza. Será una pesadilla.

—Pero tendrás la oportunidad de alejarte. Quizás puedas perderlo en algún punto.

Elena convino, se recostó y miró hacia donde se suponía que estaba su amigo.

—¿Puedes acompañarme?

—No lo creo.

—¿Por qué?

—No puedo salir de este lugar.

—¿No puedes salir de aquí? ¿No se supone que eres un fantasma y puedes moverte a dónde desees?

—No es tan fácil, Lena; y no soy un fantasma, ya te lo dije.

—Bueno, ¿cuál es la razón por la que sigues aquí?

—Busco algo. Te lo comenté antes, estoy hechizado y necesito encontrar la llave que me permita deshacerme del hechizo.

Elena arrugó la frente, se incorporó y apoyó todo el peso de la parte superior de su cuerpo sobre su antebrazo.

—¿Una llave?

—Sí. Bueno… no es una llave, literalmente, pero tiene esa función; la de abrirme camino.

—Si no es una llave, entonces ¿qué es?

—Es un anillo. Está en algún lugar de este castillo.

Elena se sintió sorprendida por la noticia y recordó la conversación que habían tenido en la celda.

—El favor… el favor que me pediste, ¿tiene algo que ver con ese anillo? —quiso saber con voz trémula.

—Sí. Necesito que me ayudes a encontrarlo.

Elena sintió que la preocupación se almacenaba en su pecho en mayor grado cada vez. Se dejó caer sobre la almohada y miró hacia el techo.

—Esto es en verdad complicado.

—¿Qué te lo parece: el hecho de que tengas que intentar liberarte de ese sujeto y de la bruja, que puedas conseguir la información que necesitas saber de tu familia o ayudarme a buscar lo mío? —preguntó él, con tono entretenido.

—Todo. Y claramente debo hacerlo antes de que mi maleficio se active.

—¿Sabes cuándo será eso?

—Cuando cumpla dieciocho años.

—O sea…

—No tengo idea. Desconozco mi fecha exacta de nacimiento —dijo ella y ahogó un gemido. La risa masculina despreocupada la animó un poco.

—Seguro que lo lograrás. Pareces capaz de muchas cosas. Ese maleficio… ¿qué va a hacerte?

Elena se trasladó la mano al pecho en una acción automática para tocar con las yemas de sus dedos la perla.

—Cuando el maleficio se cumpla no podré hablar. Si alguna vez digo una sola palabra, se me restará un año de vida. Necesito descubrir y lograr demasiado antes de que eso ocurra o estaré en un aprieto —se lamentó con voz agotada.

—¿Hay algún modo de contrarrestarlo o de eliminarlo?

Elena resopló mortificada.

—Lo hay. Alguien más debe darme la mitad de su vida.

Dan tardó en contestar y ella temió que se hubiera ido de allí.

—¿Tu pirata no lo hizo?

—No. Él nunca lo supo.

—¿No se lo dijiste? —preguntó con desconcierto y ella negó con la cabeza—. ¿Por qué?

—Antes lo quería demasiado como para hacerle perder la mitad de su vida. No debería ser así —explicó despacio y aguantó las ganas que tenía de llorar.

—Entiendo —contestó él, aunque la verdad era que no lo hacía. Elena asintió y se quedó callada por unos segundos.

—Creo que dormiré. Al menos debo tener la mente fresca —anunció ella y se movió hacia un lado para darle la espalda mientras una solitaria lágrima resbalaba por la comisura de su ojo derecho.

—Lena —dijo Dan. Elena lo sintió aún más cerca que antes—. Si me ayudas a encontrar el anillo te juro que podremos contrarrestar el hechizo —aseguró con voz firme.

Ella entrecerró los párpados con la mirada fija en la ventana y deseó en su mente que eso fuera verdad. Suspiró y alargó el brazo para apagar la lámpara de la mesita que estaba a su lado y en donde Antón se había quedado dormido.

Se arropó con las mantas y sintió un calor abrazador que sabía a la perfección que no provenía de estas. Sonrió agradecida. Esa noche durmió profundamente.

Pareja helada

Elena volvió el rostro hacia el castillo, dos días después cuando zarpó en compañía del chico rubio y de su ave. Le había pedido a Morgana que le permitiera llevar al cuervo con ella y le quitara el sensor de movimiento. Morgana había aceptado ante la mirada desconcertada de Diel, pero le había dicho que el ave debía mantenerse a su lado, sino, le otorgaba permiso al sujeto para aniquilarla.

Elena sabía que no era cosa de juego así que, antes de salir, había hablado seriamente con Antón para pedirle, que por ningún motivo, dejara su hombro. El cuervo había accedido obediente y al final, allí estaban, de camino al reino más frío del mundo, en compañía del sujeto más frío del mundo y con el invierno a la vuelta de la esquina. A pesar de todo, iba bien preparada y llevaba ropas que la cubrían por completo y una capa de piel de color café que Morgana le había obsequiado cuando había hablado con ella de lo que se suponía que debían hacer en Cratas.

La misión parecía fácil a simple vista, pero no lo era. Se suponía que ambos debían buscar a alguien llamado Lars, Joel Lars; un hombre activista en pro del movimiento cipriano que huía del gobierno y de la iglesia, a la vez que intentaba darle caza a los lapsis, un grupo de gente que estaban haciéndole frente tanto a los ciprianos como a los soldados que culpaban falsamente a los hechiceros. Elena sentía una seria curiosidad por ese grupo de rebeldes.

—Joel Lars es uno de los líderes ciprianos más importantes, —dijo Morgana, al explicarles a los dos lo que debían hacer—, pero es de los pocos que carecen de habilidades mágicas; sin embargo, tiene mucho poder económico y, solo recientemente, ha logrado hacerse de una mansión en Cratas. Al parecer, el reino no está unido a la causa cipriana, ni está en contra de esta, por lo que le fue fácil refugiarse allí y pasar desapercibido.

—¿Y qué se supone que tenemos que buscar cuando lo encontremos? —preguntó Elena con el ceño fruncido.

—Buscarán un libro en su biblioteca privada. Es un libro que tiene todos los nombres de las personas a las que han capturado durante estos últimos años y su ubicación actual.

—¿Han capturado a muchas personas?, ¿con qué propósito? —quiso saber Elena. Morgana se aclaró la garganta:

—Hay cosas que no sé y otras cosas que no puedo decir. Esta es una de las cosas que desconozco. Debes entender, Elena, que esto no es ningún juego y que se deben tomar medidas drásticas, de ser necesario.

—¿Qué tipo de medidas?

—En caso de que alguno de los dos, en especial tú, pues careces de poderes, sea descubierto y atrapado el otro deberá matarlo. No pueden relacionarlos conmigo, ¿comprenden?

Elena sintió un vacío horrible en el estómago. ¿En qué demonios se había metido? Diel afirmó casi como si no le importara aceptar que, en caso de que la atraparan, tendría que matarla.

—Si descubren que trabajan para mí y que están enterados de lo que hago, pensarán que les he dicho todo lo demás también —todos guardaron silencio. Morgana produjo un sonido gutural animado y sonrió—. Pero... vamos, no hay que ser tan pesimistas. Esperemos que todo salga bien y logren encontrarme ese libro.

Elena tragó saliva. No tenía idea de qué era peor, si ser devorada por esa mujer o asesinada por el chico rubio.

—No quiero tener que matarte —le dijo Diel y la sacó de sus pensamientos, cuando se alejaron del castillo—. Así que, limítate a hacer lo que te pida, sin tonterías ni imprudencias. ¿Comprendes?

—Pensé que habías dicho que querías deshacerte de mí.

—Hay demasiadas formas de deshacerse de alguien sin tener que asesinarlo; tómalo en cuenta —le avisó desde la bancada en la que estaba sentado y le arrojó uno de los remos, mismo que ella atrapó al vuelo.

—Bien —le contestó de mala gana y remó—. ¿No usarás el aro que utilizaste la otra vez, el que nos trajo de donde estábamos hasta aquí?

—Lo usaré más adelante. La magia de teletransportación, aunque se tenga un objeto de apoyo, consume mucha energía; además, necesito estar en un punto específico para que nos acerque todo lo posible.

Comieron unos emparedados que llevaban en un empaque térmico y cuando la noche cayó sobre ellos Elena comenzó a quedarse dormida... estaba agotada de remar todo el día. Subió el remo y lo dejó en el piso de la pequeña nave. Diel la miró arisco.

—¿Y ahora qué?

—Necesito descansar.

—Si no te aplicas a hacer las cosas bien no llegaremos nunca.

Elena se rascó la cabeza y lo miró con rostro triste, él negó con la cabeza con el fastidio reflejado claramente en sus ojos.

—Déjalo. Lo haré yo —refunfuñó y sujetó el remo con la mano izquierda para continuar.

Lo que la despertó cinco horas después fue el frío extremo. Sintió el aire helado entrar por sus fosas nasales y le cosquilleó la garganta, por lo que abrió los ojos y vio que sus pestañas tenían unas motas de color blanco.

—¿Nieve? —se preguntó quedito y se quitó los copos blancos de las pestañas. Entrecerró los ojos y se esforzó para ver hacia lo lejos. Se veía claramente un montículo café—. ¿Ya hemos llegado?

—Sí. Estamos a una hora aproximadamente. Por cierto… creo que lo mejor sería que te quedaras en la barca. Lo pensé y creí que no querrías bajar a tierra. Si te quedas podré hacer mi trabajo y tú podrás permanecer a salvo.

Eso, por supuesto, no la engañó. Al final no era tan mala idea, pero Elena sabía qué era lo que tenía que hacer; además, con toda probabilidad, él le pondría un hechizo para obligarla a permanecer allí y no podría zafarse de ese bote nunca.

—No, gracias.

Diel resopló exasperado.

—¿Estás demente? ¿Tienes idea de lo que podría pasarte?

—Estoy consciente de lo que puede sucederme.

No le gustó nada la contestación, lo que Elena pudo ver en su expresión. Segundos después su rostro se relajó.

—De acuerdo.

Tardaron algo más de la hora, pero Diel no atracó en el puerto, sino a unos kilómetros más lejos, detrás de unas rocas mastodónticas. Elena bajó de la barca auxiliada por él y se frotó las palmas para tratar de mantener el calor.

155

—Que frío de perros —dijo y caminó detrás de él —¿A dónde iremos primero? —preguntó siguiéndolo por el bosque de pinos.

Elena se sentía sorprendida al ver tantos pinos y parecía que Antón estaba contento también porque graznaba continuamente.

—Calla a ese animal —le ordenó mirándola sobre el hombro.

Ella acarició el abdomen del cuervo para darle la indicación de que debía guardar silencio. Caminaron más de cincuenta minutos, hasta que Elena, cansada, tuvo que pararse a descansar. Diel la miró molesto, pero no le dijo nada y esperó pacientemente junto a un tronco. Diez minutos después ya habían vuelto a avanzar.

—Demonios, ¿no podríamos haber atracado en un lugar más lejano? —preguntó con la respiración agitada.

—Podríamos. Lo tomaré en cuenta para la próxima —le contestó él, pero de repente se detuvo y Elena chocó contra su espalda. Con movimientos casi felinos la asió del brazo y corrió con ella unos pasos más hacia la derecha para colocarse detrás de una roca alta.

—¿Qué pasa? —preguntó en voz baja. Diel levantó el rostro y estudió la zona. Había un campamento más adelante.

—Se ve como un campamento gitano. Creo que acaban de llegar porque apenas comenzaron a poner las tiendas.

—¿Un campamento gitano? —preguntó emocionada y él la miró como bicho raro.

En sus viajes, Elena había visto a pocos gitanos, pero le habían parecido increíbles. Las mujeres en especial, eran bellísimas.

—¿Crees que podríamos conseguir unos caballos con ellos? Tal vez nos los vendan.

Diel arrugó el entrecejo y, por primera vez, pensó que algo que ella decía parecía una buena idea.

—Tenemos dinero, ¿no?

156

—El dinero está sobrevaluado. Los gitanos no son materialistas y tienen en muy alta estima a sus animales.

—¿Crees que tendríamos que seguir?

—No. Trataré de hablar con el jefe del grupo. Tal vez pueda convencerlo de algún modo. Quédate aquí.

—No. Iré contigo.

Diel la miró frustrado, pero al darse cuenta de que no podría ganarle, resolló y de mala gana avanzó primero.

Tardaron más de cinco minutos en llegar y cuando por fin estuvieron cerca del grupo de personas, se sorprendieron al ver lo rápido que se organizaban para ordenar su campamento. Elena observó a lo lejos a una preciosa mujer de melena negra y rizada, y brillante tez oscura que subía con gran agilidad a un caballo.

—No tardaré —dijo la morena y observó al que tenía sostenida entre sus manos la brida del caballo.

—Asegúrate de eso, Drina —contestó el sujeto fornido y de piel oscura. La joven afirmó y con una gracia majestuosa hizo girar al caballo y partió. Elena la estudió admirada sin imaginar que sus caminos volverían a encontrarse.

—¿Puedo ayudarles en algo? —preguntó una chica de cabellos lacios y oscuros al acercarse hacia ambos. Diel miró con sorpresa a la chica que casi había aparecido de la nada.

—Buenos días —saludó Diel cordialmente. Elena abrió mucho los ojos sorprendida de que, al menos, pudiera fingir sus buenos modales.

—Buenos días. ¿Pertenecen al reino? —preguntó cautelosa la gitana, segundos después.

—No. Viajamos, de hecho. Querría hablar con el jefe de su pueblo. ¿Cree que pueda atendernos?

—Por supuesto. Síganme.

La gitana les sonrió con el rostro relajado y los guio por entre las tiendas. Elena se sorprendió de que nadie pareciera observar

157

sus ojos y señalarla como, con frecuencia, hacía la gente que no conocía. Segundos después, se dio cuenta de que caminaban directo al tipo que había estado con la amazona.

—Kev, estos viajeros quisieran unas palabras contigo —avisó, se despidió de todos con la mano en la frente y se dio media vuelta para regresar a sus labores. El moreno los observó con cautela de arriba abajo y luego se metió las manos a los bolsillos del pantalón.

—Es un gusto. Mi nombre es Dante —se presentó Diel al elevar la mano para estrechar la morena de él.

—No tienes cara de Dante —se burló el gitano, pero igual le estrechó la mano; observó a Elena y se detuvo en sus ojos por unos segundos más de la cuenta.

—Ella es Ana —presentó con la mano a su acompañante. Elena levantó la suya para estrechar la del hombre, pero él no la estrechó.

—Estoy comprometido. No se me permite tocar a ninguna otra mujer que no sea la mujer con quien voy a casarme —explicó Kev y miró la mano de la joven unos segundos.

Elena bajó el brazo rápidamente y avergonzada lo escondió detrás de su espalda.

—¿Qué puedo hacer por ustedes? Son viajeros, por lo que dijo Kali.

—Necesitamos caballos —dijo Diel sin rodeos. Elena se dio cuenta de que el rubio observaba con cuidado al hombre frente a ellos, casi como si lo estuviera analizando.

—Lo siento. No puedo darles nuestros caballos, son vitales para mi gente y los necesitamos para cualquier emergencia que se presente.

—¿Te apetecería un intercambio? —preguntó el rubio con una sonrisa animada, pero que, como las demás, nunca llegó a sus ojos.

—¿Qué es lo que podrían ofrecerme?

—Tenemos un cuervo que habla —ofreció Diel sin siquiera mirar a Elena, quien a su vez abrió la boca de sopetón, sorprendida de que él saliera con algo así.

—Eso sería increíble —comentó Kev para en seguida mirar al cuervo en el hombro de Elena.

—Lo lamento, el cuervo no participa en ningún intercambio —dijo ella con voz letal y miró al rubio de reojo. Él sonrió divertido, bajó la cabeza y volvió a mirar a Kev.

—Todo apunta a que no tengo un cuervo que habla para intercambiar. ¿Qué te parecen quinientas monedas de oro?

El gitano frunció el ceño y miró hacia todos lados con la intención de ver si alguien lo observaba.

—Te daré uno solamente.

Las pupilas de Diel se agrandaron y por una fracción de segundo Elena advirtió que había mirado con decepción al gitano.

—Perfecto. ¿Quieres que te dé las monedas personalmente?

—No. Déjalas detrás de aquella roca cuando te vayas —dijo y apuntó hacia una roca que estaba a un lado del camino.

—Agradezco tu ayuda.

Kev fue por el caballo. Elena esperó pacientemente hasta que, después de unos minutos, el gitano regresó con un hermoso caballo de color blanco. Su corazón se saltó un latido. Nunca había visto uno tan de cerca. El animal era manso y no se asustó cuando ella se acercó y le acarició el lomo.

—Es hermoso.

—Gracias por tu ayuda —dijo Diel y estrechó su mano en gesto de despedida.

Kev asintió y ella y el rubio caminaron con el caballo lejos del campamento hasta llegar al camino. Diel dejó caer la bolsa de monedas al suelo y montó, se volvió hacia ella y le alargó la mano. Elena no reaccionó pues no sabía qué era lo que debía hacer.

—Sube ya —ordenó con desdén.

—No sé cómo.

—Pon el pie sobre el mío, toma mi mano y luego impúlsate hacia arriba.

Elena siguió sus instrucciones y pocos segundos después estuvo montada detrás de él, sujetándose de su abrigo.

—Parecías decepcionado hace unos minutos.

Diel alzó una ceja en desconcierto, pensando cómo podía ella haber percibido eso.

—¿Te ha molestado tener que compartir montura?

—No. Me ha molestado la naturaleza de ese hombre —declaró y clavó el talón en el costado del animal que obedeció y galopó de inmediato.

—¿Su naturaleza? ¿A qué te refieres con eso?

—Te lo dije, ¿no?... los gitanos no son materialistas. Estaba casi seguro de que no saldríamos de aquí con un caballo. Pero él aceptó el dinero y aún peor, me ha pedido que lo escondiera. Hay algo en él que no me agrada.

Elena no comentó nada más, pero en su mente pretendió descifrar la razón por la que él parecía tan ofendido, casi como si él fuera incapaz de tener un comportamiento erróneo o deshonesto.

—¿Podrías aparecer un caballo? —quiso saber para cambiar de tema.

—Podría, pero no ahora. Estoy débil por la tele-transportación de hace unas horas, a veces tardo un día completo en recuperarme.

—¿Cuánto tardaremos en llegar?

—Probablemente un día, gracias a que tenemos el caballo. Quizá lleguemos por la mañana, si hay buen tiempo; pero no puedes dormirte o te caerás y no pienso pegarte el cuello si te lo rompes.

—Ja, ja —dijo ella sarcásticamente y se quedó callada. Antón había aprovechado para volar a su lado y la miraba con frecuencia para asegurarse de que estuviera bien.

No cruzaron palabra y solo se detuvieron a comer unos emparedados que Diel pudo aparecer.

—¿Esto sí puedes hacerlo?

—Conjuros pequeños, sí.

—¿Cómo podremos encontrar a ese tal Joel? —quiso saber con la boca llena. Diel la miró como si ella hubiese hablado en otro idioma y Elena repitió sus palabras después de haber tragado el bocado.

—Iremos al parlamento. Ahí buscaremos en el sistema su ubicación; seguro que necesitó un permiso especial para quedarse aquí.

—Nunca he estado en un lugar tan importante —dijo ella al sentarse lentamente en una roca baja y plana.

Poco después siguieron con su camino sin parar durante largas horas. Por la noche Elena sentía que moriría de sueño.

—¿Podemos parar a dormir unas horas? —preguntó y acompañó la pregunta de un bostezo.

—No.

—Por favor.

—He dicho que no.

—Si no duermo no podré tener energías por la mañana para hacer lo que tengamos que hacer —se quejó y apoyó la frente en la espalda de Diel.

—Ya te he dicho que tenemos que apresurarnos, en cuanto sepamos la ubicación de ese sujeto, nos tomaremos el tiempo necesario para dormir unas horas y poder preparar el modo en el que entraremos en su casa.

La noche la pasó fatal, durmió por pocos minutos, pero cuando sentía que iba a caerse, volvía a abrir los ojos e intentaba aguantar un poco más. A la mañana siguiente, Elena tenía un severo dolor de cabeza, pero prefirió no hacer caso a ninguna advertencia que le enviase su cuerpo o se desplomaría muerta de cansancio.

Al entrar a la zona más poblada del reino, Diel bajó del caballo y ella lo siguió con rostro desencajado y adolorida.

—Caminaremos desde aquí.

—¿Por qué?

—Porque quiero pasar desapercibido y no lo lograremos si montamos el caballo.

—Bien —accedió ella sin tener las energías suficientes para pelearse con él.

La parte de las afueras de la ciudad se veía algo vacía. Elena hubiera pensado que siendo Cratas, un reino sin más ciudades que la capital, estaría repleta de gente.

—¿En dónde están todas las personas? —preguntó ella al ver la mayoría de los negocios cerrados.

—No tengo idea.

Pronto se aclararían sus dudas. Cuando estuvieron en la zona céntrica advirtieron que la gente parecía estar reunida afuera de un majestuoso edificio con una torre que mostraba en su parte más alta, un hermoso reloj lunar.

—Ese es el Parlamento. Creo que hay un levantamiento o una huelga —dijo el rubio y la detuvo para hacerle permanecer a su lado. Elena estudió la situación.

—¿Qué haremos?

—Tendremos que buscar otro modo de entrar. Parece que aún es temprano y esperan a los miembros del Parlamento que no han llegado todavía. Vamos, buscaremos una entrada por detrás.

Elena convino y ambos se pusieron las capuchas.

—¿Habrá problema para burlar la seguridad?

—No. Ese no es problema, puedo arreglármelas con ellos, pero me es imposible manejar a tantos huelguistas; necesitamos encontrar una zona en donde haya menos gente.

Siguieron caminando por toda la manzana donde se encontraba el parlamento, pero los cuatro lados de esta estaban atiborrados. Elena sintió que la marabunta de gente comenzó a moverse furiosa, empujándola y desequilibrándola al tratar de hacerse camino hasta la entrada principal; cuando por fin logró mantener el equilibrio, se dio cuenta de que la ola de gente la había arrastrado lejos de Diel, hasta la misma entrada.

Sudó frío. Tenía que encontrar la manera de regresar con él, pues recordó que si se alejaba mucho, él lo podría tomar como una huida y mataría a Antón. Alzó el rostro y buscó al ave con la mirada; estaba posado sobre un poste. Observó de un lado a otro y encontró una zona medianamente vacía; con trabajos se separó de la gente y entró en el pasillo que llevaba a una entrada al Parlamento. Se acercó y observó que la reja tenía candado. Miró hacia todos lados y al ver a la gente ocupada con la huelga, volvió a recurrir a sus horquillas, las trasladó a la base del candado y movió la mano con maestría para abrirlo; no obstante, justo en el instante en el que el candado hizo "click", tres hombres salieron de la puerta del parlamento con dirección a la reja. Elena tuvo que cerrarlo de nuevo, se alejó unos pasos y escondió las horquillas en su mano. Los guardias abrieron el candado en cuanto llegaron a la reja y sacaron sus armas cuando un hombre mayor, una muchacha y un joven rubio llegaban corriendo por el pasillo con la intención de entrar, lo que los guardias les permitieron haciéndose a un lado. Como nadie había reparado en ella hasta ese momento Elena supo que debía regresar con Diel antes de que alguien se fijara en ella, así que avanzó deprisa y miró solo una vez hacia atrás. Antón voló de regreso a su hombro y, de repente, Elena estuvo a punto de perder el equilibrio al sentir que alguien chocaba con su brazo.

Por extraño que pareciese, sintió como si el tiempo se hubiese detenido por microsegundos.

—Lo siento —le dijo una voz grave; ella hizo amago de alzar el rostro, pero al punto se arrepintió, así que solo continuó su camino hacia la multitud.

—Mala idea, mala idea —le dijo Antón y movió sus alas un poco al sentirse nervioso.

Elena caminó cada vez más rápido hasta internarse entre la gente y ahogó un gemido de susto cuando alguien puso una mano en su hombro libre. Se volvió y se encontró con el rostro conocido. Se sintió aliviada.

—¿En dónde demonios estabas? —le preguntó y se inclinó.

—Allí —le dijo ella y le indicó el pasillo—. Pude abrir el candado, pero los guardias salieron a recibir a unas personas. Si esperamos a que se disipe la multitud quizá podamos tratar de entrar por allí.

—Lo dudo mucho. Esta huelga parece que va para largo. Si vamos a entrar necesitamos hacerlo ya. El pasillo es angosto, quizá pueda poner un hechizo de superposición.

—¿De qué?

—Haré una versión doble del pasillo. Una en la que estaremos nosotros y otra que es la que verán las personas por fuera y por dentro. Pero necesitamos una distracción.

—Lluvia —dijo ella con suavidad y él se inclinó para indicarle que no la había escuchado—. Lluvia. ¿Puedes hacer llover? Solo por un minuto, seguro que eso servirá para que se disipe un poco de gente hacia las aceras.

Diel se concentró, juntó sus manos, una encarando las yemas de los dedos hacia abajo y la otra hacia arriba, y el agua apareció de la nada. A los pocos segundos un terrible torrencial hizo que todos gritaran sorprendidos y corrieran hacia las aceras como ella había predicho; el torrencial duró menos de cinco minutos mientras Diel hacía el otro encantamiento.

164

—Abre el candado —le ordenó y se quedó en la misma posición. Ella corrió de nuevo por el pasillo hasta llegar a la reja, agarró su horquilla y después de pocos segundos lo logró. Abrió la reja, se introdujo al jardín trasero del Parlamento y se escondió detrás de un tronco grueso. Diel no tardó en acompañarla.

—Bien… parece que hemos logrado lo primero.

—Vamos adentro —le dijo él y observó con atención por si había guardias alrededor.

La última palabra

—¿Podrías hacernos invisibles? —preguntó ella mientras caminaban hacia la puerta de entrada; la sombra de un hombre pasó por detrás de la puerta y ambos se detuvieron para esconderse tras las columnas de la escalera. Diel dudó por unos segundos antes de responder.

—Podría, pero no ahora. No saldría bien… no puedo hacer invisible algo que está vacío.

Elena lo miró confundida.

—Antón —llamó casi en secreto y el ave asintió para darle a entender que la escuchaba—. Sobrevuela el edificio en lo que volvemos—. Antón alzó el vuelo. Elena respiró varias veces para tranquilizar su ansiedad y cuando él le dio la señal, entraron; tan pronto cerraron la puerta detrás de ellos escucharon unos pasos que se aproximaban. Elena observó un escritorio vacío en la recepción y le indicó a Diel la cavidad debajo de él. Él asintió. Cuando ambos estuvieron hechos un ovillo debajo del escritorio, aguantaron la respiración en el momento en el que dos guardias pasaron por el pasillo de enfrente.

—Nos vendría de perlas una distracción —comentó casi en un murmuro—. Si tan solo tuviera algunas minas —se lamentó y él la miró con semblante que denotaba su inconformidad.

—¿No puedes pensar en un modo menos salvaje? —Ella hizo mala cara—. ¿En dónde está la habitación a la que debemos llegar?

—Está en este piso, al fondo a la derecha… tal vez si…

Justo en ese instante, unos pasos veloces y unos gritos de mujer interrumpieron sus palabras. Ambos se miraron sorprendidos.

—¡Suéltenme!

Alguien más causaba una distracción, era una voz de mujer en la planta alta. Diel se incorporó como en cámara lenta y observó por encima de la mesa con cuidado. No había ningún guardia.

—El camino está libre, muévete.

Elena afirmó y ambos caminaron con cautela, pero con paso veloz, hasta que viraron en una esquina y llegaron a una zona más oscura pues no había ventanas cerca que alumbraran el pasillo.

—Es aquí —susurró él y abrió la puerta con cuidado, pero unos ronquidos lo hicieron detenerse.

—¿Es un guardia? —preguntó asustada y él afirmó.

—Avanza. Prolongaré su estado de sueño.

Elena entró abriéndose paso en el espacio que había entre la puerta y el brazo de Diel.

—Demonios —murmuró Elena al ver la amplia habitación llena de libros, cajas y ordenadores.

Iba a ser imposible encontrar un nombre en ese lugar. Diel le dio alcance en pocos segundos y Elena escuchó que los ronquidos del hombre se hacían cada vez más fuertes.

—¿Cómo vamos a encontrar la ubicación de ese hombre aquí? —quiso saber en un susurro y él estudió la zona con cuidado.

—Supongo... que tendremos que ponernos a trabajar ya. Encárgate de los ordenadores, yo veré los libros.

Elena corrió hacia los escritorios. Por suerte los ordenadores estaban encendidos. Se sentó en una silla giratoria frente a uno y movió el panel táctil. Contraseña.

—Diel —llamó con tono inseguro.

—¿Qué? —contestó él desde un estante no muy lejano.

—Tiene contraseña.

Él estuvo a su lado en menos de cinco segundos y apoyó una mano en el respaldo de la silla y otra en el escritorio para luego inclinarse y observar el ordenador.

—¿Puedes acceder al sistema?

Pero él no contestó, parecía que estaba muy concentrado en algo.

—La contraseña es un código binario. Cero, uno, uno, cero, uno, cero. Es para todas el mismo. Apresúrate —contestó solo segundos después y Elena escribió la contraseña mientras Diel regresaba a los libros.

—¿Hay alguna palabra clave con la que pueda encontrar la información más fácilmente?

—Mmm... busca alguna carpeta o documento que diga "permisos de vivienda".

Elena buscó por un buen rato hasta que encontró la ubicación de una carpeta que tenía un título similar. No estaba el nombre que buscaba. Maldijo en voz baja, se puso de pie y cambió de ordenador. Volvió a buscar y de nuevo no pudo encontrar el nombre del sujeto. Sintió el sudor recorrerle la espalda. Estaba extremadamente tapada para estar en una habitación. Observó el reloj del ordenador. Faltaban diez minutos para las nueve... seguramente la hora en la que la mayoría de los dependientes del Parlamento llegaban.

—Demonios —gimió Elena y se levantó para cambiar de mesa. Aún le quedaban cinco ordenadores que revisar. Diel se le unió cuando tampoco encontró nada en los libros.

—Revisaré otro —anunció él y corrió hacia una mesa diferente.

Lo encontraron en el segundo ordenador que él revisó.

—Listo —le dijo mientras acomodaba las sillas.

—¿No vas a imprimir nada?

—Memoria fotográfica —anunció él en tono suave y corrieron los dos hacia la puerta; unas risas femeninas provenientes del pasillo, los dejaron con los nervios a flor de piel. Elena observó la habitación de hito en hito.

—Hay un ducto de ventilación —anunció y se fijó en unas rejillas que estaban a pocos metros de distancia del último ordenador que habían revisado.

—Rápido.

Ambos aceleraron el paso y llegaron al ducto. Diel abrió la rejilla sin siquiera tocarla y ella se impulsó, brincó, se sujetó del borde y escaló hasta que estuvo dentro del ducto. Él se elevó, se introdujo y cerró la rejilla en el momento en el que escucharon las voces agobiadas de las secretarias, que parecían recriminar al guardia por haberse quedado dormido.

—Avanza —ordenó él detrás de ella. Elena avanzó y notó que el ducto conducía hacia arriba. Sudó frío cuando pateó la rejilla de salida y se percató de que estaban en la azotea.

—Genial —se lamentó ella con voz triste. Diel salió del ducto y observó con atención la azotea. Era muy amplia—. Debe haber escaleras de emergencia por algún lugar.

—Busquémoslas.

Los dos caminaron por las orillas de la azotea y tardaron pocos minutos en encontrarlas, pero llegaban a la zona donde estaba la acera que tenía techo y en donde la mayor parte de las personas se habían resguardado de la lluvia. Iba a ser imposible bajar sin que la gente se diera cuenta.

—¿Qué vamos a hacer ahora? —le preguntó con la voz débil y entrecortada.

—Sabes usar cuerdas, ¿verdad?

—Sí.

—Busquemos alguna zona que esté vacía, como algún callejón, y bajaremos por ellas hasta allí.

Con un suave movimiento de mano él apareció una cuerda larga que cayó al suelo y con ella en las manos caminaron hasta que encontraron el lugar idóneo para bajar del edificio. Diel asió uno de los extremos y lo amarró a una tubería gruesa.

—No aguantará nuestro peso —le dijo, alarmada.

—Seguro que aguanta el tuyo, yo no pienso usarlas.

Elena recordó el modo en el que él había prácticamente volado hasta el ducto de ventilación. Accedió y se sentó en el borde del edificio; un sentimiento de temor la invadió y dio media vuelta para señalarlo con el dedo.

—No vayas a empujarme.

—No pensaba hacerlo, pero gracias por darme la idea —bromeó y alzó los hombros.

Elena sintió las palmas sudorosas. Estaba alto. Nunca había bajado con cuerda de un lugar tan alto.

—Es mejor que dejes de pensar y lo hagas.

—Oh, cállate, que no he pedido tu opinión.

Respiró profundo dos veces, sujetó con fuerza la cuerda con ambas manos y se dejó caer, quedando colgada en la cornisa. Miró hacia abajo. Mala idea; las manos le sudaron y descendió con una rapidez vertiginosa, lastimándose las palmas. Soltó un grito y cerró los ojos mientras intentaba sujetarse a la cuerda con más fuerza. De repente, paró. Tardó unos segundos en abrir los ojos, pero cuando lo hizo se dio cuenta de que estaba a la mitad del camino y que Diel estaba detrás de ella y la sujetaba por la cintura.

—Despacio. Pensé que habías dicho que sabías manejar una cuerda.

—Y es verdad, solo que nunca había bajado de un lugar tan alto —gimió y sudó frío.

—Bien, voy a soltarte, más te vale concentrarte y sujetarte bien.

—Sí.

Elena descendió el resto del trayecto con un ritmo más lento al sentirse ya más segura. El extremo de la cuerda estaba a poco más de tres metros del suelo pero eso no le representó un reto y brincó hasta el pavimento, con destreza. Rodearon el edificio con paso más veloz y llegaron de nuevo a la zona donde había más huelguistas. La multitud no se había relajado y continuaba gritando. Antón la llamó y su dueña le hizo una seña con la mano para permitirle acercarse, por lo que él voló hasta ella y se posó en su hombro.

—Busquemos habitación —dijo Diel y miró de reojo a la multitud.

Caminaron por más de un cuarto de hora, sin encontrar ni una sola posada u hostal abierto. Finalmente llegaron a una pequeña casa de color morado con un montón de macetas y flores por fuera, y un letrero arriba de la puerta que indicaba que rentaban habitaciones. Diel tocó a la puerta y una mujer, tan delgada como un junco, respondió. Tenía un rostro compungido y una fina y levantada nariz que le hacía parecer que estaba oliendo algo desagradable. Los miró sin siquiera decir nada.

—Buenas tardes —saludó el rubio.

—Buenas —contestó ella con tono aburrido y agudo.

Diel se aclaró la garganta y Elena sonrió sin saber muy bien qué debía hacer.

171

—Buscamos un lugar en donde podamos rentar una habitación —dijo sereno, y la señora torció la boca en un gesto que la hizo ver mucho menos agraciada que antes.

—Tengo un estudio —informó—. Dos sillones. Uno de dos plazas y uno de tres; sirvo el desayuno desde las cinco de la mañana y las comidas se acaban a las seis de la tarde.

—Sería perfecto. Muchas gracias.

Elena estaba en verdad impresionada por el modo en el que él parecía desenvolverse tan educadamente con todo el mundo. Casi como si lo hubiera aprendido y memorizado… porque no le salía para nada de manera natural. La mujer se movió hacia un lado y les permitió el paso a la pintoresca casita.

—Está arriba —comentó ella y apuntó a las escaleras de madera a un lado de la sala de color rosa chillón.

Diel se adelantó y Elena subió detrás de él.

La habitación era un ático más que un estudio, pero estaba limpia, tenía un baño y los dos sillones que ella había prometido, además de una mesa y tres sillas de madera algo consumidas por las termitas, un armario pequeño y un espejo de cuerpo completo. Elena se dejó caer en el sillón de tres piezas.

—Ese es el mío. Eres mucho más pequeña, pasa al otro —le ordenó y señaló el sillón rojo de enfrente.

Ella se puso de pie de mala gana y caminó hasta el sillón en donde debía estar con las piernas ligeramente dobladas para caber en él. Suspiró mientras miraba hacia el techo.

—¿Qué haremos ahora? —preguntó Elena.

—Tenemos que ir a la casa. Al parecer está en las afueras del lado sur. Investigaremos a qué hora sale de su casa y a qué hora regresa. Será mejor que descanses largo y tendido, ahora que puedes, porque mañana estaremos todo el día a la intemperie… y probablemente por la noche y la mañana del día siguiente también.

Elena no se quejó y prefirió seguir las indicaciones que él le había dado. Durmió toda esa mañana, se levantó para comer justo media hora antes de que la señora delgada como junco cerrara la cocina y volvió a dormir. Por la madrugada del siguiente día, se levantó con el estómago revuelto de los nervios y decidió calmarlo con un poco de café. Así que bajó a desayunar. El chico rubio ya estaba sentado a la mesa y comía una tostada con jalea de fresa, unos tallarines con carne y una taza de café.

—Apresúrate. Tenemos que irnos antes de que salga el sol.

—Bien —contestó ella bostezando.

Se sirvió deprisa una tostada y le puso crema de avellana encima, bebió café y comió una manzana cuando él recogía sus platos sucios y los depositaba en una repisa, en seguida subió al estudio para arreglar todo.

—Es agradable —dijo la mujer al acercarse a ella para ofrecerle azúcar. Su voz chillona y su rostro que reflejaba cansancio extremo, hacía que la mujer pareciera salida de una caricatura.

—Eso porque no tiene que vivir con él.

Elena terminó de desayunar y ni siquiera tuvo la oportunidad de subir por sus cosas, ya que Diel ya estaba bajando la escalera, con todo a la mano. Le alargó sus pertenencias, le pagó a la mujer y los dos salieron de allí.

—¿Qué tan lejos está la casa de este hombre? —quiso saber ella mientras se ponía la capa café al sentir el frío atroz del alba.

—A unas dos horas.

—¿Dos horas?

—Has estado muy reacia a todo prácticamente. ¿Estás empezando a arrepentirte de haber venido? A la siguiente puedes negarte y permanecer en el castillo.

—Ni loca me quedo allí.

Él se encogió de hombros y caminó frente a ella. El trayecto fue increíblemente largo, y aunque Elena había descansado lo suficiente sentía las piernas débiles.

—Deja de arrastrar los pies. Me molesta ese sonido —sentenció, pero ella continuó caminando del mismo modo.

Cuando salieron de la zona más poblada y estuvieron a una hora y fracción de la frontera, Elena logró vislumbrar un bosque de pinos. Minutos después llegaron a un claro y observaron, unos metros más adelante, un pequeño lago congelado. Diel liberó una bocanada de vapor caliente y sonrió al ver del otro lado una casa, con la justa descripción que había encontrado en el reporte de permisos de vivienda.

—La casa de Lars —declaró—. Nos quedaremos lo suficientemente cerca para estudiar su rutina.

Diel decidió que se quedarían del otro lado del lago congelado, escondidos detrás de unas rocas grandes. Las luces de la casa, que estaba a unos treinta metros de distancia, aún estaban apagadas, así que él se sentó en una parte plana de la roca y se quedó con la mirada fija en la descomunal casa. Era una mansión moderna, con amplios ventanales por todos lados y madera de excelente calidad. Elena no tuvo de otra más que hacer lo mismo. Se sentó en una roca a su lado y permaneció quieta a pesar de que tenía mucho frío.

A la media hora, cuando el sol empezó a salir, las luces de una de las habitaciones de arriba se encendieron. Ambos observaron atentamente la habitación, pero las persianas estaban corridas a tres cuartos y casi no se alcanzaba a ver nada de movimiento. Cuarenta minutos más tarde la puerta de entrada se abrió; Diel la haló del brazo y la arrastró hacia atrás de una de las rocas altas cuando un hombretón fornido y de piel trigueña salía por la gigantesca puerta de madera y se dirigía a un auto de color negro que estaba estacionado en una zona techada.

—¿Crees que alguien trabaje con él en la mansión? —quiso saber ella y apoyó sus manos sobre la roca nevada.

—No lo sé. Habrá que esperar.

Esa mañana no se volvió a encender una sola luz de la casa ni volvió a salir nadie por la puerta. Tampoco parecía haber movimiento y ambos llegaron a la conclusión de que, todo apuntaba, a que el hombre vivía solo. Por la tarde el dueño de la casa no regresó y ellos se alimentaron de unos emparedados de carne que Diel apareció. No fue hasta pasadas las diez de la noche que volvieron a ver el auto que regresaba a la mansión conducido por el hombre. Las luces continuaron apagadas hasta que él ingresó y encendió algunas de ellas.

—Supongo que tenemos bastante tiempo para investigar.

—Lo haremos mañana por la mañana. Una hora después de que él haya salido, para evitarnos sorpresas —le dijo Diel con tono desinteresado.

Esa noche se turnaron para ver si había otro tipo de actividad, mas no sucedió nada. A la mañana siguiente, cuando volvieron a esconderse detrás de la roca, el hombre salió una vez más, subió a su auto y desapareció minutos después.

—Vamos —indicó el rubio y ella caminó detrás de él por la orilla del lago congelado, no sin antes pedirle a Antón que la esperara en la roca.

Subieron los escalones del porche y esta vez fue él quien se encargó de abrir la puerta sin usar su magia y ambos entraron a la casa.

—¿No puedes usar tu magia?

—No. Cualquier tipo de magia que se utiliza siempre deja marca. No quiero que me descubran. Asegúrate de no tocar nada.

La casa estaba vacía como habían presupuesto. Parecía una casa normal de hombre rico, pero Elena sintió que el vello del cuerpo se le erizaba por una insólita sensación de temor que se esparció en ella. Los dos subieron y bajaron sin encontrar alguna habitación que estuviese fuera de lo normal o que tuviera información guardada o el libro que buscaban. Después de buscar por tres horas se encontraron en la cocina.

—No hay nada por ningún lado —reportó ella.

—Debe ser una habitación escondida. Tendremos que seguir buscando.

Elena volvió a revisar la cocina, el jardín, la sala, el comedor y la biblioteca. Estaba segura de que si había una habitación secreta, tenía que estar allí, pero no llegó a saberlo, porque cuando estaba mirando los libros en la biblioteca, escuchó el auto a la distancia, que aparcó en menos de dos minutos. La respiración se le detuvo. Diel no estaba con ella, estaba en la parte de arriba de la casa mientras que ella estaba abajo. Observó la habitación en la que estaba y gimió preocupada… no había ventanas. Hizo lo primero que se le vino a la mente y salió de la biblioteca para dirigirse a la sala.

Justo en el momento en el que la puerta de la casa se abría, Elena se resguardó detrás de uno de los sillones y permaneció allí, confundida de que el sujeto hubiese vuelto. El tal Joel entró en la biblioteca y Elena escuchó que sacaba algunas cosas; estaba segura de que guardaba unos papeles en carpetas. En poco dejó la biblioteca y volvió a dirigirse a la puerta de la casa para salir. Elena permaneció escondida hasta que escuchó el auto encenderse, se puso de pie y caminó con dirección a la puerta de entrada. No quería estar más en ese lugar. Quería salir de allí lo más pronto posible. Sujetó el picaporte con la mano con la clara intención de irse cuando el motor del auto no se escuchara más; empero, al estar parada frente a la puerta por un tiempo, se percató de que el auto estaba en marcha pero sonaba demasiado cerca. El hombre no se había ido. Un escalofrío le recorrió la espalda, viró el rostro y se encontró con los fríos ojos negros de él, mirándola por fuera de la ventana de la sala.

—Maldición —susurró ella y abrió la puerta de entrada de la casa para correr lejos de allí.

Bajó las escaleras de dos en dos con dirección al lago. Necesitaba regresar a la ciudad, perderse entre las personas, pero en su mente sabía que no llegaría lejos. Él tenía un auto y ella no. Pero eso no fue lo peor. Lo peor fue cuando escuchó un disparo. Reaccionó por instinto y se cubrió la cabeza con los brazos pero siguió corriendo, al notar que el hombre había fallado. Otro más… y ella pensó que de igual manera había fallado, y no fue hasta que escuchó el hielo romperse debajo de ella, que se percató de que él había disparado a sus pies con la intención de hacerla caer en el agua helada. Aguantó la respiración y se hundió de inmediato para escuchar como último sonido, el agudo graznido del cuervo que la esperaba a varios metros de allí.

Al estar debajo del hielo, todo el aire escapó de sus pulmones sin que pudiese pelear la reacción, pues el agua estaba tan fría que de una exhalación involuntaria se quedó sin oxígeno. Comenzó a dolerle la cabeza con tanta fuerza, que con premura trasladó las manos a ambos lados de esta para apretarla mientras se percataba de que se hundía irremediablemente por la cantidad de ropas que llevaba. Era su final. No obstante, en cuanto creyó estar perdida del todo, un dolor más grande la hizo reaccionar cuando unas manos la halaron del pelo, la sacaron del agujero y la dejaron tirada sobre el hielo, escupiendo agua. Tosió copiosamente y sus ojos dejaron salir una cantidad extrema de lágrimas. No pudo pensar en nada después de eso; en primera, porque se sentía muy débil y en segunda, porque un golpe en la cabeza la dejó inconsciente.

Con una inhalación intensa se despertó sin recordar mucho de lo que había sucedido; al abrir los ojos, percibió que estaba en un lugar desconocido. Una habitación enorme que tenía un total de tres camillas y siete estantes. Sudó frío al notar que no podía mover ni los brazos ni las piernas pues estaba atada a la cama. Elevó un poco la cabeza y un sentimiento de asco la embargó cuando vio en el piso, el cuerpo inerte de una mujer desnuda, que estaba prácticamente desollada, recostada sobre un charco de sangre que se extendía debajo de su cuerpo. Sus oídos dejaron de servirle por unos instantes cuando la presión sanguínea aumentó.

—¡Ayuda! —gritó y movió los brazos y las piernas para tratar de zafarse—. ¡Auxilio!

—De nada va a servir que grites —contestó una voz fría desde detrás de uno de los estantes.

Elena se quedó paralizada por unos minutos.

—¿Quién… quién eres? —preguntó con voz temblorosa.

—Eso tú ya lo sabes. Viniste a mi casa con la intención de robarme. Me gustaría saber qué es lo que buscas.

Elena movió la cabeza de un lado a otro y, asustada, se encontró con cuadros que colgaban en las paredes y la realidad la noqueó con fuerza; estaba en manos de un psicópata que coleccionaba imágenes y fotografías de personas que experimentaban sufrimiento intenso. El estómago se le revolvió; movió la cabeza hacia un lado y vomitó.

—Está… está usted muy enfermo —le dijo, y tosió al sentir el ardor que le provocaron los jugos gástricos en la garganta.

Él se acercó y por fin pudo verlo bien. El temor se desbordó en su cuerpo. La mirada de ese hombre… parecía en serio trastornado y capaz de hacer cualquier cosa. Los dientes le castañearon.

—Déjeme ir.

—No puedo hacer eso. Primero tú debes decirme qué es lo que viniste a buscar aquí... y si no lo haces... tendré que quitarte algo a cambio. Tienes una dentadura preciosa.

—Bastardo —masculló y volvió a mover las manos con intención de quitarse las ataduras.

Joel le apretó las mejillas con una mano y la obligó a abrir la boca, asintió y le mostró unas pinzas. Elena chilló con fuerza y cerró los ojos asustada. Él produjo una risa vibrante y en seguida con dos movimientos precisos, movió la cama para dejarla en vertical. Ella gimió al sentir el dolor en sus muñecas cuando su cuerpo colgó hacia abajo.

—Dime qué es lo que buscas. ¿Quién eres?

El hombre prendió unas luces de arriba de la cama y Elena cerró los ojos al sentir que se cegaba por un instante. Al abrirlos, cuando la luz dio de lleno en el rostro de Elena, el sujeto abrió los ojos sorprendido y dio tres pasos hacia atrás.

—No puedo creerlo —dijo y parpadeó varias veces—. Tendré una colosal gratificación cuando notifique lo que encontré. ¿Cómo te llamas? —le preguntó al acercarse de nuevo y acariciar su mejilla.

Elena no contestó, cosa que no pareció gustarle al sujeto, que dio un paso atrás y la golpeó en la mejilla con el dorso de la mano.

—Te pregunté tu nombre. ¡Contesta!

Ella sollozó por el dolor del golpe, pero continuó sin contestar, algo que lo hizo sentirse enfadado y volvió a golpearla, pero ahora con la palma y mucho más fuerte que antes. Elena ahogó un grito y continuó callada.

—Eres muy tozuda. ¿Quieres que te lo quite a golpes?

Elena lo miró con odio y repulsión; él cerró el puño, lo elevó y lo azotó contra su mejilla. Ella tosió y escupió sangre cuando se le reventó el labio inferior.

—Dime tu nombre... dímelo ahora —y le lamió la oreja.

Elena sollozó y bajó la cabeza al sentirse débil y asustada. El sujeto apresó su barbilla y sin gentileza le levantó el rostro.

—Solo voy a darte una oportunidad más... —advirtió y caminó hacia uno de los estantes para tomar una macana entre sus manos. Elena sudó frío y pensó que lo mejor sería decirle la verdad. Tuvo miedo. El miedo más estremecedor y horrible de su vida. Abrió la boca adolorida por el golpe, para contestar.

—Mi nombre...

Supuso que la había golpeado, porque en ese momento, un agudo grito de dolor, casi como un aullido de alguien que es terriblemente torturado, salió de sus labios. El dolor la hizo estremecerse y algo en su pecho empezó a brillar. Tenía la vista nublada y el hombre la miraba sorprendido, casi como si presenciara el fenómeno más hermoso del mundo. Elena volvió a sentir el mismo dolor y gritó de nuevo, grito que le causó más dolor, un dolor agudo y extremo, que la atravesó por todo el cuerpo. Por alguna razón, en su nublado interior, se hizo la luz y entendió, entonces, que el maleficio estaba activado... y que si seguía gritando, esa horrible sensación no iba a parar. Por lo tanto volvió el rostro, acercó su brazo a sus labios y lo mordió para ahogar el sonido de sus gritos y tratar de controlar la voz que salía de su garganta.

Su mente se alarmó al escuchar una exclamación de dolor y se preparó para volver a sentir lo mismo que antes. Cerró los ojos para esperar el momento e hincó más los dientes en la piel de su brazo, pero el dolor no regresó con la misma intensidad. No regresó, porque el grito no había sido suyo. Abrió los ojos y se encontró con que el hombre estaba en el suelo y sangraba de la cabeza, mientras Diel caminaba hacia ella rápidamente y la liberó de las amarras de las piernas y los brazos para después sujetarla.

—¿Estás bien? Elena… háblame —le dijo mientras observaba y tocaba su rostro con poca delicadeza para ver si se encontraba bien.

Ella no hizo ningún sonido, no contestó; se encerró en su mente, cerró los ojos y perdió el conocimiento.

De vuelta con el espíritu

Se despertó con un escalofrío que le recorrió todo el cuerpo, pero permaneció acostada, pues pensó que, si se incorporaba rápido, vomitaría. Observó encima de sí el abierto cielo azul y sintió el conocido vaivén del agua. Estaba en la pequeña nave de nuevo. Cuando se sintió mejor, se sentó y observó con tranquilidad que estaba a salvo. Diel dejó de remar en cuanto Elena se incorporó y la miró con el rostro extrañado.

—¿Estás bien?

Ella no contestó a su pregunta y volvió la cabeza para buscar al cuervo. Antón voló hasta ella, se paró en su hombro y frotó su cabeza contra la frente de la joven.

—Elena estar bien. Feliz, feliz.

Ella sonrió y los ojos se le llenaron de lágrimas, pero se ordenó no derramar ninguna. Volvió la mirada al frente y Diel entrecerró los párpados.

—¿Estás bien? —volvió a preguntar con tono precavido, casi como si estuviera tratando de averiguar algo más.

Ella volvió a quedarse en silencio; sin más viró el rostro hacia el mar y lo miró por un largo rato. Él no volvió a preguntarle lo mismo, ni a hablarle, hasta media hora después.

—Lo lamento. No podía actuar sin revelar mi posición; tuve que esperar para bajar a buscarte. Siento haber tardado —se disculpó de malhumor. Eso era mentir por supuesto, la realidad había sido que había tenido una lucha consigo mismo. Sabía que había sido capturada y que debía matarla antes de que el sujeto consiguiera la información, pero no había podido hacerlo. La buena noticia era que ella no había dado su nombre ni el de él, o el de Morgana.

Elena tragó con dificultad, se volvió hacia su cuervo, hizo unos movimientos cuidados con las manos y el cuervo asintió.

—Gracias por salvarme —tradujo el cuervo con su voz aguda.

Diel liberó los remos y la miró ofuscado sin saber qué era lo que pasaba allí.

—¿Estás muy lastimada? —quiso saber al recordar que el hombre le había reventado el labio de un golpe y pensaba que tal vez, por la misma razón, evitaba hablar.

Elena se volvió hacia su cuervo, hizo de nuevo una seña sencilla y el cuervo tradujo.

—Sí.

—¿Por eso es que no puedes hablar?

—No —contestó con simpleza el cuervo después de traducir el movimiento de las manos de su dueña.

Diel pareció aun más extrañado, pero no agregó nada más; aferró los remos y continuó remando.

—Utilicé el aro de tele-transportación desde que salimos de Cratas, llegaremos al castillo en poco tiempo —le explicó él después de casi veinte minutos. Elena afirmó y volvió a hacer señas.

—¿Qué le dirás a Morgana? —preguntó con tono cortado y lento el ave, que se había convertido en su intérprete.

—¿Decirle?, ¿de qué hablas?

—Tú no matarme —dijo el cuervo mientras observaba atentamente los movimientos de su amiga—. ¿Cómo explicar eso?

Diel se sentía cada vez más raro de tener que conversar con el ave, pero resopló, relajó los hombros y negó con la cabeza.

—No voy a decírselo. Ni tu cuervo, aparentemente, pues tú pareces incapaz de pronunciar palabra.

Elena afirmó en acuerdo; volvió a mover las manos.

—Gracias —dijo el cuervo.

Él ya no contestó. Se sentía raro. No tenía idea de lo que se le había metido en la cabeza… no comprendía qué le sucedía que lo había instado a actuar de ese modo tan descabellado; nada parecido a como lo hubiera hecho en cualquier otra situación.

Llegaron al castillo una hora después. Elena tenía las piernas y brazos sumamente adoloridos e intentó en vano ponerse de pie más de tres veces; falló de un modo miserable. Diel se acercó y la cogió de la mano para ayudarla un poco. Elena se dio cuenta de que cuando él sujetó su mano, la miró extrañado por unos segundos, pero no dijo nada. El cuervo volvió a agradecerle al entrar al castillo y él negó con la cabeza por sentirse completamente fuera de lugar.

—Iré a ver a Morgana —le avisó. Elena movió sus manos y el cuervo se movió hacia él.

—Yo, descansar.

—Bien.

La miró desaparecer por la escalera con paso mortalmente lento y cuando ya no estuvo en su campo visual, se giró y caminó algo nervioso. Nunca experimentaba emociones fuertes... no podía, pero aquellos atisbos de sensaciones cada vez que la tocaba, lo dejaban muy azorado. Entró a la habitación de las paredes de cristal y Morgana, sentada en su silla como siempre lo hacía a esas horas de la tarde, lo miró y sonrió. Se le hizo un nudo en la garganta.

—¿Qué tal tu viaje? —preguntó la hechicera. Él metió las manos en los bolsillos del pantalón y se alzó de hombros.

—No lo conseguimos.

—¿Y cuál es tu excusa? —le preguntó de buen humor, pero él sabía que estaba muy enfadada.

—Mi excusa... Pues no pudimos encontrar el lugar en donde tenía guardada la información. Probablemente había un cuarto secreto o algo similar. Buscamos, pero no encontramos nada.

—¿Y entonces, qué están haciendo aquí?, ¿no deberían haberse quedado a investigar hasta tener la información que necesito?

—Hubo un problema. Unos hombres agredieron a Elena la noche pasada cuando me alejé para estudiar la casa de Lars. Regresé a tiempo para ayudarla, pero ya la habían golpeado.

Una chispa de incredulidad resplandeció en el semblante de Morgana y lo miró sin saber si lo que él decía era verdad.

—Tráela.

—Está exhausta y adolorida. Déjala descansar.

—¿Y por qué abogas por ella ahora?, ¿se hicieron amigos?

Diel negó con la cabeza. Eso nunca iba a suceder.

—Solo creo que no conseguirás información de ella ahora. Además... por una razón que desconozco, no puede hablar.

La hechicera apoyó la espalda en el respaldo de su silla y lo observó con interés, suspiró y cruzó una pierna sobre la otra.

185

—Se ha activado su maleficio —susurró a la nada, con la mirada perdida.

—¿El qué?

Morgana lo miró al salir de su estado de estupor y unió las manos para jugar con sus dedos.

—Ella ya no podrá volver a hablar.

—¿No podrá hablar?

—Nunca jamás.

—Nunca jamás es demasiado tiempo —le dijo él con ironía y la hechicera sonrió exultante.

—¿Qué demonios te sucedió?

La voz angustiada de Dan la abordó al entrar en la habitación. Elena se sintió aliviada, casi como si hubiera esperado que él estuviera allí para poder consolarla.

"Quisiera que estuvieras conmigo", pensó mientras aguantaba las ganas de llorar.

—¿Qué demonios pasa? —preguntó angustiado—. ¿Por qué no me hablas?... Cielos…

Elena se giró hacia Antón y empezó a hacerle señas con las manos. "El maleficio se activó", dijo ella y el cuervo confirmó, pero antes de que pudiera decir la primera palabra, Dan se adelantó.

—Pero, ¿tú estás bien? Esos moretones que tienes en el rostro, ¿tienen algo que ver con que el maleficio se haya activado? —preguntó inquieto y Elena retrocedió sorprendida.

"Puedes escucharme", se dijo.

—Puedo leer tu mente. Es diferente. ¿Qué fue lo que te pasó?, ¿alguien te golpeó?

"El hombre al que buscábamos".

Dan tardó en contestar y Elena supuso que pretendía tranquilizar la frustración que sentía al saber lo que había sucedido.

"Estoy bien".

—No se trata de eso. Se trata de que no es correcto. Voy a matar a ese sujeto.

"Imposible", y sin pensarlo hizo la seña con las manos.

—Imposible —dijo el cuervo más rápido de lo que él leyó su mente.

—Quisiera poder hacer algo —se lamentó él y Elena sonrió pero se arrepintió cuando el labio le dolió—. Será mejor que te recuestes. Anda. Me quedaré contigo toda la noche.

Ella asintió al sentir una inusual calidez en su pecho. Ni siquiera se cambió la ropa y, tal cual como había llegado al castillo, se recostó en la cama.

"Necesito un abrazo".

—Lo sé… créeme que me encantaría poder hacerlo —aseguró a su lado—. Pero permaneceré aquí y te cuidaré. Duerme tranquila.

Las primeras horas pudo dormir sin problemas, pero en un punto de la noche, se levantó cuando su mente la devolvió al lugar en donde había estado y profirió una exclamación de terror. Con un reflejo inmediato se llevó las manos a los labios para acallar el sonido, pero ya había sido muy tarde y la perla en su cuello brilló de nuevo mientras el dolor se extendía por su cuerpo y la hacía retorcerse en la cama.

—Lena, tranquila… calma, calma —pidió una voz a su lado—. Esfuérzate en respirar acompasadamente. Vamos, puedes hacerlo.

Elena escuchó la voz de su amigo y sintió algo de paz, su cuerpo se relajó un poco y ella cerró los ojos para intentar alejar el dolor y concentrarse en lo que él le decía.

—¿Qué pasó? —le preguntó cuando ella se tranquilizó por completo.

"Una pesadilla".

—¿Qué fue lo que viste?

"Vi lo que me sucedió en casa de ese hombre", le explicó y trató de controlar su respiración.

—Fue algo que te impactó sobremanera. Es posible que continúes teniendo esas pesadillas y deberás hacer algo para terminar con ellas... no querrás despertarte gritando cada vez, ¿verdad?

"¿Qué crees que deba hacer?"

—Tal vez deberías ir a hablar con Morgana. Quizá pueda hacer algo por ti; no obstante —con voz insegura agregó—: no esperes que lo haga a cambio de nada.

"¿Crees que haya un modo en el que pueda deshacerse de mi maleficio también?"

—Tal vez, si tienes algo del mismo valor que puedas ofrecerle. No es una persona fácil y lo sabes bien.

Elena afirmó con mirada triste y volvió a recostarse en la cama pues de nuevo se sintió adolorida.

—¿Qué es lo que sientes cuando la perla en tu cuello se ilumina? —quiso saber él después de unos segundos.

"Nunca he sentido algo tan horrible, es un dolor... como lo que sientes cuando entras al agua helada, pero más fuerte. Lo siento como si se clavaran cuchillos por todo mi cuerpo".

Él ya no le contestó pero, minutos después en cuanto ella se convenció a sí misma de volver a dormir, volvió a hablarle.

—Puedo ayudarte si tú me ayudas. Mientras más rápido encontremos el objeto que busco, más rápido podré ayudarte.

"¿Y tendré que darte algo a cambio, también?"

—Solo si tú quieres, no es algo que estés forzada a aceptar.

"Mañana dedicaremos el día a buscarlo".

Dan se sintió emocionado. Había esperado años para que alguien dijera eso; aun así no quiso elevar sus expectativas. El castillo era inmenso y probablemente tardarían en encontrar el anillo... si es que lo encontraban.

"¿Tienes idea de en dónde podría estar?"

—No. Morgana es la única que sabe en dónde está.

Elena recordó el día en el que había hablado con ella y le había dicho acerca del joven en la celda. La mujer a primera instancia, le había dado la impresión de no conocer quién era, pero ahora él le decía que ella incluso sabía en dónde estaba el anillo que él buscaba.

"¿Fue ella... quien te puso ese maleficio?"

Dan tardó en contestar.

—Te dije antes que es un tema delicado del que no se me permite hablar.

"Fue ella", afirmó Elena, ya completamente segura. Se sentó en la cama, bajó los pies al suelo y trató de ponerse en pie.

—Espera, ¿a dónde crees que vas?

"Iré a buscarlo".

—No. Ahora es una mala idea, estás débil y cansada.

"Si duermo, solo tendré pesadillas".

—Entiendo, pero igual tienes que descansar. Por la mañana, cuando ya te sientas mejor, lo buscaremos juntos, ¿de acuerdo?

Elena no se sintió muy convencida, pero al final se dijo que él parecía tener razón, así que volvió a subir los pies y se recostó de nuevo.

"Siempre había algo que lograba ayudarme a dormir cuando tenía pesadillas".

—¿Y qué era eso?, tal vez pueda hacerlo.

"Una canción".

Dan rio alegre y sintió que su corazón palpitaba nervioso.

—Lo siento, no canto.

"¿Por qué? Tienes una linda voz".

—No canto porque nunca lo he hecho —le confesó él mientras sonreía.

"Existe una primera vez para todo. ¿No había alguna canción que te gustara?"

—No.

"Entonces inventa una".

A él le pareció graciosa la facilidad con la que ella podía decir las cosas más impactantes.

—No tengo idea de cómo hacer algo así. Fallaré miserablemente.

"Fallar es mejor que no intentarlo. Anda... me será de mucha ayuda".

Dan resopló y al final se dijo que no iba a morir por intentarlo. Así que se acomodó más cerca de ella cuando puso la cabeza sobre la almohada y sonrió.

—¿Cómo debería hacerlo?

"Puedes pensar en cosas bonitas... en algo que te guste mucho".

—Tú me gustas.

Elena sonrió sin sentirse avergonzada. No le molestaba que él dijera eso porque no representaba una amenaza real para sus sentimientos.

"Sabes a lo que me refiero. Piensa en algo hermoso o que te haya hecho feliz, y utiliza una melodía para acompañar tus palabras. No me importa que no rime".

—Bien. Lo intentaré.

Dan en verdad tenía una voz melodiosa... pero una pésima prosa. Los primeros minutos Elena intentó no reírse y trató de conciliar el sueño, pero cada cosa que él inventaba la traía de vuelta a la realidad y la hacía sonreír. Se relajó tanto que media hora después, ya no sentía los dolores de antes y, al final, la terrible canción la ayudó a quedarse dormida.

Al día siguiente, en seguida de que se levantó, se dio un baño, se desinfectó la herida del labio, se vistió y le pidió a Antón que fuera con ella a desayunar.

"Regresaré en un rato y empezaremos a buscar".

Dan se despidió de ella y la miró alejarse, conflictuado. Aún parecía sentirse débil. Elena salió de la habitación y cerró la puerta tras sí.

—Así que… no puedes hablar, ¿cierto?

Elena dio media vuelta y observó que, parado a un lado de una gruesa columna, a unos cinco metros de distancia, estaba Diel. Arrugó la frente y negó con la cabeza para contestarle. No sentía ánimos de comunicarse con él, pero creyó grosero no contestar.

—Me lo dijo Morgana. ¿Alguien te hechizó?

Elena apretó los labios sin pensar; cerró los ojos con fuerza al sentir dolor en la herida y se obligó a no gemir. Cuando el ardor pasó, ella le dijo que sí con un movimiento de cabeza.

—¿Te sientes mejor?

—Un poco —contestó el ave por ella al instante en el que Elena hacía una seña con la mano.

—Estoy empezando a pensar que el coeficiente intelectual de esa ave es mayor que el mío —susurró él y contempló sorprendido la sincronía que tenía el animal con ella—. Vamos, Morgana te espera para que tomes el desayuno en su compañía.

Ambos se dirigieron al comedor, mucho más lento que en otras ocasiones, pues Elena aún sentía las piernas débiles. Después de varios minutos llegaron y, al entrar, Elena notó que Morgana se mostraba genuinamente feliz de verla.

—Buenos días querida. Toma asiento —dijo, ofreciéndole el lugar a su lado y ella con no muy buena disposición, aparentó estar bien y aceptó—. ¿Has dormido bien?

Ella negó con la cabeza; se sirvió jugo de naranja y dejó expuesta su muñeca lastimada por las cuerdas, cuando la manga de la bata de seda color amarillo se movió. Morgana arrugó el entrecejo al verla.

—¿Es que esos salvajes te amarraron a un árbol o algo así?

Elena abrió los ojos en extremo y se giró hacia Diel que de inmediato asintió con la cabeza de una manera casi imperceptible. Ella se dio su tiempo para contestar de manera afirmativa con una acción.

—Siento tanto que hayas sufrido ese ataque… la naturaleza humana es más oscura de lo que la mayoría piensa y hay demasiadas personas malas en este mundo tan pequeño.

Se sirvió unos panqueques y fruta. Comió sin realmente tener ganas de conversar, ni por señas ni con la ayuda de Antón.

—Espero que hayas podido descansar aunque fuera un poco.

Ella le dijo que sí con la cabeza y al terminar de desayunar, recordó la promesa que le había hecho al fantasma en la mazmorra. Se enfocó en Morgana y la mujer alzó ambas cejas para indicarle que tenía toda su atención. Elena hizo señas.

—Ver que tú tener muchos tesoros —dijo Antón con su voz aguda. Morgana se sorprendió al ver al ave conversar con ella con una seguridad envidiable. Tardó unos segundos en contestar y afirmó con la cabeza.

—Sí, así es. ¿Ya tan pronto has vagado por mi castillo sin permiso?

Elena se sonrojó y negó. Volvió a mover las manos.

—No. Yo ver el día que llegar aquí. Habitación con sillón de la época de la rencia —dijo Antón y Elena lo miró, negó con la cabeza y volvió a decirle la palabra—. Regencia —se corrigió el ave y la dijo lentamente, pues era larga.

—Sí —aceptó la mujer que apoyó la espalda en el respaldo de la silla—. Supongo que tu curiosidad es genuina, ya que a eso te has dedicado toda la vida.

Elena quiso decirle que no, que ella no solía robar cosas como su padre hacía todo el tiempo, pero prefirió ahorrarse las señas y asentir con la cabeza para darle gusto a la mujer.

—¿Poder ver más? —dijo Antón con el tono correcto que se usa al preguntar y Morgana sonrió.

—¿Quieres ver las cosas que tengo?

La joven confirmó y sudó frío al notar que Diel la miraba absorto.

—¿Dónde conseguir todo eso?

—No lo robé, si es lo que deseas saber. No tengo la misma naturaleza que tú y toda tu tripulación.

Elena se sonrojó de rabia, pero permaneció sin hacer ningún movimiento para dejarla continuar.

—Son objetos con los que las personas me han pagado sus más oscuros deseos. Soy una coleccionista y amo todo lo que brilla, lo de buen gusto y lo bizarro, como puedes darte cuenta.

—¿Cuál tu cosa favorita? —Luego, con la más disfrazada naturalidad, volvió a mover sus manos—. ¿Joyas?

Morgana sonrió ufana, casi como si se percatara de algo que nadie más hacía.

—Sí, claro… eres hija de pirata. Seguro no te atrae nada más que las cosas resplandecientes.

—¿Poder ver?

—Puedes verlas, si es que encuentras la habitación correcta —le dijo ella con una mirada intensa.

Diel seguía con los ojos de una a otra, pero no decía nada.

—¿Tengo tu permiso?

—Lo tienes. Veamos si puedes conseguir encontrarla —comentó desinteresadamente la mujer; se levantó con la intención de dirigirse hacia la puerta del comedor y Diel la siguió, pero Morgana se detuvo de un instante a otro y él se movió hacia un lado pues sabía que ella lo había hecho para dirigirse de nuevo a la chica.

—¿Cuál era el apodo que tu padre usaba contigo? —quiso saber, pero cuando ella estaba a punto de decírselo, Morgana negó con la cabeza—. Ya lo recuerdo… y tú harías bien en recordarlo también.

Diel frunció el ceño y la analizó cuando la hechicera pasó por delante de él como si nada. Giró el rostro hacia la joven y ambos se miraron por unos segundos. Diel se volvió y siguió a la mujer sin rechistar. Salieron por la puerta segundos después y la dejaron sola sin saber de qué había ido todo eso. Iba a ser un día largo, pero tenía que sacarle el mayor provecho posible. Bebió un vaso completo de leche; al normalmente beberla le dejaba una mancha blanca encima de los labios, se limpió, se levantó y, con el paso más lento de lo que a ella le hubiera gustado, regresó a su habitación.

—¿Qué tal el desayuno?, ¿la has pasado bien en compañía de personas tan elocuentes?

Elena sonrió al escuchar a Dan y le contó, tardándose más de la cuenta, lo que habían platicado. Él no la interrumpió en ningún momento y simplemente la siguió con atención.

—¿Te ha permitido caminar libremente por el castillo? Esa es una excelente noticia.

Ambos estaban emocionados. Una, porque por fin podría hacer algo relajante, y el otro porque buscarían lo que tanto deseaba encontrar. Elena se puso unos zapatos más cómodos pero se dejó la bata de seda con la pijama de color azul. Salieron no mucho después. No había nadie en los pasillos y ella comenzó a sentirse algo mal por la hechicera.

"Ha permanecido sola mucho tiempo".

—¿Te da lástima?

"Sí. Me parece triste".

—Pues no creo que ella lo esté.

"Los hombres piensan diferente".

—¿Perdona?, ¿a qué te refieres con eso?

"Me refiero a que la soledad no es igual para un hombre que para una mujer".

—¿Y por qué es eso?

"Porque las mujeres pensamos en todo. Añoramos el pasado, anhelamos el futuro y nos lamentamos por el presente. Los hombres no hacen eso. Ellos solo viven el día a día".

—La practicidad nos hace fuertes —se regodeó y ella sonrió.

"La practicidad los hace felices, pero a la hora de los problemas, las mujeres siempre somos más fuertes".

—¿Por qué?

"Porque estamos acostumbradas a pensar en las cosas con intensidad, tanto que, de una u otra forma, encontramos una solución. Los hombres, en cambio, no están acostumbrados a pensar con intensidad y toman la primera solución práctica que se les pone enfrente. Y no siempre les resulta bien".

—Y luego dices que los cuentos son los que discriminan. Eres mala.

"Soy realista".

Elena se sorprendió por lo grande que era ese lugar. Era inmenso.

"Nunca vamos a terminar", se lamentó al percatarse de que no tenía idea de por dónde debían empezar.

Peinaron todas las habitaciones de una en una y Elena estaba tan enfrascada en la búsqueda que se le pasó la hora de comer. No quería aceptarlo, pero estaba encantada con todo lo que encontraba cada vez que entraba en un cuarto diferente; no solo porque parecían ser mundos distintos, sino porque cada uno, tenía objetos relacionados, que de seguro eran de muchísimo valor y que podrían mantener a familias por generaciones y generaciones sin tener que levantar un solo dedo.

Habían encontrado una habitación de armas con un tinte tenebroso y que contenía desde catapultas de hacía milenios, hasta rifles de la más alta calidad, tecnología y precisión. Otra habitación estaba llena de pinturas de artistas famosos de épocas pasadas y presentes. Una más tenía vajillas de las más finas. Elena identificó más de diez que eran de una porcelana inigualable, con incrustaciones de oro y detalles en otros tipos de joyas, admirada de que, básicamente, eso valdría las ganancias de un solo pueblo durante cincuenta años o más.

—¿Crees que tu padre haya visto algo de esto cuando vivió aquí? —preguntó Dan, al observar lo admirada que ella se veía.

"No lo creo".

—¿Por qué?

"Porque se habría llevado algo con él. Ningún pirata, por muy respetable que sea, podría pelear contra el deseo de obtener algo como esto".

Otra de las habitaciones era un invernadero, incluso tenía la temperatura adecuada y el riego específico. Elena se sorprendió de la variedad de plantas que había, de las cuales había visto en su vida menos de la mitad, pero sabía para qué servían casi todas. Eran plantas que la gente se esforzaba por conseguir en el mercado negro pues eran muy valiosas. Unas curaban un gran número de enfermedades, mas otras las provocaban.

Para esculturas había más de tres habitaciones. Había cinco bibliotecas gigantescas repletas de los manuscritos más antiguos y dos cuartos en donde había una inconmensurable cantidad de especias.

"Esto es como el arca de Noé. Lo único que falta son los animales."

Dan se rio ante el pensamiento de ella y ambos continuaron recorriendo el castillo, hasta que Elena se percató de que estaba muerta de cansancio y que debía descansar. Se dijo que la siguiente habitación que encontrara sería en la que tomaría un descanso. Abrió la puerta de una que estaba a unos metros de su última ubicación y entró. Estaba totalmente a oscuras. Tuvo la intención de salir, pero la curiosidad pudo más y prendió la luz.

—Es la habitación de los niños —reportó su amigo en tono quedo a su lado.

Elena se quedó parada en el mismo lugar por más de cinco minutos y observó la vasta cantidad de muñecos y juguetes empolvados.

—¿Tienes miedo?

"Un poco".

—No pasa nada. He entrado aquí muchas veces y no hay nada que temer.

Ella asintió sin sentirse totalmente convencida, entró a la habitación y cerró la puerta tras ella. Caminó y observó con atención todos los juguetes de tantas épocas diferentes. Valdrían como reliquias tal vez, pero no parecían tener un valor muy alto.

"¿Por qué conservará estas cosas? —se preguntó. Se volvió hacia donde creía que estaba Dan y le dijo: —No parecen tener el mismo valor que todo lo que hay en las otras habitaciones" —mientras pasaba las manos por las muñecas de trapo con rizos de pelo sintético y ojos móviles.

—Lo hizo para alguien en especial —confesó Dan a su lado y Elena arrugó la frente sin tener la más mínima idea acerca de quién hablaba.

"¿Para quién?"

—Yo venía seguido —respondió él sin contestarle la pregunta que ella había hecho.

Elena no quiso insistir y se sentó en una mecedora, quitando antes un peluche con forma de un gigantesco león. Se meció una y otra vez.

—Ayer… cuando te levantaste en la noche, la perla que tienes en el cuello, brilló. ¿Por qué?

Ella sujetó la perla entre sus manos y la miró con atención.

"Está agrietada."

Su mirada se perdió en las cinco pequeñas marcas que tenía la perla y, en su mente, recordó la cantidad de palabras que habían salido de sus labios desde que el maleficio se había activado.

"Creo que son los años que perdí... porque concuerdan con la cantidad de palabras que he dicho desde que se activó el maleficio".

—Tiene sentido.

"¿Cuánto tiempo llevas aquí, verdaderamente?"

—Varios años, te lo dije antes.

"¿Morgana puede verte o escucharte como lo hago yo?"

—No. Ella no puede hacerlo, ni su ayudante tampoco. Pero sé que ella sabe que estoy aquí.

Traiciones

Elena pasó los últimos minutos meciéndose en la bonita y cómoda mecedora de ratán color rosa pálido mientras Antón la observaba desde la mesa a su izquierda, la cual estaba llena de juguetes tradicionales de distintos lugares. Dan tampoco le había dicho nada, hasta que unos minutos después, soltó una exclamación de sorpresa.

"¿Qué pasa?", quiso saber y se dejó de mecer.

—"Canción de cuna para aguas profundas" —leyó él y Elena se puso de pie con Antón en su hombro.

"¿En dónde estás?"

—Enfrente del estante, a un lado de la ventana.

Caminó hacia él y cuando estuvo por fin en el lugar en donde se suponía estaba el joven, observó un estante lleno de libros para niños. Sonrió. Desde pequeña le había gustado la lectura y a veces pasaba horas con la nariz metida en cuentos de aventuras. Alzó la mano para tomar un libro, lo abrió y empezó a hojearlo mientras se giraba para apoyar su espalda en las repisas, de frente a la pared. El libro tenía lindas ilustraciones de barcos y criaturas marinas que a cualquier niño podrían atemorizar. Ella nunca fue de las que lloraban de miedo.

—¿Te gusta?

"Me recuerda mi infancia".

Elena terminó de hojearlo y levantó la mirada para cerrarlo al tiempo que, despreocupadamente, observaba la pared frente a ella. Se detuvo y estudió sorprendida el objeto que colgaba en la pared.

—¿Qué pasa? —preguntó el espíritu.

Elena se acercó al objeto con una lentitud apabullante, casi como si no pudiera creer lo que veía, y se acordó inmediatamente de las palabras de la hechicera:

"—¿Cuál era el apodo que tu padre usaba contigo? Ya lo recuerdo… y tú harías bien en recordarlo también".

Jadeó absorta al encontrarse cara a cara con aquel objeto. Era una Piruleta de barro, anclada en la pared como mera decoración para la habitación infantil. Tragó con dificultad y levantó el brazo derecho para tomar el objeto entre sus dedos y cuando lo hizo, lo sujetó y lo haló hacia ella.

—Cielos —susurró la voz de su acompañante a su lado en el instante en el que la pared se dividió en dos y ambas partes se separaron para dejarles paso a una entrada seguida de una larga escalera.

"Dan… creo que este es el lugar en donde está lo que buscas".

Morgana alzó la vista hacia el techo con una sonrisa mordaz. De pronto, algo similar a un pequeño temblor sacudió el salón de las paredes de cristal y Diel, con el ceño fruncido, levantó la mirada como ella y se preguntó qué demonios pasaba.

—¿Fuiste tú? —preguntó segundos después cuando se calmó el movimiento y Morgana sonrió contenta.

—No. Yo no lo hice... ¿con qué propósito? —preguntó como si aquello fuera una tontería.

—¿Quieres que vaya a verificar que todo esté en orden?

La mujer lo miró largo y tendido sin contestarle nada en absoluto. Un escalofrío lo recorrió de la espalda a los pies y le regresó la mirada, aturdido. Morgana suspiró y con una actitud de alguien que no quiere la cosa, bebió un trago del vino de su copa y sonrió despreocupadamente.

—Querido... creo que te tengo una mala noticia.

—¿Qué mala noticia? —quiso saber él, sin dilucidar la razón por la que ella se comportaba de ese modo tan inusual.

—Él está aquí.

Diel negó confundido con la cabeza por aquellas palabras. En primera, eso era imposible... no podía ser cierto; y en segunda, él debería haberlo visto en caso de que así fuera.

—No bromees con eso —advirtió con tono mortalmente serio y la hechicera se rio de él.

—No es una broma. Te estoy diciendo la verdad.

Diel apoyó las palmas en la mesa y se levantó de la silla muy lentamente sin dejar de mirarla.

—¿Desde hace cuánto que sabes que está aquí?

—Lo he sentido desde siempre, pero ahora estoy segura de eso.

—¿Por qué? —preguntó y alzó el tono al sentir que la furia lo consumía.

—Porque Elena me lo dijo.

No advirtió que su respiración estaba agitada, hasta que Morgana se levantó de su asiento, caminó hacia él y le puso ambas palmas en el pecho. Diel la miró irritado y se las apartó, arisco.

—No te entiendo y será mejor que te expliques como debe ser, antes de que olvide todo y te corte el cuello —amenazó con la voz tensa. Morgana sonrió sin sentir temor y se encogió de hombros.

—Te lo estoy diciendo. No debería, por supuesto… pero seré franca contigo. Él está aquí y parece que Elena le ha estado haciendo compañía, o al revés. No sé cómo funciona la relación que tienen.

Él se puso en jarras, consternado.

—Creo que lleva tiempo buscándolo —continuó y caminó alrededor de él como un buitre sobre su presa—, pero ahora ha encontrado la ayuda requerida en esa chica que tú trajiste. Parece —continuó ahogando una risilla—, que tú mismo te condenaste.

—No va a encontrarlo. Lo he buscado por años. ¿Qué te hace creer que ella podría encontrarlo antes que yo? —comentó en tono grueso con molestia.

Morgana se detuvo sin aviso frente a él, le apoyó ambas manos en los hombros, se puso de puntitas y le dijo al oído tan suavemente como pudo permitírselo.

—Porque yo le he dado una pista.

Diel se quedó helado por completo. Sudó frío y sintió que el estómago se le revolvía con tanta fuerza que se creía capaz de vomitar en cualquier momento.

—No —murmuró mirando hacia la nada. La mujer le clavó las largas uñas en los hombros y sonrió.

—Lo hice, sí. Lamento haberte traicionado, pero he estado la mar de aburrida últimamente.

Con un sonido gutural como de una bestia furiosa, Diel desplazó su mano derecha al cuello de la mujer, apretó con fuerza y se dirigió con ella hasta una de las paredes cercanas. Morgana sonrió sin dar señales de estar ahogándose en absoluto. Él apretó con más fuerza pero no logró nada; así que la liberó y golpeó con las manos abiertas el cristal detrás de la cabeza de la hechicera.

—No te pongas así. No ayuda en nada… te dije que estaba aburrida.

—Me importa una mierda…

—No me hables en ese tono —le dijo letalmente y Diel apretó la mandíbula con tanta fuerza que le dolieron las muelas—. Además, creo que es mejor que te apresures. Sabes lo que sucederá si ella lo encuentra antes de que tú lo hagas. Entretenme un poco, ¿quieres?

Diel gimió sin saber lo que debía hacer. En su mente todo estaba mezclado.

—Dímelo. Dime en dónde está.

—Siempre estuvo frente a tus narices, querido. Pasabas horas allí y supuse que algún día lo encontrarías, pero bueno… solo tenías una mente brillante y lo demás estaba vacío.

La luz se abrió camino en su cerebro y dio unos pasos hacia atrás sin dejar de mirarla enfurecido.

—Voy a matarte. Voy a deshacerme de ti cuando lo tenga.

—Pues apresúrate. Ella ya está allí.

Un temor inconmensurable lo invadió, dio media vuelta y corrió tan veloz como sus piernas le permitían hacia la salida de la habitación.

Elena bajó el último escalón y observó una puerta frente a ella, caminó y la abrió con cuidado. Las bisagras rechinaron y se adentró a un lugar en penumbra, lleno de agua, con un puente de piedra al centro, que llegaba hasta una zona en la que había una majestuosa concha de color verde sirena colocada sobre un zócalo, alumbrada por un agujero en el techo; la cortina de luz en la oscuridad le proporcionaba un tono misterioso.

Al principio dudó. No sabía si debía acercarse o quedarse en donde estaba, pero le había hecho una promesa a su amigo y debía, al menos, hacer un esfuerzo para buscar lo que él necesitaba. Inspiró aire e inició el camino con paso inseguro por el delgado puente de piedra; era largo, tal vez tendría unos cuarenta o cincuenta metros de largo. Al llegar a la concha, subió tres escalones y se asomó por los bordes de esta. No había ningún tesoro; solo había una pequeña caja de madera del tamaño de la palma de su mano. Elena se estiró pero no pudo alcanzarla, así que se puso de puntitas y al ver que no lo conseguía, Antón voló al centro de la concha y movió la caja hasta su mano. Ella la sujetó nerviosa y la llevó hasta su pecho.

—Ábrela —le ordenó Dan en un susurro.

Elena sintió las palmas sudorosas y luego de tomar aire abrió con cuidado la caja, encontrándose con el anillo. Era hermoso. Nunca había visto algo tan luminoso ni tan bien acabado.

"¿Este es?", quiso saber al tomar la joya entre su dedo índice y su dedo pulgar, y la elevó un poco para verla mejor.

—Lo es.

"¿Qué debo hacer ahora?"

Unos pasos lejanos la alteraron y por poco dejó salir una exclamación de temor. Dan juró en tono quedo, frustrado al saber de quién se trataba.

—Es él —comentó con voz letal.

"¿De quién hablas?"

Los pasos estaban cada vez más cerca y Elena se dio cuenta de que su respiración comenzaba a agitarse con mucha rapidez.

—Lena, escúchame con atención —empezó él a su izquierda y ella afirmó—. Diel está a punto de entrar por esa puerta… y hará todo lo posible por quitarte el anillo de cualquier modo.

"¿Por qué?"

—Eso no es importante ahora —continuó y sintió que se le acababa el tiempo—. Haré lo posible para detenerlo e impedir que utilice su magia, pero no estoy seguro de si podré lograrlo o no. Esto es lo que tienes que hacer —siguió más a prisa que antes, en cuanto escuchó los pasos acercarse—: Necesito que me ordenes que haga el pacto contigo. Quiero que lo digas fuerte y claro, después te colocarás el anillo en el dedo anular de la mano izquierda.

Elena sintió que el sudor le resbalaba por la frente. No terminaba de comprender de qué iba todo eso.

"No puedo… no puedo hablar", le recordó porque creyó que él lo había olvidado.

—Lo sé. Sé que no debes hacerlo, pero necesito que lo hagas… o te matará. ¿Entiendes? Necesito que lo digas aunque sientas que mueres por dentro. No importa el dolor que sientas, no dejes de decir las palabras.

"No sé… no sé si podré hacerlo".

—Lena, estoy confiando en ti, por favor confía en mí —continuó y se quedó callado. Los pasos se habían detenido en el otro extremo del puente a cincuenta metros de ellos. Elena advirtió que Diel estaba de pie frente a ella, algo lejos y la miraba con el rostro asustado.

—Elena… dame el anillo —le dijo y alzó la voz para que lo escuchara.

Sintió temor. No sabía qué era exactamente lo que debía hacer, estaba confundida y no tenía idea de si tendría el valor de volver a hablar después de lo mucho que le había dolido.

—¡Entrégamelo! —exclamó furioso desde lejos.

Usaría su magia… estaba segura. Inspiró y vio que caminó veloz hacia ella y levantó ambas manos como para quitarle el anillo con algún hechizo a distancia. Elena cerró los ojos y abrió los labios.

—Te ordeno, con tu sangre…

Sintió de nuevo el lacerante dolor en todo el cuerpo; las piernas le fallaron en cuanto empezó a convulsionar y cayó al suelo de rodillas con el anillo en la mano derecha. Tenía unas horribles ganas de vomitar y sentía que iba a desmayarse. Diel apresuró el paso para llegar a tiempo con ella, pero una sensación de debilidad lo atravesó por completo y cayó de rodillas, como ella, en el suelo. Su magia no funcionaba en ese momento y al mirar desconcertado a su alrededor, pudo darse cuenta de lo que se trataba. El espíritu lo había atravesado, quitándole una gran parte de su energía.

—Maldición —murmuró Diel al sentirse cada vez más y más débil.

—En... la... perla... —escuchó que ella continuaba con la voz temblorosa mientras gemía por el dolor que recorría su cuerpo con intensidad.

—No —susurró y elevó el brazo con la intención de tocarla, pero ella continuaba lejos.

—Comparte...

Diel se levantó del suelo con las piernas temblorosas y se obligó a pesar de la debilidad, a echar a correr.

—¡No! —exclamó a pocos metros de ella.

—Tu vida... —Elena trasladó la mano izquierda a los labios e intentó ahogar los gritos y los gemidos que querían salir de su boca. Las lágrimas brotaron de sus ojos, chocaron con la piedra a sus pies, rebotaron como pequeñas pelotitas y se perdieron en el agua. Apretó el anillo en su mano derecha y alzó la vista. Diel estaba cerca, estaría con ella en cuestión de segundos. Se dijo que solo era una palabra más... una y todo acabaría. Respiró profundamente—. Conmigo —masculló y con un movimiento veloz, a pesar del terrible dolor que sentía en los músculos, llevó el anillo de la mano derecha a la izquierda y se lo puso en el dedo anular izquierdo justo en el instante en el que Diel llegaba hasta ella.

Él chocó contra la joven sin poderse frenar a tiempo y ambos rodaron sobre la pequeña isla de piedra y cayeron al agua. Estaba helada, y el dolor tan intenso que corría por todo su cuerpo le impedía nadar hacia la superficie. Sintió que el agua entraba por sus fosas nasales y unos espasmos incontrolables se apoderaron de su cuerpo, hasta que el aire helado chocó contra su rostro, la roca contra su espalda y un golpe en el pecho la hizo expulsar toda el agua de los pulmones.

Tosió copiosamente, volvió el rostro hacia un lado e inspiró una y otra vez para llenarse de aire. Se incorporó rápidamente mareándose en el proceso, apoyó una mano en el pecho y se dio cuenta de que estaba llena de sangre, sangre que no era suya y que estaba en gran cantidad sobre la perla de color morado traslúcido.

—¡Qué demonios! —pero ipso facto se llevó la mano a los labios para acallar su voz, cerró los ojos con fuerza y esperó lo peor. Los dolores nunca llegaron. Parpadeó confundida y miró hacia la persona frente a ella.

—Lena, Lena —dijo Diel quien se acercó y apoyó la mano derecha, que sangraba por un corte, en su espalda, para intentar ayudarla a sostenerse—. ¿Estás bien? —le preguntó alarmado. Le quitó unos mechones lacios y mojados que tenía pegados al rostro, y le limpió el agua de la cara.

Ella manoteó al aire para quitarle las manos de su rostro e intentó ponerse de pie tan rápido que se mareó. Él la sujetó de la cintura y la ayudó a mantenerse firme; rodeó su cuerpo con sus brazos y la atrajo a su pecho con fuerza.

—¿Qué…?

—Estaba muy angustiado. Me has provocado un buen susto. ¿Te has lastimado? —quiso saber y le acunó las mejillas.

—No, yo…

—Te llevaré arriba. Vamos —avisó y la sujetó de la mano, pero Elena se liberó y desplazó ambas palmas al pecho al darse cuenta de que hiperventilaba. La cabeza comenzó a darle vueltas y el mareo regresó. Un improperio abandonó sus labios por el hecho de sentirse tan débil y de pronto todo se volvió oscuro.

El cuerpo le dolía en extremo. Jamás se había sentido tan débil y enferma en su vida. Abrió los ojos aún con la cabeza repleta de una sensación de inestabilidad y advirtió que estaba en su habitación, tapada con las cobijas hasta el mentón, con las ventanas y cortinas cerradas y solo la luz de la lámpara de su mesita de noche encendida. Pero lo extraño no era eso. Lo extraño era la persona que estaba sentada a su lado en una silla, con los ojos cerrados y los brazos cruzados sobre el pecho.

Se sentía como en una dimensión desconocida. No tenía idea de lo que había sucedido ni porqué. Se preguntó una y otra vez en dónde estaba su amigo; levantó su mano de debajo de las cobijas y observó el anillo de oro en su dedo anular izquierdo.

—¿Cómo te sientes? —preguntó la voz conocida del rubio a su lado. Elena parpadeó aturdida. Sí... era la voz de Diel, pero mucho más tranquila, suave y agradable.

—Estoy mejor —dijo con la voz entrecortada.

Él le sonrió un poco y Elena pareció sentirse de nuevo en un mundo desconocido. Él le sonreía... ¿por qué estaba sonriéndole? Al notar la mirada desorientada y aterrada de ella, él desplazó una mano a su propia nuca, inquieto.

—Seguro que no entiendes nada de lo que sucede.

Ella negó. Él suspiró y apoyó los codos en las rodillas, luego con la cabeza, señaló el anillo en el dedo de Elena.

—Ese anillo me pertenece.

Elena cerró la mano y volvió a colocarla debajo de las mantas. Él sonrió.

—No voy a quitártelo, no tienes de qué preocuparte.

—No entiendo. ¿No querías quitármelo allá abajo?

—Diel quería quitártelo. Yo no.

Elena negó con la cabeza al sentirse más confundida que antes y se preguntó qué demonios decía ese sujeto.

—No… no entiendo…

—Lo sé. Permíteme que te diga la verdad ahora. Hace unos días no podía decírtelo, porque el anillo debía encontrar un dueño; ahora lo tiene y estoy a salvo.

—¿Un dueño?

Él confirmó, se puso de pie y volvió a sentarse, pero esta vez frente a ella, en la cama. Elena se enderezó, se replegó a la pared detrás de sí y lo miró con temor.

—No voy a hacerte daño —le aseguró; sujetó su mano derecha y acarició suavemente el dorso con la yema de su dedo pulgar—. Solo… solo déjame explicarte.

—Bien. Te escucho.

—Cuando era un niño, Morgana me encontró en el mar. En esa misma barca pequeña en la que llegaste aquí, ¿recuerdas?

Elena sintió un nudo en la garganta y no pudo hablar, solamente continuó mirándolo con intensidad.

—Le pedí ayuda; pero la conoces. Nunca concede un favor sin nada a cambio. Así que me trajo a este castillo y al poco tiempo —continuó él y la miró con algo de tristeza reflejada en sus facciones—, se percató de que yo era un hechicero muy poderoso. Conoces la historia de su hermana, ¿no?

Ella le dijo que sí de nuevo con la cabeza y sintió un cosquilleo en el dorso de la mano que él tocaba con delicadeza.

—Me hizo su esclavo. Me forzó a ayudarla a buscar a su hermana a cambio de haberme salvado la vida, mas me negué, por supuesto, y eso no le gustó.

Elena sintió que su corazón palpitaba con fuerza. Debía escuchar con atención primero.

—Así que… usó su magia y me dividió en dos. Mi alma se separó de mi cuerpo y solo quedó un cascarón vacío con un cerebro dominante, como pudiste observar, con muy pocas emociones… sin muchos recuerdos y solo con la magia necesaria para hacer el trabajo. Morgana ordenó a mi cuerpo a buscar a Odette incansablemente y me dijo que en cuanto la encontrara, me daría ese anillo.

—¿Para qué… para qué sirve?

—Ese anillo juntaría las dos partes de mí que fueron separadas y volvería a pertenecerme a mí mismo—explicó y la miró con una bella sonrisa.

Elena arrugó el entrecejo confundida pero comprendió el valor que tenía esa joya para él y entendió por qué lo había buscado tan intensamente todo ese tiempo. Levantó la mano de las cobijas con la intención de quitarse el anillo y entregárselo, pero él, antes de que ella lo tomara, la sujetó de ambas manos y negó con la cabeza.

—Pero es tuyo.

—Lo sé, pero fuiste tú quien me ayudó a encontrarlo. Estoy en deuda contigo.

—No… no entiendo —él se acercó más a ella.

—Morgana estableció una cláusula en relación con el anillo. Mientras yo fuera quien lo encontrara, no habría ningún problema. Por eso Diel lo buscaba también. Sin embargo, si alguien más lo encontraba y lo usaba… yo pasaría a pertenecerle a esa persona, hasta el día en el que el dueño del anillo me lo entregara.

—Así que… sabías que podría tener un poder sobre ti si usaba el anillo.

—Sí.

—¿Y que podría zafarme de mi propio hechizo ordenándote a hacer el pacto conmigo?

—Sí —volvió a contestar él con naturalidad—. Yo lo sabía, pero Diel no tenía idea de lo que yo tramaba. Por eso quiso impedir que te pusieras el anillo, pero si hubiera logrado quitártelo seguirías ahora sin poder hablar.

—¿En dónde… en dónde está él ahora?

Él se apuntó el pecho con el dedo índice.

—Él está aquí. Esa es la mala noticia; al no poseer el anillo, aunque mi alma y mi cuerpo están en el mismo lugar, no están unidos. Al amanecer Diel tomará control del cuerpo, que por años fue solo suyo, y al atardecer, yo regresaré contigo.

—¿Eso… eso es posible?

—Morgana pensó en todo. No será fácil. No puede hacer nada que te perjudique, pero él tratará de convencerte de cualquier modo de que le regreses el anillo. No debes hacerlo. ¿Entiendes?

—¿No sería… no sería más fácil hacerlo? Es decir… es tuyo, al final de cuentas.

—Si lo hicieras, no podría decirte quién tomará el control de mí al final. Si él lo hace romperá el pacto que ha hecho contigo.

—¿Por qué te importa tanto? No lo entiendo —le dijo con suavidad, tratando de comprenderlo.

—Porque no quiero verte sufrir. Ya vi sufrir a una persona que amaba una vez… y la perdí. No pienso perderte a ti también.

Cuerpo y alma

Morgana la observó con mirada entretenida mientras Elena, parada frente a su sillón púrpura, esperaba pacientemente una respuesta.

—¿Puedes repetir lo que acabas de decir? —preguntó con tono gracioso mientras jugueteaba con uno de los anillos que adornaban sus bonitos dedos. A Elena le chocó su cinismo.

—Te digo que le quites el hechizo. No finjas demencia, sabes perfectamente a lo que me refiero.

—Tú eres la que parece que no entiende. Te di la pista para que encontraras el anillo y ¿así me lo agradeces? Si no fuera por mí, ahora estarías muda.

Elena apretó las manos en puño y la miró con desaprobación, mientras Morgana continuaba:

—Tanto tú, como yo, estamos tomando ventaja de él. Eres igual de culpable que yo, para tu información. No vengas a darme esa cara. ¿Por qué mejor no le regresas el anillo, si te sientes tan mal por él? Ese es un trato entre Daniel y yo; no tiene nada que ver contigo.

Elena se sonrojó al sentirse avergonzada pues sabía que lo que esa mujer decía, era la verdad. En seguida reparó en que por primera vez había dicho el nombre real del joven.

—¿Lo ves? Has conseguido ayuda contra tu hechizo. Agradécemelo.

Elena no supo qué más decir. Había bajado esa mañana temprano con la intención de ver si podía lograr que ella le quitara el hechizo a Dan. Pero lo único que había logrado había sido meterse la cola entre las patas. Le dio una última mirada molesta y dio media vuelta, solo para chocar contra el pecho de Daniel. Dio tres pasos hacia atrás y se sintió desorientada. Volvía a ser la persona seria y carente de emociones de siempre.

—Buenos días —saludó apenada. Él la miró con una ceja alzada, levantó la mano y encaró el techo con la palma.

—Regrésamelo. Es mío.

Elena escondió la mano detrás de su espalda y se paró derecha. Morgana sonrió ufana. Lo estaba disfrutando demasiado.

—No. No puedo regresártelo.

—Usaré mi magia contra ti —intentó, pero ella lo miró tristemente.

—Sé que no puedes hacerlo. No puedes hacer nada que me haga daño.

Daniel se mordió el interior de las mejillas y se sintió fatigado. No podía creer que su alma jugara en contra de sí mismo por una mujer. Era una tontería. Se reprendió por no haberse dado cuenta antes. Luego se giró hacia Morgana.

—Ella tiene el anillo ahora —anunció y la hechicera afirmó—. Eso quiere decir que ya no tengo la necesidad de trabajar para ti, ¿cierto?

—Eso es cierto. Ahora tu vida está en sus manos —continuó la mujer que se levantó del sillón, caminó hacia ellos y los rodeó como le gustaba hacer—. Justamente vino a hablar conmigo para pedirme que te liberara del hechizo que te lancé, pero ya no tengo el poder de hacerlo.

Elena se sintió mal y permaneció con la mirada en el suelo.

—Le he dicho que te libere y te regrese el anillo… pero no quiere hacerlo. Todas las personas en el mundo buscan su propio beneficio. ¿No es así, querida?

Daniel se pasó la lengua por el labio inferior; sujetó del brazo a la chica, tratando de no hacer contacto con su piel, y la sacó del comedor ante la mirada atónita de la hechicera. Cuando estuvieron afuera, la dejó contra la puerta, apoyó sus dos manos a ambos lados de su cabeza y la miró fijamente.

—¿Es cierto que viniste a abogar por mí? —preguntó con un tono singular en la voz, casi como si le dieran gracia las acciones de ella. Elena elevó la mirada y dijo:

—Sí.

—Eso quiere decir que no eres una persona terrible como ella. ¿Puedes regresarme el anillo? —trató de convencerla, aún sin dejar de acorralarla contra la puerta.

Ella se dijo a sí misma que, en efecto, quería ayudarlo. Se dijo que no era mala como esa bruja y que tenía consciencia y escrúpulos, pero recordó el dolor que había sentido todas esas veces anteriores cuando había hablado y la voz se le congeló a mitad del camino. Cerró los ojos para tranquilizarse.

—Lo siento —dijo con un hilillo de voz—. En verdad lo lamento, pero no puedo hacerlo. Le prometí a Dan…

—No lo menciones. Maldito traidor —susurró y negó con la cabeza como si no hablara de él mismo. Elena lo miró asustada y jugueteó con los dedos—. Tenía la libertad tan cerca y la dejó escapar como un imbécil.

—Fue por una buena causa —lo defendió ella y se sintió extremadamente extraña por discutir con la misma persona que la había salvado el día anterior. Él fijó sus ojos en ella y una mirada clara de ironía cruzó por estos. Elena se sorprendió sobremanera, pues jamás había notado que una emoción fuera tan evidente en él.

—¿Cuál?, ¿la tuya? —frunció los labios para no sonreír y continuó—: Explícame, ¿por qué crees que tu causa es mejor que la mía? He estado encerrado en este lugar por años. ¿No crees que merezco ser libre igual que tú?

Elena sabía que sus palabras estaban llenas de razón y no deseaba nada más que poder regresarle el anillo, pero una parte de sí misma más fuerte que su consciencia, la instó a apretar la mano en puño y suspiró.

—En verdad siento mucho que te hayan privado de tu libertad…

—Dos veces —agregó él con mirada penetrante.

—Dos veces —repitió con la voz temblorosa y en un momento en el que él dejó de mirarla, rápidamente se escabulló entre uno de sus brazos que estaba alzado y su torso, se alejó de él y retrocedió algunos pasos—. En serio que lo lamento, pero no puedo entregarte el anillo. Si me das un poco de tiempo…

—¿Tiempo? ¿Por qué tendría que darte tiempo para que me devuelvas lo que me pertenece? —continuó y avanzó hacia ella mientras Elena retrocedía. Algo en la mirada de él la alarmó; por reflejo, cerró los ojos brevemente y, cuando los volvió a abrir él estaba frente a ella y la sostenía por la cintura con la respiración agitada y la mirada llena de una alarma desconocida—. ¿Estás bien?

Fue entonces que se dio cuenta de que había retrocedido a la puerta de una de las habitaciones de la planta baja que estaba entreabierta, y cuando su espalda había chocado contra ella, esperando que se mantuviera firme y tener en dónde apoyarse, la puerta se había abierto y la había hecho caer de espaldas.

Daniel la soltó en cuanto Elena estuvo nuevamente de pie, se llevó las dos palmas a la cabeza y cerró los ojos con fuerza, casi como si luchara contra algo dentro de él.

—¿Te duele? —quiso saber y acercó su mano para tocarle el brazo, pero él manoteó hacia en frente y golpeó el de ella con más fuerza de la que hubiera querido. En el momento en el que escuchó la exclamación femenina de dolor, se quitó la mano de la cabeza y sujetó el brazo de la muchacha con la clara intención de revisar si la había lastimado. Elena lo miró turbada y él frunció el ceño transmitiéndole una sincera confusión. Agobiado dejó su brazo con cuidado—. Maldita sea —susurró fastidiado y dio media vuelta sobre sus talones para alejarse lo más lejos de ella que le fuera posible.

Elena lo miró desaparecer por uno de los pasillos y liberó todo el aire que había mantenido atrapado en sus pulmones hasta ese instante. Con movimientos levemente temblorosos, elevó un poco el brazo y observó el anillo que brillaba con intensidad en su mano. Decidió que lo mejor sería subir a descansar otro poco.

No pudo impedir que el sentimiento de soledad la consumiera al entrar a su habitación, pues ya se había acostumbrado a platicar con Dan todo el tiempo; parecía que era una parte muy importante de su rutina. Se sentó en la cama, Antón voló hasta ella y se posó sobre sus piernas.

—¿Elena, triste?

Ella le sonrió, le acarició la cabeza con suavidad y disfrutó de los sonidos guturales que su amigo hacía cuando le gustaba algo.

—Un poco. Digamos que... extraño a alguien.

—¿A Rob?

Elena detuvo la mano con la que lo acariciaba y se quedó con la mente en caos, en lo que repasaba la pregunta del listo animal. Se lamentó con un sonido gutural y denegó. No era que no extrañara a Rob pero, si pensaba las cosas fríamente... no había recordado a su amigo desde hacía mucho tiempo.

—¿A Rob? —repitió el animal, pues pensó que tal vez no lo había escuchado.

—No —contestó, resopló, se recostó en la cama, observó los patos pintados en el techo y por unos segundos deseó ser uno de esos patos sin preocupaciones ni problemas.

A la hora de la comida, Daniel no las acompañó y Morgana hizo aparecer un pastel de calabaza. Elena resopló.

—¿Cómo lo sabes?

—Tu padre adoraba el pastel de calabaza. En lo personal no le veo lo magnífico, pero supuse que habías heredado alguno de sus gustos.

—¿No está envenenado? —preguntó y se sirvió una rebanada sin dejar de mirarla insegura. Morgana sonrió.

—Soy como tu madre...

—¡No eres como mi madre! ¡No lo eres ni de cerca!

A la mujer se le borró la sonrisa y la miró fijo; dirigió la copa a sus labios, tragó ruidosamente y volvió a dejarla en la mesa.

—Tienes razón. Lo único que tenemos en común es que ambas te abandonamos.

Elena sintió que su corazón se saltaba un latido y un dolor incontrolable le oprimió el pecho.

—No tienes idea de lo mucho que me hubiera gustado poder quedarme contigo, cuidarte... fui yo quien decidí tu nombre.

Así que, te guste o no, soy lo más cercano a una madre que has tenido.

Los ojos de la joven se llenaron de lágrimas y de pronto, toda la mesa se cubrió de pequeñas perlas transparentes como diamantes bien pulidos. Dejó de llorar y observó atónita lo que sucedía. Morgana sonrió y sujetó una de sus lágrimas en sus dedos.

—Me pregunto qué tendrás guardado aquí adentro. ¿Tu primer pastel de cumpleaños, tal vez?

—¿Qué… qué es esto? —preguntó anonadada, se puso de pie y observó los diamantes rodar y caer de la mesa.

—La persona que te puso uno de los hechizos… es en verdad una persona lista —observó Morgana y se guardó en el bolso de la bata el diamante. Elena la miró confundida.

—Mi tía era una mujer malvada que quería arruinarme la vida. No veo por qué tienes que lanzarle cumplidos.

—Lo siento mucho. Mis más sinceras disculpas —dijo Morgana aparentando una cortesía que no sentía.

Elena asió el plato con el pastel de calabaza y se movió para salir del comedor con él.

—¿Un berrinche adolescente?… Eso es nuevo. Jamás creí que podría vivirlo —comentó la mujer en voz alta y se rio, mientras ella, sin volverse a mirarla, caminó hacia la puerta del comedor para salir de allí lo más deprisa que podía.

Al estar fuera decidió que comería su pastel en un lugar tranquilo y silencioso. No quería regresar a su habitación pues se sentía sola, aunque Antón la acompañara. Así que caminó por todos lados, investigó los cuartos que le habían hecho falta y comió su pastel. Encontró un salón lleno de muebles con mantas blancas encima, otro de música y dos más que parecían utilizarse como salitas de té. Uno de los pasillos más largos, alejado y oscuro, la guio a una última puerta de madera, la abrió y se encontró con una habitación amplia, con unos grandes ventanales, un escritorio, un armario de color verde pasto y una cama bastante grande, en la que Elena creyó que, con facilidad, cabrían más de tres personas.

La cama se veía mullida… mucho más cómoda que la de ella, así que se acercó, dejó el plato con el pastel de calabaza a medio acabar y se recostó en la cama. Luego de unos minutos observó las paredes con atención hasta que se percató de que arriba del escritorio de caoba, había algo enmarcado que colgaba en la pared. Entrecerró los ojos, se levantó de la cama, se acercó al escritorio y observó lo que estaba enmarcado. Era una pintura. Su corazón se saltó un latido al reconocer lo que había en ella. Un barco, específicamente, su barco. Había alguien en la cubierta que se asomaba al mar, con el cabello negro desparramado hacia abajo y señalaba algo en el océano. No había nadie con el cabello largo más que ella en ese barco y aunque no pudo reconocerse con exactitud, reconoció a Rob a su lado, de unos dieciséis años. Recordaba ese día… lo recordaba como si hubiera sido ayer. El día en el que él le había ofrecido disculpas y ella había visto un ballenato debajo del barco.

—¿Se te perdió algo?

Elena dio un respingo al escuchar la voz grave detrás de ella. Se viró y observó a Diel que estaba apoyado en el marco de la puerta, con los brazos cruzados y la miraba serio.

—No… yo…

—¿Hay alguna otra cosa aquí que quieras llevarte?

Ella parpadeó confundida y tuvo la impresión de que, probablemente, estaba en su habitación. Se sonrojó avergonzada y no supo qué hacer.

—Solo… solo estaba viendo.

—Por supuesto. Continúa; no es como si hubieras entrado a mi habitación sin mi permiso para entrometerte en mis cosas.

—En mi beneficio, no tenía idea de que esta era tu habitación. Lo siento.

Él no se creyó ni media palabra de lo que decía; se acercó a su cama, agarró el plato que ella había dejado en la mesa y comenzó a comer el pastel.

—Eso es mío —le dijo sin pensar y él se detuvo con la cuchara a medio camino.

—¿Lo es?

—Bueno… sí…

—Bien —y se llevó la cuchara a los labios para continuar comiendo el pastel—. Sé que un pastel robado jamás podría compararse con una joya como la que llevas pero, al menos, déjame tener el gusto de quitarte algo.

Elena miró al techo para ponerlo de testigo de aquel comentario mientras él terminaba de comerse el pastel.

—Está rico —dijo al asentir sin mirarla.

—¿Qué es eso? —preguntó y se refirió al cuadro que estaba a su espalda. Daniel dejó el plato en la mesita de noche de donde lo había tomado y aceptó mirar hacia donde ella apuntaba.

—Un cuadro —respondió con obviedad y Elena, frustrada por su actitud, se giró, descolgó y apresó el cuadro entre sus manos y se acercó a él.

—¿Qué es esto?

—Vuelve a dejarlo en donde estaba —le dijo sin moverse ni un ápice para recuperarlo, pero su voz era tan fría que, básicamente le advertía que si no lo obedecía le iría mal. A Elena no le importó.

—¿Qué es esto?, ¿quién te lo dio?

Él la contempló con desdén, se cruzó de brazos al no comprender cuál era el motivo por el que ella parecía molesta, considerando la situación.

—Yo lo hice. Ponlo de vuelta en su lugar. Ya.

Elena no podía creerse la respuesta; volvió la cabeza hacia el cuadro que tenía en sus manos, lo observó de nuevo y creyó que, tal vez, se había equivocado. No. No estaba equivocada. Esa era ella asomada en su barco, con Rob a su lado.

—¿Conoces a estas personas?

—Eso fue hace años y no, no las conozco.

—Entonces… ¿por qué hiciste esta pintura?

—¿Por qué te intriga tanto? ¿También la quieres? Llévatela. Al final tengo que hacer todo lo que me ordenas, ¿no?

Elena suspiró cansada, se acercó y se sentó frente a él en la cama, como él mismo lo había hecho la noche anterior, claro que él no lo recordaba y se movió hacia la cabecera.

—¿Es que no tienes idea de lo que es el espacio personal?

Ella abrió la boca como para preguntarle lo mismo, pero casi al punto la cerró, la torció de malas y permaneció en el mismo lugar.

—¿Puedes decirme por qué hiciste esto?

—La niña me agradó —respondió él sin poner resistencia. Elena se sonrojó y volvió la mirada al cuadro de nuevo.

—¿Te agradó?

—Es lo que he dicho.

—¿Por qué?

Él se encogió de hombros casi como si nada de eso tuviera importancia.

—Porque parecía feliz y yo había olvidado lo que se sentía serlo, hasta que la vi. Yo estaba lejos de ese barco, iba con dirección a la costa y el de ella se alejaba de allí. Escuché su risa… me sonó agradable. Me volví, vi que brincaba emocionada sobre la cubierta del barco y le indicaba algo al chico a su lado—. Con mirada perdida, continuó—: Como ya lo sabes, después de que Morgana me hechizó, mi alma dejó mi cuerpo y se llevó una gran porción de todas mis emociones, y aunque yo sabía lo que era la felicidad me era imposible sentirla.

221

De pronto, cuando ella se rio, no lo sé... en mi mente aparecieron chispas y lo sentí, solo por un instante. No tengo idea de lo que ella miraba, pero...

—Era un ballenato —le interrumpió sin mirarlo y con los ojos clavados en la pintura entre sus manos.

Daniel arrugó el entrecejo aturdido de que ella supiera algo como eso y la luz, de repente, se abrió paso en su mente.

—¡Eras tú! —murmuró sin siquiera un atisbo de duda en el tono de su voz. Elena tragó grueso, alzó el rostro y lo miró de frente.

—Sí.

Ambos permanecieron en silencio, estudiándose con atención. Algo en la mirada de él pareció hacerla sentir cohibida, así que se aclaró la garganta y se incorporó para volver a colgar la pintura en donde iba.

—¿Lo pintaste de memoria? —quiso saber ella al colgar el cuadro de nuevo.

—Sí. Lo he repasado en mi interior desde que la vi, como si fuera una película, pero no volvió a sucederme lo mismo que cuando la escuché reír. Te escuché —se corrigió deprisa—. Con el tiempo, me di cuenta de que solo algunos atisbos de emociones me abordan de vez en cuando.

—Lo lamento.

—No te creo —dictó con tono despreocupado y se puso de pie para ir hacia ella—. Si en efecto lo sintieras, me entregarías el anillo.

—¿Otra vez con eso?, ¿en serio no puedes darme tiempo?

—No.

—¡Bien!, voy a entregártelo entonces —dijo malhumorada y dirigió la mano al dedo al tiempo en el que él ponía su mano sobre la de ella. Elena alzó la mirada confundida.

—Te dije que no se lo entregaras. Te advertí que iba a intentar convencerte de que se lo dieras.

Ella se quedó boquiabierta y supo que quien le hablaba, era su amigo. Miró por la ventana y notó que el sol acababa de esconderse detrás de la línea del horizonte. Se dejó caer de espaldas en la cama.

—Soy débil —se lamentó y escondió su rostro entre las manos. La jovial risa de Dan la hizo sentir aún peor.

—No seas tonta. Eres todo menos débil... ser débil y tener buen corazón no es lo mismo. ¿Me extrañaste?

—No —dijo con tono ahogado y dejó las manos sobre su rostro para cubrirse el sonrojo.

—¿De qué hablaban y por qué estás en su habitación? —quiso saber él, que se sentó en la cama de nuevo y colocó ambas manos detrás de la cabeza para apoyarse cómodamente contra la cabecera.

—En tu habitación —corrigió—. Demonios, ya me estoy cansando de esta ambivalencia.

—¿De qué hablaban? —inquirió de nuevo, de buen humor.

—Hablábamos de cuando me vio por primera vez.

—¿Cuando te vio por primera vez?

—Sí.

—¿No fue el día que arruinaste sus planes?

—No —le dijo ella—. Fue hace años. Yo era apenas una niña. Ahí —dijo y apuntó al cuadro que estaba colgado en la pared.

Dan entrecerró los párpados, se puso de pie y caminó hacia la pintura, intrigado. Se puso en jarras mientras la estudiaba y sonrió.

—¿Ese es el tal Rob? —preguntó y se volvió hacia ella. Elena se incorporó sobre los codos y lo miró abochornada por unos segundos.

—Sí.

—¿El amor de tu vida?... No es tan bien parecido —observó y antes de que ella pudiera revelarse en contra de su comentario,

223

él continuó—: ¿Qué más te dijo? ¿Te explicó la razón por la que pintó esto?

—Me dijo que me había escuchado reír —explicó, aún con un sentimiento de incomodidad—, y por alguna razón se acordó o sintió algo similar… a como recordaba que era la felicidad.

Dan se giró hacia ella tan rápido que Elena se sobresaltó un poco y se levantó de la cama para dirigirse hacia él.

—Él te hizo guardiana de sus emociones, sin siquiera saberlo —le susurró y la miró admirado. Elena retrocedió unos cuantos pasos hasta que sintió el borde de la cama de nuevo, pegado a las corvas.

—No comprendo a lo que te refieres.

—Es por eso que estás aquí —entendió, finalmente. Dan negó con la cabeza, sin poderse creer lo que sucedía—. Y es por eso que solo tú podías hablar conmigo. Por supuesto que él no pensó en ti como eres ahora, sino que siempre pensó en ti como una niña; por eso no pudo reconocerte, pero yo sí.

—¿Qué es un guardián de las emociones?, ¿eso existe? —preguntó y se sentó en la cama.

—Debió haber utilizado un conjuro de huella. Algo que ligara sus emociones a ti y eso es lo que yo era. ¡Es increíble… posiblemente ni siquiera se percató de que lo hizo!

—¿Cómo pudo haber hecho algo que no sabía que hacía? No tiene sentido.

—Su cuerpo anheló sentir en ese instante lo que tú le transmitiste y robó una pizca de tu energía. Ese intercambio, los relacionó… sé que es difícil que lo entiendas, pero la magia obra de maneras misteriosas muchas veces.

—Empiezo a creer que estoy en un lugar lleno de locos —se lamentó y trasladó ambas manos a la cabeza.

Daniel sonrió, se hincó frente a ella y la miró a su nivel.

—Tal vez lo estás… pero agradezco mucho que seas tú quien está aquí —le confesó. Elena bajó despacio los brazos, lo miró con intensidad y recorrió los rasgos de su rostro. Aunque era rubio como el sol, tenía la tez trigueña y unas pecas tan tenues que solo se podían ver muy de cerca, porque él estaba muy cerca. Elena lo contempló alarmada al darse cuenta de que, en efecto, él estaba cada vez más cerca. Su corazón palpitó con tanta rapidez que por un instante perdió el ritmo de su respiración. Con un ágil movimiento descansó las manos en los hombros de él y lo detuvo para que no se acercara más. Dan sonrió divertido y ella, avergonzada, se levantó de la cama y caminó hacia la puerta de la habitación.

—¿Estás huyendo? —quiso saber cuando le dio alcance en el pasillo de camino a las escaleras.

—No.

—Yo creo que lo haces.

—No estoy huyendo… solo… solo estoy cansada. Quiero dormir y ya es tarde.

—No iba a besarte si es lo que pensaste —bromeó con naturalidad. Ella se detuvo a mitad de la escalera, dio media vuelta y apoyó sus palmas en las caderas.

—Pues parecía que eso ibas a hacer.

—Para nada. Quería quitarte una pelusa de las pestañas.

Elena se mostró desconcertada. Tal vez lo había mal interpretado… pero la mirada pícara de él la hizo sonrojar.

—Mentiroso —susurró y se movió para subir la escalera.

—¿Te habría molestado mucho, en el hipotético caso de que lo hubiera hecho? —quiso saber él mientras avanzaba con lentitud, pero sus pasos eran mucho más largos que los de ella, así que sin ningún esfuerzo le dio alcance.

—Sí.

—¿Por qué?... ¿por tu Rob?

—No es mi Rob y no, no es por eso.

—¿Entonces por qué? Sé sincera conmigo —le dijo con una afable sonrisa.

225

—¿Por qué?, ¿qué importancia tiene?

—Porque me gustas... y deseo saber qué pasa por tu mente.

Elena no supo definir qué la ponía tan nerviosa; pero un cúmulo de emociones se arremolinó dentro de su pecho y se volvió hacia él al llegar a su puerta.

—No lo sé. Tal vez porque todo esto es una locura.

—Lo es —interrumpió él con tranquilidad.

—Y no tengo idea de si lo haces por el anillo.

—No lo hago por el anillo.

—Además, no eres dueño de tus sentimientos.

—Lo soy. Mi cuerpo es el que no parece tenerlos muy claros.

—¿Y qué pasará cuando te dé el anillo? Cuando tu alma y tu cuerpo se hagan uno mismo... ¿puedes prometerme que no dejarás de sentir lo mismo?

—No, no puedo prometerlo —le dijo—. Puede ser, incluso, que algunos de mis recuerdos se esfumen... pues los concebimos por separado —contestó como si no tuviera importancia.

Elena se lamentó con un sonido gutural, negó con la cabeza y sintió una horrible opresión en el pecho. Saber que posiblemente él no recordaría sus charlas y lo que habían compartido, la puso mal. Los ojos se le llenaron de lágrimas, pero las retuvo y se volvió para abrir la puerta. Daniel se adelantó y la sujetó de la mano que estaba a punto de posarse sobre el picaporte.

—No es algo que esté en mí poder remediar... pero puedo prometerte que lo que siento durará al menos hasta que el anillo regrese conmigo. Puedes quedártelo el tiempo que quieras y yo seguiré queriéndote.

—Solo por las noches —se quejó con la mirada fija en el suelo y con una sonrisa triste que apareció sobre sus labios.

—Puedo quererte por la noche y puedes quererme por la mañana —comentó y le acarició el dorso de la mano.

Elena reunió todo su coraje y se liberó de su mano. Él no dijo nada.

—Eso sería… en el hipotético caso de que sintiera algo por ti.

Dan arrugó la frente sin esperarse sus palabras y ella aprovechó su desconcierto para abrir la puerta de la habitación y se volvió para cerrarla. Él reaccionó veloz y se introdujo en la habitación antes de que ella pudiera cerrarla.

—¿Estás diciéndome que no sientes nada por mí? —preguntó él con mirada llena de incredulidad.

—¿Es muy difícil de entender?... Yo… no estoy para tener que complicarme más la vida lidiando con tu bipolaridad. Tengo demasiados problemas ya, Daniel —declaró.

—Elena, hola. Dan, hola —saludó Antón desde el escritorio.

—Hola —respondieron ambos al unísono.

Ella se volvió con la intención de continuar cuando Antón la interrumpió de nuevo.

—¿Elena, estar feliz?

La joven lo miró sobre el hombro, confundida de que Antón pareciera no leer sus emociones, cuando normalmente lo hacía sin problema.

—No. No lo estoy —repuso fastidiada.

Antón inclinó la cabeza hacia un lado y dio unos pasitos.

—¿Por qué?... Dan estar aquí y Elena dijo extrañarlo.

Ella se giró de súbito hacia Daniel y él la miró con las cejas alzadas, sorprendido.

—Bueno —comentó él y se estiró—. Me voy a dormir — dio media vuelta y caminó hacia la puerta—. Dormiré tranquilo de saber que, en efecto, no sientes absolutamente nada por mí. Buenas noches. Adiós Antón.

—Buenas noches, Dan —dijo el ave con tono feliz.

Elena se movió hacia el ave que, al ver su mirada furiosa, retrocedió unos cuantos pasos y elevó el vuelo hacia la parte más alta del armario.

—Traidor —susurró ella.

Elena puso una mano en su frente y caminó con paso acompasado a uno de los silloncitos que estaba al lado de su cama, se sentó, subió las piernas y las abrazó pegándolas a su pecho. Era momento de hablar consigo misma, ponerse cara a cara con sus emociones y decidir qué iba a hacer.

Dedo anular

Un poco menos de la mitad de la noche la pasó en discusión consigo misma. La vida le había enseñado que debía pensar las cosas bien antes de tomar cualquier decisión. Primero lo primero... el anillo. Pensó en lo que el Daniel de la tarde le había dicho acerca de su libertad y del derecho que tenía sobre la joya. Ella lo aceptaba. Pero, por otro lado, recordó lo que le dijo el Daniel de en la noche: si ella le regresaba el anillo, tal vez las cosas entre ellos cambiarían, tal vez no la recordaría...

—¿Y por qué te importa tanto? —se susurró mientras descansaba la mejilla derecha sobre la rodilla izquierda.

Eso era lo que la alarmaba. Lo mucho que le había angustiado e importado el hecho de que él se olvidara de lo que habían compartido o de las charlas que habían mantenido en la mazmorra; incluso de lo que habían hecho después. En especial... los sentimientos de él por ella, porque él le había asegurado que la quería. Si ella le regresaba el anillo, tal vez ya no la querría más.

—¿Y por qué te importa tanto? —se repitió en tono más alto.

Por otro lado; el hecho de que trataba con alguien que era como dos personas totalmente opuestas. Aceptaba que le agradaba pasar el tiempo con uno de ellos, pero con el otro… la cosa estaba extraña. Era raro, demasiado serio, mal encarado a veces y grosero la mayor parte del tiempo. No era su culpa, por supuesto, ella lo entendía ahora, pero aún así era difícil imaginarse estando con alguien como él, en especial porque estaba acostumbrada a vivir rodeada de hombres que la apreciaban. Eso era un problema… aunque no tenía idea de por qué era un problema si en realidad no imaginaba nada con él.

—Entonces ¿por qué diantre te importa tanto?

Negó con la cabeza y apoyó la frente en las rodillas mientras gemía una y otra vez hasta que, de pronto, el rostro que había tenido en frente y a milímetros del suyo apareció en su mente y su corazón repiqueteó con una rapidez inusitada; por fin comprendió por qué le importaba tanto. Supo que uno de ellos le gustaba.

—Pero es la misma persona —se lamentó.

¿Qué se suponía que debía hacer?, ¿cómo podría manejar algo así?, se preguntó una y otra vez. Suspiró de nuevo, apoyó sus palmas en sus ojos y se cuestionó si el Daniel que no le gustaba era realmente tan malo. ¿Lo era? Parecía haber cambiado un poco desde que ella llevaba el anillo, casi como si se hubiera resignado a que lo controlara; incluso había notado emociones mucho más evidentes y positivas que antes. Pero Elena no tenía idea de si se comportaba así por el hecho de que ella tenía el anillo o por alguna otra razón que salía de su comprensión.

"Puedo quererte por la noche y puedes quererme por la mañana", recordó que había dicho él. ¿De qué demonios podría estar hablando? Quererlo por la mañana; seguro se refería al Daniel que a ella no le agradaba del todo. ¿Cómo podría hacer algo como eso?

Pasadas las dos de la madrugada se recostó sin poder llegar a un acuerdo con ella misma. Miró al techo por unos segundos, perdida en su mente, y al final se durmió sin saber en qué momento lo hizo.

A la mañana siguiente se despertó y bajó a desayunar con unas visibles ojeras. Morgana terminaba apenas su desayuno mientras leía el periódico y Elena se sentó a su lado, sorprendida de verla hacer algo así.

—¿Por qué lees el periódico? —quiso saber y señaló la gran hoja de papel de color gris—. No vives en ningún lado que tenga noticias.

—Buenos días a ti también —saludó la mujer sin dejar de leerlo, lo dobló y con una sonrisa lo dejó en el suelo—. Lo leo porque me encanta enterarme de lo mal que les va a todos en los reinos.

—Como siempre, regodeándote del sufrimiento ajeno.

—En efecto —dijo la mujer con mirada pícara y Elena negó sin estar de acuerdo con sus palabras, mientras se servía unos huevos que estaban en una bandeja y una papa rellena—. Parece que no dormiste bien. ¿Hay algo que te inquieta últimamente? —se burló la hechicera y Elena la miró con mala cara.

—Sí, pero no voy a hablar de eso contigo.

—Lo sé aunque no me lo digas, cariño. ¿Por qué crees que te di la pista que te ayudó a llegar al anillo?

Elena dejó de masticar y la miró con el ceño fruncido.

—¿Cómo dices? —preguntó con la boca llena para después limpiarse con el dorso de la mano la comisura de los labios. Morgana sonrió despreocupada.

—Sé que te gusta. La relación que tienen es especial.

—No tenemos ninguna relación —corrigió sorprendida de que la hechicera le soltara una cosa como esa sin aviso.

—Por supuesto que sí. Lo vi en tus ojos cuando al inicio viniste a abogar por él, aún sin haberlo visto. Te gustó pasar el tiempo a su lado, te gustó poder oír su voz y lo que te contó de sí mismo. Ahora que sabes que es la misma persona que quien te trajo hasta aquí, posiblemente estés confundida, pero eso no quiere decir que no continúes sintiendo algo por él.

—No es tan fácil —le dijo arisca y se lamentó por tener esa conversación con la hechicera.

—Lo es, pero no alcanzas a verlo. Juzgas a ese chico por algo que no tenía la posibilidad de negarse a hacer. —Morgana hizo una pausa y después de unos minutos sujetó la copa de vino con dos dedos, se la acercó a los labios y bebió un sorbo—. Cuando lo encontré en esa balsa, solo en el mar… me pareció que la vida no había sido muy justa con él; pero no supe sino hasta después, cuando ya habíamos hecho el pacto, todo lo que había sufrido.

—¿Por qué continuaste obligándolo a trabajar para ti, si tanta lástima te daba?

—Porque como te expliqué ayer, uno suele actuar en relación a sus propias necesidades. Yo no tengo una naturaleza bondadosa… pero creo que tú sí.

—No me conoces.

—Te conozco mejor de lo que crees. Jamás le hubiera permitido a nadie más encontrar ese anillo. Su vida no ha sido fácil para nada y yo soy una de las personas que más injerencia ha tenido en su infelicidad; pero, aun así, creo que merece ser feliz.

—No creo ser capaz de darle esa felicidad.

—Lo eres. Sufriste muchos años por un amor no correspondido —le dijo, como si conociera al pie de la letra su pasado.

—¿Cómo sabes eso?

—Porque puedo ver muchas cosas dentro de ti. Ahora es el momento de intentarlo de nuevo.

—¿Quieres que sufra otra vez un amor no correspondido?

—No. Quiero que conozcas lo que significa tener un amor correspondido.

Elena, perpleja, alejó el plato pues sentía ya pocas ganas de ingerir cualquier cosa.

—Él no puede quererme —contestó sin miramientos y Morgana afirmó.

—Una parte de él tal vez no pueda hacerlo, pero la otra es muy capaz.

—¿Y qué se supone que debo hacer con la parte de él que no quiere verme ni en pintura?

—Pareces nueva en esto. ¿Acaso no sabes qué es lo que hace funcionar una relación?

Elena la contempló de manera analítica y apretó las manos en puños sin captar lo que le decía. La hechicera se inclinó un poco hacia ella y la miró con ternura.

—La reciprocidad. Eso es lo que hace funcionar las relaciones. Debes recibir y él está más que dispuesto a darte lo que necesitas… pero también debes dar. Dar a esa parte de él que no se siente merecedora de ninguna emoción. Amar sus virtudes, pero también sus defectos.

"Puedo quererte por la noche y puedes quererme por la mañana", recordó ella una vez más y, de pronto, en su mente, todo tuvo sentido. Tenía a una persona que estaba dispuesta a sacrificar su propia libertad por ella, que había decidido darle la mitad de su vida sin ninguna condición… que la quería… ahora era su turno de demostrar que se merecía ese sacrificio. Sonrió brevemente y volvió su mirada hacia la hechicera, observándola con atención. Morgana tenía los ojos fulgurantes y la mano que estaba sobre la mesa, le temblaba un poco. Elena depositó la suya sobre la de la mujer y la hechicera la miró sorprendida.

233

—No eres tan mala como quieres aparentar, ¿verdad? Solo tienes miedo porque estás sola.

La mujer tragó con dificultad al sentir un nudo en la garganta y sonrió al sentirse incómoda; se levantó de la silla y se giró para caminar hacia la ventana y ver las olas chocar contra las rocas de su isla. Elena se levantó de la mesa, se terminó el jugo de manzana y se dio la vuelta para salir.

—Tal vez tienes razón. Tal vez eres lo más parecido a una madre que he tenido —confesó, deteniéndose en la cabecera de la mesa y volvió a observarla.

Morgana no se dio la vuelta para mirarla, pero Elena se percató de que su mensaje le había llegado claro y fuerte. Se dirigió a la puerta del comedor, sabiendo perfectamente a dónde debía ir.

En cuanto estuvo frente a la puerta llenó de aire los pulmones y abrió sin tocar. Daniel estaba acostado en la cama y leía un libro cuando ella entró sin permiso. Se giró sorprendido y la miró sin tener ni una pista acerca de qué hacía allí.

—¿No sabes tocar?

—Sí, sabía, pero alguien me enseñó lo contrario —le dijo ella que pasó sin que él la invitara y cerró la puerta a sus espaldas. Daniel la miró con algo de fastidio, se volvió para leer y la ignoró olímpicamente.

Elena se acercó a la cama, le dio la vuelta y se recostó a su lado. Él entrecerró los ojos para dejarle ver que continuaba sin entender lo que ella hacía. Se acomodó, se quedó observando la pintura frente a la cama y él volvió la mirada al libro para concentrarse en su lectura.

—¿A cuántas personas has asesinado? —le preguntó directamente, de la nada y con tono seguro. Daniel se volvió hacia ella y la contempló fijo.

—Cientos —respondió, sin dejar de verla cuando ella lo observó con atención, en seguida él volvió la mirada al libro.

—Mentiroso —lo acusó Elena en cuanto identificó que no decía la verdad.

—¿Por qué te importa? —quiso saber con tono cansado.

—Porque sí. ¿A cuántas personas has asesinado? —cuestionó de nuevo. Daniel resolló en claro fastidio, dejó el libro en la mesita de al lado y se puso de pie para ir directo a la puerta. Elena actuó más rápido y antes de que él pudiese abrirla, ella ya estaba contra esta.

—Muévete.

—¿A cuántas? Te ordeno que me contestes —terminó ya sin tener otra opción.

—A ninguna —contestó al verse forzado.

Elena bajó los brazos como en cámara lenta.

—¿Por qué te culpan de asesinato?

Un atisbo de tristeza surcó el rostro de él. Elena nunca había visto algo así en él. Parecía como si su gama de emociones se estuviese ampliando un poco.

—¿Cómo sabes eso?

—Me lo dijiste… quiero decir…

Daniel asintió y ella dejó de hablar al comprender que él, claramente sabía quién le había dicho la verdad.

—Me incriminan por haber matado a mi madre —le explicó con lentitud y mirada perdida.

Elena se mostró afectada por la respuesta. ¡Cómo podía ser eso!

—¿A tu madre?

—Sí. Pero no fui yo quien lo hizo. Fueron otras personas… esos… malditos —murmuró y apretó los puños con enojo. Elena se dijo que esa emoción sí abundaba, pues muchas veces lo había visto enojado.

—¿Puedes sentir enojo?

—Esa es una de las pocas emociones que continuaron perteneciéndome, pues mi mente estaba tan ofuscada por el

235

odio que sentí cuando los vi quemar mi casa, con mi madre adentro, que cuando mi alma se separó de mi cuerpo, no pudo cargar con tanto odio —le explicó con naturalidad.

—¿Quemaron tu casa con... tu madre adentro? —preguntó sin poderse imaginar lo que el Daniel pequeño tuvo que haber sentido en aquella ocasión.

—He buscado a los hombres que la mataron. Esa noche el sujeto que te dio el sable estaba allí y fue en su taberna en donde los hombres planearon quemar mi casa. Él sabe quiénes fueron... pero no ha querido decírmelo.

—¿Utilizaste parte del tiempo que Morgana te daba para buscar a Odette en encontrar a los que mataron a tu madre? Pero... ella dijo que se te acababa el tiempo.

—Sí. Teníamos un pacto. Si yo no conseguía encontrar la ubicación de su hermana antes de que el reloj de arena acabara, mi alma jamás regresaría a mí.

—¿Y no te importó?

—Mi necesidad de venganza era más importante que mi necesidad de sobrevivir, como podrás entender.

—¿Aún corre el tiempo?

—No. Ya no. Ahora tú eres mi dueña.

A Elena le dolió el notar el tono de resignación que él había utilizado para decir esas palabras.

—¿Qué harás... si llegas a encontrar a esos hombres?

—¿En serio estás preguntándome eso? —Ella confirmó y él resopló —. Creo que sabes lo que haré. Voy a matarlos. Los mataré a todos de las peores maneras posibles. Pero para hacerlo necesito mi libertad —le dijo con total sinceridad y con enfado acumulado. A Elena se le detuvo el corazón por un instante al sentir la energía tan intensa y negativa que salía de él.

—Entonces, me acabas de dar la razón que necesitaba para negarme a devolverte el anillo.

Eso lo enfureció. Lo enfureció mucho. Daniel rugió como un animal herido y golpeó la puerta con los puños a ambos lados de ella con tanta fuerza que Elena tembló irremediablemente.

—¡Eso no tiene nada que ver contigo! —le espetó furioso. Ella lo enfrentó y respondió:

—Tiene todo que ver conmigo.

—¿Por qué?

—Porque no quiero que te conviertas en un asesino. No eres un asesino y no voy a ayudarte a que lo seas —dijo tajante, sin importarle lo enojado que se veía mientras respiraba entrecortadamente y la miraba conflictuado. Elena sintió un nudo en la garganta y elevó una mano con cuidado hasta la mejilla de él. Se sorprendió sobremanera cuando, casi al instante, su toque lo relajó como si absorbiera todo el enfado que estaba dentro de él.

—¿Qué… qué haces? —quiso saber él sin poder integrar lo que había sucedido.

Elena se dijo que quizá esa conexión que él había hecho con ella, le daba el poder de seguir compartiendo emociones a las que él no podía acceder naturalmente. Exhaló sorprendida y se dio cuenta de que él parecía estar tranquilo y dócil como nunca lo había visto antes. Bajó la mano de súbito. Daniel sintió un vacío en su interior en cuanto ella se alejó y el enojo volvió a abrirse camino en su interior, pero él cogió su mano y la depositó de nuevo en su mejilla. La tranquilidad lo visitó de inmediato una vez más.

—¿Qué… qué demonios? —susurró.

—Creo que estamos conectados —le dijo y sonrió cuando volvió a bajar la mano. Él la soltó.

—¿Qué tontería es esa?

—Tu alma me lo dijo; parece que utilizaste un conjuro de huella cuando me robaste ese atisbo de felicidad que sentiste al verme riendo en mi barco. Ahora tengo la impresión de que puedo compartirte más que eso.

Daniel retrocedió y dejó más de un metro de espacio entre los dos. No lo creía. ¿De qué hablaba ella? No recordaba haberle puesto un conjuro de huella, lo habría sabido si lo hubiera hecho, ¿o no?

—Sal de aquí, por favor —le pidió. La miró y sintió que su pulso variaba. No tenía idea de lo que le sucedía. Desde que la había conocido parecía ser capaz de sentir cosas que hacía años no sentía; supuso que era porque el tiempo se le estaba acabando, pero quizá ella tenía razón y se trataba de que ambos estaban conectados. Se percató de que cuando ella no estaba cerca, el odio y el enojo siempre estaban presentes en una cantidad extrema.

Elena lo estudió unos segundos y accedió. Dio media vuelta, abrió la puerta y salió de allí para dirigirse a uno de los saloncitos de té. Ahí pasó casi toda la tarde y hojeó algunos de los libros que había en los estantes. La puerta se abrió repentinamente cuando ella dejaba uno de los tomos de nuevo en su sitio; se volvió y se encontró con el otro Daniel que, apoyado en la puerta, le sonreía.

—Te he buscado desde hace una hora. Pensé que habías dejado el castillo —comentó con sorna. Elena acomodó el libro y se volvió para apoyar la espalda en una de las repisas de madera.

—¿Sería posible? —quiso saber ella con un atisbo de esperanza.

Daniel asintió.

—Por supuesto. Yo fui el que en primera instancia te trajo y, además, Morgana ya no tiene control sobre mí... te lo ha cedido y creo que ha sido por venganza.

—¿Venganza?, ¿contra ti?

—Sí. Al parecer se enfadó cuando le dijiste que había utilizado el tiempo de buscar a Odette en otras actividades.

Pero Elena no creyó que se tratara de eso. La hechicera parecía tener ciertos sentimientos hacia él, aunque él no estaba al tanto de ellos.

Daniel se invitó a pasar, cerró la puerta tras él y se acercó; casi al llegar frente a la joven, negó y se dirigió al otro extremo de la habitación para apoyarse en el estante de enfrente.

—No muerdo —confesó con una sonrisa jovial, sin poder interpretar por qué él parecía haberse arrepentido de llegar a ella.

Daniel apoyó las manos en la madera tras sí y dejó salir una risa natural.

—Qué lástima —se quejó divertido.

—Lo que dices, es que… ¿puedo irme si lo deseo?

—Sí.

—¿Y tú?

—Si te llevas el anillo tendría que ir contigo, a menos que me ordenaras otra cosa; y aún así, seguirías teniendo la mitad de mi vida por muy lejos que te encontraras de mí. Si me das el anillo y elimino el pacto… puedes irte… regresar con tu familia, a tu barco… tal vez consigas que alguien más haga el pacto contigo. No volverías a saber de mí, si es lo que deseas.

Elena se dio cuenta de que no quería irse. Al menos… todavía no.

—¿Por qué me dijiste que eras un asesino? —preguntó y cambió de tema radicalmente; el desconcierto se pintó en sus rasgos y miró hacia el suelo.

—Así que ya sabes qué fue lo que sucedió en realidad.

—¿Querías que pensara mal de ti?

—No. Quería que me aceptaras, a pesar de todo lo que pudieses llegar a escuchar de mí después… porque eso es lo que todos dirán.

Daniel se cruzó de brazos y se descruzó varias veces, como si se sintiera indeciso por algo; se aclaró la garganta.

—Entonces... ¿te irás? —preguntó. Elena se encogió de hombros.

—No. No me iré —le dijo y él pareció genuinamente sorprendido.

—¿Por qué?

—Porque quiero darme unas vacaciones del mar —anunció con una sonrisa y él rio.

—Eres terrible para mentir —se lamentó él de buen humor.

—Tal vez —contestó de modo evasivo y caminó hacia donde él estaba parado. Daniel no se movió ni un ápice, permaneció quieto y la miró con atención—. ¿Qué miras?

—Hay mucho que mirar —comentó él con naturalidad—. Me gustan tus ojos.

—¿Ah, sí?, la mayoría de las personas suelen temerles. A nadie le gustan —explicó de buen humor cuando llegó hasta él.

—Te creo. Las personas suelen temerle a lo desconocido, pero sucede que yo soy de los que se sienten atraídos por lo diferente.

—Lo dudo, ya que soy la primera chica con la que has estado, en años.

Él se rio con tono sorprendido al escuchar sus palabras.

—¿Insinúas que me gustas porque he estado solo y no he tenido a nadie más en quien pueda poner los ojos?

—Algo así.

—Estás loca. En ese caso, hubiera caído rendido a los pies de Morgana. Es mucho más bonita que tú.

Elena abrió mucho los ojos, sorprendida por esas palabras. Por un lado, sentía unas terribles ganas de reír; pero, por otro lado, sentía su orgullo herido. Así que alzó la cabeza en un gesto de superioridad y lo miró con desaire.

—Bien, si se te hace tan bonita, tienes mi permiso para preferirla a ella.

—Como si lo necesitara —susurró para molestarla. Elena sintió una desbordante emoción en el pecho; con altivez se volvió y caminó hacia la puerta. Él la siguió, por supuesto—. ¿Por qué estás enfadada? —le preguntó al darle alcance en el pasillo.

—No lo estoy —respondió ella, con el tono más neutral que encontró.

—¿Quizá estás...? —y se interrumpió con una risilla. Elena se detuvo y se volteó para interrogarlo con el rostro.

—¿Qué?

—Nada.

—¿Qué ibas a decir?

—Celosa... eso iba a decir. Pero me percaté de que era una tontería, tomando en cuenta que me has cantado que no sientes nada por mí. ¿Cierto?

Ella dudó. No se sentía lista para admitir que él le gustaba. La inseguridad la inundó y sintió que su corazón latía más a prisa de lo normal; así que se volvió y continuó caminando. Daniel la sujetó del brazo.

—Espera... ya se te hizo costumbre obligarme a seguirte por todo el castillo, y te dije que llevaba horas buscándote. No volveré a hablar de lo que siento por ti, ni te pediré que me respondas nada de eso tampoco. ¿Bien?

Elena lo miró desconfiada, después suspiró y se apoyó en la pared.

—Ven conmigo. Quiero mostrarte algo —le dijo Daniel y deslizó su mano desde su antebrazo hasta la de Elena. Ella sonrió y la guio por ese pasillo hasta que llegaron a una habitación que era de metal por completo; tenía un color azul verdoso desgastado y unas escaleras angostas en forma de caracol que además eran muy altas.

—¿A dónde llevan?

—A lo alto de una de las torres.

Al llegar a la puerta de metal de arriba, él la abrió y Elena sintió un vacío en el estómago al estar en un lugar tan alejado del suelo. La parte superior de la torre era pequeña y angosta y estaba rodeada por un barandal carcomido por el tiempo y la humedad. Elena posó las manos en él y vio que el anillo brillaba intensamente en la oscuridad de la noche.

—¿Por qué tenía que ser en este dedo? —preguntó al observar su mano izquierda, pues conocía el significado específico de llevar una argolla en ese dedo anular.

—¿Qué cosa? —preguntó sin haberse percatado de lo que ella observaba con tanto interés.

—El anillo.

—No comprendo tu pregunta.

—¿Sabes lo que significa llevarlo en este dedo en específico? —cuestionó ella y elevó la mano mientras señalaba con el índice de la otra.

—Ah, sí. Porque ninguno de los otros dedos es el correcto. Cada uno representa a alguien en la vida de las personas.

—Nunca había escuchado eso.

—Sí. Te explicaré —le dijo y sujetó su mano izquierda con las suyas mientras la brisa del mar chocaba contra ellos—. El pulgar representa a nuestros padres y tu dedo índice a tus hermanos o amigos. Este —continuo tomando con los suyos el de en medio de ella—, te representa a ti; mientras que el pequeño es el que se relaciona con los hijos que puedas llegar a tener.

—¿Y este? —quiso saber ella y señaló el dedo en el que brillaba el anillo.

—Este representa a tu pareja. Por eso el anillo de compromiso va allí.

Elena se rio de aquello. Jamás había escuchado esas tonterías.

—¿Y quién lo decidió?

—Está basado en un hecho real —explicó él de buena gana.

—¿En un hecho real?, ¿no es solo una historia?

—No. Quienes lo establecieron lo hicieron porque se dieron cuenta de que, cuando uno junta sus dos palmas de este modo —explicó él y unió las puntas de todos sus dedos menos las del dedo medio que unió por los nudillos—; se puede ver que todos los dedos se pueden separar. Los índices se alejan con facilidad uno del otro, igual que los pulgares y los meñiques… pero los dedos anulares permanecen juntos; no se pueden separar. Eso quiere decir que la pareja siempre está mucho más unida a ti que las demás personas en tu vida. Inténtalo.

Elena así lo hizo y se sorprendió de que fuera cierto.

—Y entonces… ¿debo usar esta argolla en el dedo anular aunque no seamos pareja? —preguntó con burla, y él hizo un mohín con la nariz.

—No. Debes usarlo en ese dedo porque el poder de la persona a la que le pertenezco es igual de fuerte que el poder que tiene aquel al que le has dado tu corazón. Un enemigo tiene el mismo poder de hacer tu vida añicos, que una persona a la que amas.

—¿Entonces soy tu enemiga? —quiso saber ella y cambió su mirada de diversión a una seria. Él se volvió y apoyó los antebrazos en el barandal con la mirada perdida en el mar.

—Eres quien posee mi libertad. Supongo que podrías ser cualquiera de las dos. Pero solo tú puedes decidir de qué lado se va a inclinar la balanza —le susurró mientras el viento frío hacía volar su cabello que le llegaba un poco más abajo del mentón. Su perfil era como el de un ángel. Elena pensó que jamás había conocido a nadie que tuviera esa capacidad para reflejar en sus rasgos lo que era por dentro.

Decisión

Las dos noches siguientes las pasó sin poder dormir bien. Daba vueltas en la cama, desacostumbrada a estar sin él, sin sus comentarios o el tono de su voz cuando cantaba. Repasaba en su mente una y otra vez su buen humor, el modo en el que parecía entender todos sus temores y sus preocupaciones... a veces creía que él la conocía mejor que ella misma y recordó que eso había pasado con Rob, pero al revés, pues en su caso, ella parecía conocer a su amigo mejor que nadie en el mundo, incluido él.

Después de las dos de la madrugada, con ojeras y el malhumor que desbordaba por todos sus poros, se levantó de la cama, se puso sus zapatillas de estar y salió de su habitación.

Esa noche y la anterior él no la había buscado, y por la mañana ella tampoco había tenido ningún contacto con él. Desde la última vez que se habían visto en su habitación ella estaba asustada. No terminaba de comprender cómo podía estar unida a una persona de ese modo y sentía temor de que si volvía a tocarlo, con la intención de compartir algo con él… podría sentir cosas que ella aún no tenía el valor de admitir. Sin embargo, en ese instante, lo extrañaba. Sentía un vacío inmenso en la boca del estómago y quería verlo, hablar y bromear con él. Al avanzar más y más rápido, se dio cuenta de que el solo imaginarse que él pudiera olvidarla la hacía sentirse sola. Abandonada. Nunca se sintió así, ni siquiera cuando se enteró de que era adoptada y que su verdadera madre la había dejado; ni siquiera cuando miró a Rob besar a la chiquilla de las trenzas y las pecas… y tampoco cuando observó a lo lejos, en la costa, a toda su tripulación terriblemente asustada por ver que la alejaban de ellos. Casi corrió y al llegar a la puerta de Daniel, no tocó sino que entró directamente.

Él tenía la luz de la mesilla de cama prendida y leía con atención hasta que ella, con su pijama de color azul y su bata color jade, entró en su habitación con la respiración entrecortada. Dejó el libro, se sentó en la cama y la miró inquieto.

—¿Todo bien? —quiso saber e inclinó la cabeza hacia un lado; ella confirmó y se llevó una mano al pecho, cansada por la carrera.

—Bien —contestó entrecortadamente y él sonrió.

—¿Te persiguen tus pesadillas?

Elena sonrió y se acercó a él sin esperar a ser invitada. Daniel la miró con semblante burlón.

—¿Qué puedo hacer por ti?

—¿No puedes dormir? —quiso saber ella al sentarse a los pies de la cama.

—No es que no pueda, es que no quiero —contestó con simpleza, mientras cruzaba una mano por enfrente de su cuerpo para masajear el hombro contrario que parecía estar lleno de músculos tensos. Elena nunca lo había visto en camiseta, pero esa noche, que él llevaba una camiseta negra sin mangas y unos shorts de color azul, pudo observarlo con detenimiento, sin que le importara verse atrevida. Al notar su mirada sin escrúpulos, él rio casi exultante y se acostó de nuevo.

—Es de mala educación mirar fijo a las personas. ¿No lo sabías?

—Me la debes. Me viste casi desnuda sin mi consentimiento —dijo sin apartar la mirada del cuerpo masculino. Daniel sonrió, desvió la vista hacia otro lado y ella supo, por el modo en el que los ojos de él brillaron, que la cosa había sido mucho más que un "casi." Se acercó a gatas hasta él, asió una de las almohadas y lo golpeó con ella—. ¡Eres un tramposo!

Daniel se rio mientras se protegía de los golpes con las manos alzadas, pero no hacía mayor cosa para eludir los ataques.

—No te lo tomes tan personal. Era meramente curiosidad —se defendió él con un tono de voz que reflejaba su diversión.

—¡Me prometiste que no ibas a ver! —acusó y se detuvo con las mejillas coloradas; volvió a darle un golpe mucho más fuerte.

—No vi nada... solo bromeo contigo —dijo y sonrió cuando al siguiente golpe, con un movimiento simple, detuvo la almohada con su mano.

—Ya no puedo creerte —aseguró y jaló la almohada, la ubicó en su lugar, se recostó y le dio la espalda a él.

—¿Qué haces? —preguntó azorado.

—Apaga la luz, ya quiero dormir —le pidió ella con simulada seguridad.

Daniel se quedó con los ojos clavados en su espalda por unos segundos y sintió que se le había olvidado por un minuto, respirar.

—¿Qué dijiste? —preguntó, pues creyó haber escuchado mal.

—Te dije que quiero dormir.

—¿Aquí?

—Sí —le confirmó sin volverse.

—¿Estás loca? —preguntó sin saber si se sentía admirado o sorprendido. Elena viró la cabeza para verlo.

—¿Cuál es el problema? Ya has dormido antes conmigo, ¿no?

—Sabes que no es lo mismo —le dijo él, con mirada seria.

—No entiendo qué podría ser tan diferente —comentó y se alzó de hombros.

—Ya deja de jugar. Regresa a tu habitación —ordenó con un dejo ácido. Elena nunca lo había visto con un humor como ese. No parecía estar enojado, pero sí tenía toda la pinta de estar en contra de eso.

—Me quedaré aquí —peleó y se volvió de nuevo para darle la espalda por completo.

De repente, sintió que la cama ya no estaba bajo su cuerpo. Gimió asustada y milésimas de segundos después, advirtió que él la había cargado y la llevaba a la puerta. Elena pataleó en el aire y él tuvo que obligarse a ponerla en el suelo. La miró con las cejas alzadas, como si esperara una explicación.

—No he podido dormir bien —le confesó al jugar con los dedos—. Creí que tal vez…

—No. Vete ya —la interrumpió con una gélida advertencia.

—¿Por qué?, ¿por qué no puedo quedarme?

—Porque no es correcto. No es justo que hagas esto —la reprendió con la voz entrecortada.

—Pero…

—Ya ve a tu habitación. Te di oportunidad de que pensaras las cosas, pero no te apareces en dos noches y vienes a que te consuele porque no puedes dormir, cuando sabes a la perfección que… —él negó con la cabeza, se movió, la pasó de largo y abrió la puerta—. ¡Déjame solo! Eventualmente lo harás; no me lo hagas más difícil.

Ella se quedó con la mirada fija en la ventana y apretó las manos en puño mientras respiraba entrecortadamente.

—He venido… —inició, pero él la interrumpió poco educadamente.

—No quiero saberlo.

Elena se volvió y lo observó sorprendida.

—¿Disculpa?

Daniel comenzó a sentirse desesperado, caminó hacia ella, la sujetó de la mano y la guio a la puerta, pero Elena retorció su brazo hasta que él la liberó.

—No me voy a ir —le dijo, terminante—. Y si no me permites quedarme, voy a tener que ordenártelo.

Por primera vez a él no pareció gustarle el hecho de que ella tuviera el control de todo. Carraspeó incrédulo, apoyó la espalda en la puerta, se cruzó de brazos y la miró con los ojos entrecerrados.

—¿Ordenarme? —repitió con tono frío.

—Eso he dicho. —Él sonrió y negó con la cabeza sin creer que eso hubiera salido de sus labios.

—No puedo creerlo. No solo te crees con el derecho de jugar con mis sentimientos y venir a reclamarme algo sin darme nada a cambio… además de eso, quieres imponerte. De acuerdo, qué audacia la tuya, pero bien… estoy a tus órdenes. ¿Qué quieres que haga por ti? —preguntó con sarcasmo.

—Quiero que me beses —le ordenó y él la miró anonadado. Su cuerpo reaccionó a la indicación casi al instante y se acercó sin poder eludir sus palabras. Empero, Elena avanzó más rápido que él—. Olvídalo. No eres bueno para seguir órdenes. Lo haré yo —susurró en cuanto estuvo frente a él. Llevó sus brazos alrededor de su cuello, se puso de puntitas y lo besó.

Cuando tocó sus labios con los propios sintió un escalofrío recorrerle la espalda y un jadeo involuntario salió por su garganta mientras se anclaba a su cuello. Daniel cerró los ojos en seguida y creyó que estaba dormido en esos momentos… nada de eso parecía real. Cuando pudo reaccionar introdujo sus manos entre la pijama y la bata y las apoyó en la espalda de la joven; la acarició suavemente, para luego apretarla contra él. Su corazón palpitaba veloz y exultante, pero ella parecía sentirse mucho más exaltada que él y eso lo hizo sonreír. Lo instó a moverse hacia la puerta que se cerró a su espalda. Daniel la cogió por la cintura con ambas manos, la elevó, la cargó sobre sus caderas y la sujetó con un brazo mientras con la mano libre acariciaba su cabello, su cuello y en seguida su mejilla.

Elena abrió los labios un poco, en una clara invitación para que él introdujera su lengua, se sintió nerviosa al pensar que, tal vez, avanzaba muy deprisa; pero él no pareció sentirse ofuscado por la reacción de la muchacha, y con una apremiante necesidad, probó con su lengua la de ella. Elena llevó ambas manos del cuello de él a sus mejillas y las acarició con suavidad. Su corazón golpeteaba en su pecho como loco y tuvo miedo de quedarse sin poder respirar, así que se alejó de él, con la respiración entrecortada y los ojos brillantes, solo para sentir que se derretía de nuevo al mirarlo directa. Se deslizó por el cuerpo de él hacia abajo y quedó de pie, sin realmente sentirse estable. Estaba avergonzada por haber hecho eso. Se preguntó qué pensaría de ella y su corazón se alteró, por lo que se alejó de él, quién aún la miraba sorprendido.

—Elena… —apremió con tono inseguro.

—Me iré. Me iré… a mi habitación quiero decir —explicó y apuntó a la puerta, entonces, antes de que él pudiera reaccionar, se movió tan rápido que abrió la puerta y salió de allí sin que él pudiese impedirlo.

Al entrar en su habitación cerró tras sí y se cubrió con las palmas el rostro… se sentía muy avergonzada de haber hecho aquel avance. Cielos, ni siquiera sabía si era buena en eso, porque nada más lo había hecho una vez… y no había sido nada similar. ¿Qué tal que no le había gustado? Masculló un perjurio mientras caminaba hacia la cama y se sentaba en ella en un trance total. Se regañó mentalmente por no haber podido esperar a que él lo hubiera hecho. Miró hacia el suelo por minutos eternos sin poder dejar de recordar el modo en el que había sentido sus labios contra los suyos. Mientras recordaba, la puerta de su habitación se abrió. Ella levantó la vista cuando él ya había entrado. Vio que se acercaba a ella y, con un movimiento sencillo que no pareció representarle ningún esfuerzo, la levantó de la cama, le rodeó la cintura con un brazo, la cabeza con la otra mano y la besó otra vez.

La inseguridad desapareció, trasladó sus brazos alrededor de su cuello, lo abrazó con fuerza y le regresó el beso intensamente, sintiendo cómo aquel agradable escalofrío volvía a hacerse presente en todo su cuerpo. Nunca había sentido algo así antes; sonrió emocionada por tener la oportunidad de compartir esas emociones con alguien como él y, en un gesto juguetón, le succionó el labio inferior. Daniel sonrió también en el beso y la apremió a acostarse en la cama, se posicionó sobre ella sin dejar caer todo su peso y recorrió con sus labios su mejilla, su nariz y su cuello. Ahí se detuvo unos segundos y Elena apretó los labios al sentir que se le cortaba la respiración en el momento en el que él la besaba lentamente sobre la piel sensible bajo el lóbulo de su oreja.

De repente, él se alejó de ella, apoyó todo su peso en sus antebrazos y la miró con los ojos radiantes. Luego descansó su frente en el hombro de Elena y dejó salir un suspiro de sus labios.

—Creo que ya es hora de que duermas —le dijo él con los ojos cerrados fuertemente para tratar de tranquilizar el latido de su corazón.

—¿Te quedarás conmigo? —pidió en su oído y él sonrió.

—Bien.

Se movió a un lado, dejó descansar su mano derecha en el abdómen de ella por solo unos segundos. Sonrió de manera efímera, se volvió, se puso de pie y destendió la cama. Ella se recostó y él se acostó a su lado. Elena se acercó y lo abrazó.

—Date vuelta. Yo te abrazaré y podrás dormir mejor, ¿de acuerdo? —indicó en su oído. Cuando ella se alejó, estudió de nuevo su rostro tan apuesto, sus labios estaban hinchados y rojos; llevó su mano a la nuca de él y lo atrajo a ella para besarlo de nuevo. Daniel se rio, le acarició las mejillas con delicadeza y la separó.

—No quiero dormir —le confesó al oído, mordiéndole el lóbulo de la oreja tiernamente. Él sonrió.

—Vuélvete. Es tarde.

Elena resolló frustrada y, con poca disposición, se volvió de espaldas y esperó a que él la rodeara con los brazos, pero como no sucedió, ella giró la cabeza.

—¿No dijiste que ibas a abrazarme?

—Lo haré. Dame unos minutos —comentó con una sonrisa divertida y ella se encogió de hombros y le dio la espalda.

Al poco rato, él la rodeó con los brazos por la cintura, la pegó a su cuerpo y con prontitud, se quedaron dormidos.

Cuando los primeros rayos de luz se colaron por la ventana, Daniel se sintió raro al notar que no reconocía el olor de esa habitación. Había algo pesado sobre su brazo derecho y un desconocido calor se abría camino hasta su cuerpo. Abrió los ojos obnubilado y tuvo que obligarse a parpadear más de cinco veces para convencerse de que eso era real. Había una cabeza que descansaba en su brazo. La reconoció casi en seguida. Irritado con su otra mitad, y tildándolo de lo peor, hizo amago de mover el brazo para salir de esa embarazosa situación; no obstante, ella gimió molesta y se pegó más a él, lo abrazó por la cintura y dejó la suave punta de su nariz contra su cuello. La respiración de ella sobre su piel le erizó el vello de todo el cuerpo y una increíble tranquilidad se apoderó de él. Era ese conjuro de nuevo... todo eso lo hacía sentir totalmente fuera de sí. Quiso alejarse, pero la joven lo rodeó más fuerte con sus brazos.

—No te vayas —refunfuñó—. Tengo frío —explicó y él no tuvo de otra más que quedarse allí. Quería irse… pero no podía, su cuerpo no reaccionaba a ninguna indicación de su mente, más que a la que había escuchado de ella. Después de minutos interminables, ella gruñó brevemente por tener que levantarse y alzó el rostro hasta él—. Buenos días —saludó con una radiante sonrisa.

Daniel la miró con el ceño fruncido y Elena tardó en darse cuenta de lo que sucedía.

—Demonios —susurró mirándolo de lleno y se alejó para dejarlo libre. Él se puso de pie y ella intentó calmarse y lo llamó antes de que pudiera salir de la habitación—. Necesito hablar contigo.

Él se volvió sobre sus pies y la interrogó con sus facciones.

—Quiero… bueno… podemos vernos más tarde. Solo serán unos minutos.

—De acuerdo —aceptó a sabiendas de que, si no aceptaba, ella se lo ordenaría y sería lo mismo.

Ambos desayunaron a horas diferentes y ninguno se topó con Morgana esa mañana. Cuando Elena terminó de desayunar subió a asearse, se vistió con ropa ligera, una falda larga semitransparente con un fondo corto de color durazno y una blusa con mangas holgadas de color crema. Al estar lista se dirigió a la habitación de Daniel temblando de la cabeza a los pies. Tocó la puerta y sin esperar que él contestara, abrió. Él no estaba allí. Maldijo en voz baja. Seguro que huía de ella. "¡Cobarde!", pensó.

Volvió a caminar por todo el castillo hasta que dio con él. Estaba en el salón de baile y arreglaba una ventana que estaba rota. Al escuchar que ella abría la puerta, se volteó, la estudió por unos segundos y regresó a la madera y a las bisagras.

—No es un buen momento.

—Tú podrías decir lo mismo todo el tiempo —se burló de buen humor. Caminó por la habitación que, como la mayoría de las que estaban en la planta baja, tenía algo de agua en el suelo que le llegaba a los tobillos—. ¿Crees que sería divertido bailar en el agua? —preguntó de improviso, y él tuvo que girarse para mirarla como si fuese una loca.

—¿Por qué siempre tienes que hacer preguntas tan raras? —se dijo casi a sí mismo y volvió a arreglar la ventana.

—¿Sabes bailar?

—No.

—Te enseñaré. Soy muy buena. Toda la tripulación, cuando hacíamos celebraciones por lo que robábamos, bailaba conmigo. No había otra mujer en el barco.

—Gracias, pero tendré que declinar. Estoy ocupado —le respondió evasivo y sacó uno de los martillos pequeños que tenía en su cinturón.

—¿Por qué no usas tu magia para arreglarlo más rápido?

—Porque no. Me gusta hacer este tipo de cosas… me ayudan a olvidarme de los errores que he cometido en la vida.

—¡Ah! —exclamó ella con tono irónico—. ¿Como el haberme traído hasta aquí? Karma, ¿verdad?

Él no contestó y continuó con la reparación. Elena dio unas cuantas vueltas por el gran salón. En cuanto él terminó de arreglar la ventana, se inclinó, guardó las cosas en una pequeña maleta de cuero y se dispuso a dirigirse a la salida. Ella se interpuso a sus primeros pasos.

—Te esperé. Es tu turno de escucharme.

Él resolló y accedió. No le quedaba de otra, de todos modos.

—Apresúrate, dime lo que tengas que decir.

—Bien —susurró y trató de no echarse para atrás—. Necesito que prestes atención.

—Eso hago. Tú eres la que tiene dificultades para llegar al grano.

—No es tan fácil —murmuró y él se frustró.

—Entonces dímelo cuando estés lista —comentó, se encogió de hombros, la pasó de largo y pensó que iba a librarse de eso, hasta que escuchó su voz de nuevo.

—Te quiero.

Esas dos palabras... ¿hacía cuántos años que no las escuchaba? Se quedó con el rostro en dirección hacia la puerta, sin mirarla, sin poder avanzar. No porque sintiera algo, sino porque sabía lo que esas palabras significaban. Se giró despacio y la cuestionó con la mirada.

—¿Estás bromeando?

—No —contestó con las mejillas sonrojadas.

—¿Cómo puedes quererme? No soy... no tengo nada que ofrecerte —le dijo y negó con la cabeza, inmerso en una total confusión—. No tengo sentimientos para ti. Mejor vuelve con tu pirata. Él seguro sabrá corresponder a lo que sientes —dijo con despreocupación.

—No lo quiero a él. Te quiero a ti —dijo de nuevo.

—Eso es una tontería. No he sido amable contigo, ni siquiera podríamos ser amigos...

—Lo sé. Sé que es complicado que lo entiendas, pero no me enamoré de la parte de ti que podía ver, me enamoré de la parte de ti que estuvo conmigo desde el principio, y que me eligió también —ella se acercó unos pocos pasos, insegura—. No tienes la culpa de no poder sentir nada y eres una parte esencial de lo que me enamoré. A mí me ha dado tanto trabajo como a ti comprenderlo.

Él se quedó callado por minutos interminables, hasta que con semblante inseguro se dio la vuelta para salir de la habitación. Elena cerró los ojos.

—Te ordeno que te quedes.

Él se detuvo al instante, anclado al suelo, sin poder mover un solo músculo. Ella se acercó de nuevo, le dio la vuelta, se paró frente a él y le obsequió una mirada de disculpa por haberlo sometido a sus palabras.

—Cierra los ojos —pidió.

—No —dijo y negó con la cabeza. Ella lo miró con mala cara y finalmente él cerró los ojos—. Ya no tengo nada más de valor que puedas robarme —le dijo sin abrirlos.

—Tienes razón… esto es algo que te quiero compartir.

La mente de él entró en conflicto al escucharla y recordó lo que había sucedido hacía días; cuando abrió los ojos atemorizado, se percató de que ella estaba mucho más cerca que antes y se siguió acercando hasta que estuvo pegada a él y apoyó sus labios sobre los suyos. Se quedó estático con mirada sorprendida, con los ojos abiertos y sin poder entender qué demonios pensaba ella. Estuvo a punto de alejarse cuando un calor sobrecogedor le llenó el pecho. Respiró entrecortadamente sin saber qué era lo que le sucedía y sin entender las señales que le mandaba su cuerpo. Su corazón comenzó a latir al mismo ritmo que el de ella; lo supo porque el pecho de Elena estaba contra el suyo. Sintió un cosquilleo intenso cuando ella acarició su cuello suavemente con las yemas de los dedos y notó que su temperatura corporal ascendía al mismo ritmo que su pulso.

Era increíble. Nunca se había sentido tan vivo. Cerró los ojos y cedió ante la suave presión de los labios de Elena que se movían lentamente sobre los suyos. Tuvo una inusual sensación en los dedos como si estuvieran lánguidos y dormidos, así que los movió hasta las caderas de ella, en donde los apoyó y sintió el calor que le transmitían sobre la ropa. Exhaló contra su mejilla el aire que había reprimido cuando ella puso sus manos sobre las de él para obligarlo a sentir su cuerpo con fuerza y acercarla más al de él.

Elena pensó que era increíble cómo podía tener sensaciones tan similares y a la vez tan diferentes a las que había compartido con él la noche anterior. Sonrió y se sintió más segura de que no iba a rechazarla; le acarició los antebrazos desnudos y colocó su palma derecha sobre el pecho para sentir el veloz latido de su corazón. Lo sentía. Sabía que le transmitía lo mucho que le gustaba. No quiso acelerar las cosas, pues sentía que él no estaba preparado aún. Se alejó despacio y lo miró deslumbrada.

Daniel abrió los suyos poco a poco cuando las sensaciones y los sentimientos que lo habían llenado momentáneamente, desaparecieron más rápido de lo que le hubiera gustado.

—¿Qué... qué fue eso? —preguntó con la voz entrecortada. Ella sonrió avergonzada.

—Es... lo que siento por ti —explicó, sin el valor para preguntarle o decirle más. Se aclaró la garganta, trasladó una mano a su abdómen y se volvió para salir del salón. Abrió la puerta, pero una fuerza desconocida la cerró de nuevo. Se giró y apoyó la espalda en la madera, para darse cuenta de que él estaba justo allí con ambas manos contra la puerta.

—Vuelve a hacerlo —pidió él con seriedad. Elena se sonrojó.

—¿Cómo dices?

—Quiero que me lo compartas de nuevo —suplicó al acercar su rostro. Ella tragó con dificultad y se sintió aún más nerviosa que antes—. Por primera vez... —inició despacio mientras bajaba la mano temblorosa de la madera hasta su mejilla y sintió cuando la tocó, el nerviosismo de ella, su deseo y su calidez—, lo necesito.

Elena se sorprendió en cuanto él tocó con sus labios los suyos y la besó como lo había hecho ella antes; sin embargo, a los pocos segundos, le exigió más, sin siquiera saber qué hacía, movido solamente por las ganas de sentir. Elena dejó salir un gemido cuando él le acunó las mejillas con delicadeza y profundizó el toque de sus labios. Eran tan suaves que le parecía que besaba una nube. Elena abrió los suyos con un poco de inseguridad y él lo hizo también; en el instante en el que sus lenguas se tocaron, Daniel sintió que el corazón le daba un vuelco, se alejó y abrió los ojos sorprendido.

—¿Qué… cómo lo hiciste? —le preguntó con mirada atenta.

—Bueno… es… es parte de lo mismo. Así se besan las personas.

Él afirmó al comprenderlo de inmediato y se volvió a inclinar sobre ella antes de que Elena se pudiera negar. La pegó contra la puerta y la apretó con su cuerpo, abrió los labios para instarla a hacer lo mismo y su lengua rozó con cuidado la de ella, sintiendo que el calor crecía en el interior de su cuerpo. Tomándolo desprevenido, ella mordió su labio inferior con los dientes casi imperceptiblemente, pero al escuchar un sonido grave y gutural que provenía de él, se dio cuenta de que le había gustado y volvió a hacerlo.

Elena sintió que las piernas le temblaban y se dijo que ya era hora de parar, pues no quería terminar acostada en el agua con él encima, así que le puso las manos en el pecho y lo alejó, con la respiración entrecortada.

—Ya. Es suficiente —se reprendió más a ella que a él, pues Daniel solo actuaba guiado por lo que ella sentía. Él la contempló en desacuerdo y se inclinó de nuevo. Elena reaccionó y se agachó, pasó por debajo de su brazo y levantó las manos hacia él sin tocarlo, pero en una clara advertencia para que se detuviera. Daniel tenía la respiración entrecortada y sentía que el calor continuaba allí, pero comenzaba a desaparecer al igual que todo lo demás que había sentido. Ella retrocedió insegura hasta que chocó con el piano de cola que estaba casi al llegar a las ventanas. Él dio unos pasos hacia ella y la miró con sus hermosos y grandes ojos negros que reflejaban una clara confusión.

—No, Daniel —dijo con una sonrisa nerviosa.

—Fuiste tú quien empezó todo esto —comentó y alzó los hombros.

—Sí, lo entiendo… pero creo que… —un gritillo escapó de su garganta pues de repente él estaba frente a ella. Había utilizado su magia para llegar más rápido hasta donde estaba, la había abrazado con fuerza y de nuevo la besaba. La tomó por la cintura con ambas manos y la sentó en la cola del piano, para dejarla a su altura y que le fuera más fácil y cómodo sentirla. Introdujo su mano en el cabello de ella y lo acarició mientras Elena se debatía entre continuar besándolo o no permitir que la situación siguiera su curso. Repentinamente, él se alejó solo un poco y bajó la cabeza para recorrer su mentón y su cuello con los labios, tan suavemente como se sentirían unas alas de mariposa. Elena sintió escalofríos que le transmitió a él quien, sorprendido, olvidó de respirar por un instante y la miró a los ojos. Tocó sus mejillas y apoyó su frente contra la de Elena mientras sentía todas esas emociones intensas. Volvió a acercar sus labios a los de ella, rozándolos con suavidad y estudiando lo que iba sintiendo cuando lo hacía de cierta forma o variaba la posición. Pero cuando el latido del corazón de ella volvió a acelerarse, él reaccionó de nuevo con más ímpetu, así que Elena lo alejó otra vez y se bajó del piano, sus pies chocaron contra el agua y ella se acomodó el cabello—. Ya debo irme —le anunció con la voz sumamente entrecortada.

—Quédate —casi suplicó, pero ella negó.

—Me iré ya. Te ordeno que no me sigas. —Él tuvo que permanecer anclado frente al piano mientras ella casi corría hacia la puerta.

Destino

Por la noche, Elena miró a Daniel desde su cama con una sonrisa emocionada mientras él, sentado en una de las sillas de su habitación, la analizaba con un dejo de incredulidad en sus ojos. Ella abrazó una almohada y la pegó contra sus labios para no reírse.

—¿Cómo pudiste hacer eso? —le preguntó él de la nada, después de casi veinte minutos que tardó en explicarle lo que había sucedido.

—Esto es una tontería —dijo de buen humor y jugó con la funda de la almohada—. ¿Cómo puedes no enfadarte porque te besé y también enfadarte porque te besé? —preguntó ella, sin terminar de comprender su malhumor.

—¡Porque yo no estuve presente! Y no me molesta que lo hayas hecho... me molesta lo que le dijiste —puntualizó con un movimiento de mano.

—Lo que te dije —corrigió de buena gana.

—Yo no estaba allí —dijo de nuevo y se puso de pie para acercarse a la cama donde estaba ella. Elena se hizo hacia atrás, entretenida—. Debiste decírmelo primero. Yo soy el que lo merece más —explicó, y ella, con un atisbo de duda, se acercó a él a gatas, se hincó y le puso los brazos alrededor del cuello.

—Te quiero —confesó ella sonriendo y él apretó los labios en una fina línea para no reír.

—Ya es demasiado tarde. Se lo has confesado primero a la parte incorrecta.

Ella rio y apoyó la frente en su hombro para intentar ahogar la risa.

—No seas tonto —reprendió con una sonrisa afable, cuando elevó la cabeza y lo miró divertida—. No podría querer solo a una parte de ti.

Él la miró por largos minutos, la abrazó más fuerte y se inclinó para rozar sus labios con los suyos. Elena le devolvió el beso; pero preocupada de que no pudiera detenerse después, se separó ante la mirada confundida de él.

—Necesitamos hablar.

Daniel no pudo esconder la alarma que surcó en sus ojos, pero pronto asintió y ambos se sentaron en la cama.

—¿Qué pasa?

—Sé que lo que voy a decir no va a gustarte y, probablemente, estés en contra, pero necesito que me ayudes. No podré hacerlo sola.

Él ladeó la cabeza en un gesto interrogante y la cogió de las manos.

—Dímelo.

Elena se sintió temblar por dentro. Había sopesado la idea toda la tarde y sabía que debía hacerlo. Lo miró de lleno y soltó la información:

—Creo que debemos encontrar a Odette.

Ella se dio cuenta, por la forma en la que él reaccionó, que no estaba de acuerdo, pero permaneció callado por unos segundos para tranquilizar su mente.

—Sé que no quieres hacerlo. Entiendo que pienses que es… una tontería ayudar a alguien que te hizo daño. Pero Morgana no es una mala persona. Actuó mal, estoy de acuerdo; aún así, creo que puedo comprender por qué lo hizo.

—¿Sabes cuál es la única manera en la que podríamos encontrarla? Tendríamos que regresar a la casa de ese hombre. No quiero… no quiero que te lastime —confesó y descansó una mano en su mejilla. Ella sintió un calor intenso en su pecho y sonrió con suavidad al apoyarla en la palma de él.

—Lo sé. Pero es el único modo… tengo que conocer la verdad. Quiero saber quién soy en verdad y la única que puede decírmelo es Morgana; al menos debo ayudarla con eso. ¿Comprendes?

—¿Sin importar lo que debas arriesgar?

—¿No habría una historia que quieras conocer por la que podrías arriesgar cualquier cosa? —preguntó, casi citando las palabras que él le había dicho los primeros días en las celdas—. Buscaremos a los asesinos de tu madre también, y prometo estar contigo para impedir que cometas una tontería. Los entregaremos a las autoridades de Tarso, pero debemos hacerlo juntos, Daniel. Te necesito conmigo.

Él permaneció en silencio por minutos hasta que con un suspiro aceptó. No podía negarse… sabía lo importante que era para Elena conocer lo que le había pasado a su madre y a ella.

—Bien. Lo haré. Pero tendrás que arreglártelas para convencer a mi gemelo malvado —comentó él con ironía.

—Ya me las ingeniaré.

—¿Quieres regresar a ese sitio? —preguntó Daniel, alterado, al día siguiente por la mañana cuando lo encontró en el tercer piso, leyendo en la biblioteca.

—Sí.

—No —dejó el libro en la mesa, se puso de pie, caminó hasta la puerta y salió al pasillo.

—Daniel… ¿podrías abrir tu mente por un segundo? Será mejor que lo hagas por voluntad o tendré que obligarte a llevarme —le dijo cuando él se adelantó unos pasos hacia el comedor.

—¿Y qué voy a obtener yo de ayudar a esa bruja? —preguntó sin interés, mientras se acercaban a la escalera.

Elena no había pensado que él saldría con algo así, pero de igual modo se encogió de hombros y pensó en una respuesta rápida.

—Pues… en cuanto yo conozca la información que necesito, te regresaré el anillo.

Daniel se detuvo de improviso y ella, que iba atrás de él para darle alcance, lo pasó y tuvo que regresar los pocos pasos andados.

—Dices que si lo hacemos el día de mañana, encontramos la ubicación de Odette y la traemos sana y salva, ¿me regresarás el anillo?, ¿podría tenerlo en cuestión de días?

Elena se mostró intrigada y preguntó:

—¿Te sientes lo suficientemente fuerte para hacer todo eso en tan poco tiempo?

Daniel la estudió con atención, retomó el paso y ella lo siguió.

—Ahora que mi alma está dentro de mi cuerpo, aunque no estemos conectados como es debido… he recuperado gran parte de mi poder. Estoy seguro de que encontrar el libro será pan comido. Lo único que me inquieta es recuperar a Odette. No estoy seguro de si el lugar en donde está tiene más hechiceros de los que puedo manejar.

—¿Te refieres a pelear contra ellos?, ¿como en una guerra? —preguntó y se retorció los dedos, angustiada—. ¿No íbamos a sacarla de allí robándola sin que nadie se diera cuenta?

—Eres una ilusa —se burló al dar la vuelta en un pasillo después de haber bajado la escalera—. Seguro ese lugar está custodiado por hechizos mágicos. Sabrían a la perfección si alguien entra.

Elena notó que Daniel la miraba de reojo, intrigada.

—Necesitaríamos ayuda.

—Tal vez... mi tripulación podría ayudar.

—¿Crees que un grupo de borrachos es suficiente para doblegar una fuerza mágica tan grande como esa? —preguntó despectivamente, y ella lo miró arisca.

—Son mucho más listos que tú. Prueba de eso es que ellos están libres y tú no —dictó sin pensarlo. Daniel se volvió, apoyó las manos sobre sus hombros y la puso contra uno de los muros. Un mechón se le resbaló por la frente hasta taparle un ojo, pero no pareció molestarle—. Lo siento —se disculpó casi de inmediato, al ver su mirada enfurecida.

—Tendrás que compensármelo.

Sin que pudiese impedirlo, él se inclinó y la besó. Elena se sorprendió, por supuesto, pero no opuso resistencia alguna y se relajó en sus brazos.

—¿Vas a utilizar cualquier cosa que diga y no te agrade, como pretexto para besarme? —preguntó ella con un hilillo de voz en cuanto él se separó.

—No necesito ningún pretexto —comentó con naturalidad. Se alejó controlando las ganas de volver a sentir lo que ella le hacía sentir—. Bien. Lo haremos. Al menos, primero buscaremos el libro. En cuanto tengamos la ubicación precisa, tendremos que pensar en algo más inteligente que reclutar a tus piratas para poder sacarla del lugar en donde está.

Esa misma tarde, Elena fue directo a la alcoba de Morgana, tocó la puerta y entró al escuchar un murmullo que identificó como un permiso para entrar. La mujer estaba acostada sobre una amplia cama de agua que se movía fluctuante y que era de un azul traslúcido muy hermoso; tenía el rostro contraído por el dolor.

—¿Te encuentras bien? —preguntó y se acercó despacio hasta la cama.

La hechicera abrió los ojos y Elena vio que estaban en verdad enrojecidos.

—¿Estás enferma? —preguntó y pensó en sentarse sobre la cama, pero se dijo que no sería tan buena idea, así que asió una silla de vidrio y se sentó en ella a un lado de la cama.

—¿Por qué tu tono escéptico? —preguntó Morgana y cerró los ojos de nuevo.

—Pensé que los brujos no se enfermaban con facilmente.

—Depende de las condiciones. No es un virus que me ataca. Es mi propio cuerpo.

—No… no entiendo.

—Mi poder me consume, porque no he encontrado el alimento que necesita.

—¿Una persona? ¿Es verdad que debes alimentarte de una?

—Sí. ¿Has venido para ofrecerte como voluntaria? —cuestionó la hechicera con tono sarcástico.

—No, pero he venido a darte una noticia. Regresaré a Cratas a recuperar el libro que necesitas.

—Eventualmente conseguirás la información que quieres sin necesidad de arriesgar tu vida, aunque tardarás más. No creas que no sé que ese horrible hombre te lastimó. ¿Por qué deseas regresar?, ¿de qué servirá que puedas conocer la verdad si por otro lado puedes perder la vida?

—Suenas consternada.

Morgana abrió los ojos y la miró con intensidad.

—No me preocupo por mortales como tú —dijo al volver a cerrar los ojos, pero Elena sonrió y sintió una extraña calidez en su pecho.

—Daniel va a ayudarme.

Aunque Morgana no abrió los ojos, Elena se percató de que parecía estar totalmente atenta a lo que ella decía.

—¿Dices que va a ayudarte a recuperar el libro que yo necesito? Creí que me odiaba —susurró y apoyó el dorso de la mano derecha en la frente.

—Lo hace. Te odia; no eres ni de lejos su persona favorita en este mundo, pero creo que parte de él comprende la razón por la que hiciste lo que hiciste y, además, él no me permitiría ir sola. —Elena se detuvo antes de continuar e inspiró—. Hay otra cuestión de la que quiero hablarte.

—¿Cuál?

—Cuando Daniel y yo hayamos recuperado el libro, será momento de buscar a tu hermana. Pero necesitaremos ayuda. Daniel dice que será complicado entrar en un lugar custodiado por esa gran cantidad de magia y personas de tan poca moral como esas.

Morgana se incorporó para sentarse contra la cabecera de la cama y la miró con expresión escéptica.

—¿Ayuda?, ¿de quién?

—Estaba pensando en el "Bala plateada" y su tripulación.

—¡Pamplinas! —dijo la hechicera y negó con la cabeza.

—Estoy segura de que mi padre te ayudaría. Deberías darle la oportunidad.

—¿Crees que querría ayudarme, después de lo que le hice? No seas ilusa —comentó con gesto que indicaba que le parecía una locura. Elena entrecerró los ojos y recordó que ya iban dos veces en el día que le decían así; tuvo que gastar unos cuantos

265

segundos para preguntarse a sí misma si en efecto era una persona ilusa.

—Confío en él. Confío en mi padre… y si quieres recuperar a tu hermana deberías hacer lo mismo —finalizó Elena que se levantó de la silla para caminar hacia la puerta.

—Ya veremos. Si es que ustedes dos regresan con vida, prometo pensármelo detenidamente —le dijo la mujer antes de que Elena saliera de la habitación.

Volvieron a Cratas al día siguiente con la intención de terminar con la misión lo más rápido posible. Antón permaneció esta vez en el castillo. Cuando llegaron, Elena se sorprendió al ver que el campamento de los gitanos aún seguía en la frontera, pero ahora ninguno de los dos sugirió pedir un caballo, pues parecía que ambos retrasaban la llegada a la mansión inconscientemente.

—¿Cómo fue que me encontraste? —preguntó de la nada, cuando pararon con la intención de acampar en el bosque. Daniel, quien juntaba leños, la miró sobre el hombro, regresó a la roca en donde ella estaba sentada y los dejó en el suelo.

—¿De qué hablas?

—Hablo de esa vez que recorrimos la mansión de Lars por completo y no encontramos ningún lugar como en el que me encontraste. ¿Cómo supiste en dónde estaba?

—Los seguí. Después de que te regresó a la casa, bajó las escaleras hasta el sótano y abrió una puerta hacia un subterráneo, estaba escondida detrás de una estantería pequeña. La puerta es del tamaño de un ducto de ventilación.

—¿Y por qué no lo atacaste con tu magia? Recuerdo lo que hiciste.

Daniel pareció sentirse incómodo por hablar de eso, en especial porque una sensación de culpabilidad se desplazaba por todo su cuerpo.

—No podía hacerlo sin ponernos en evidencia. Cualquiera que usa la magia sabría identificar si el atacante tenía poderes y se suponía que no debían relacionarnos con Morgana. Cualquier conjuro o hechizo, por más pequeño que sea, deja rastros, si me descubren, o a Morgana, nos identificarían como una amenaza y nosotros estaríamos en desventaja.

—¿Qué era ese lugar? —preguntó Elena al tiempo en el que se abrazaba a sí misma y observaba los leños comenzar a quemarse.

Daniel recordó con detalle todo lo que había allí y el estómago se le revolvió. Elena no había estado consciente la mayor parte del tiempo y no había reparado en todo lo que él sí había visto, aunque estaba casi seguro de que aún no lo había visto todo.

—No lo sé —dijo él, mientras sacaba una manta del bolso que llevaban.

—Lo sabes. Dímelo. Recuerdo haber visto el cuerpo de una mujer… había sangre en el piso y cuadros extraños con fotografías de personas… quiero decir…

—Sé lo que quieres decir. Ese sujeto está loco, igual que toda la gente para la que trabaja. Parece que le gusta hacer sufrir a quien toma en su poder, especialmente mujeres y niños. No me sorprende —susurró y se sentó con la intención de ponerse la manta pero, cuando alzó la vista y la miró con los labios pálidos por el frío, se paró de mala gana, se sentó junto a ella y le pasó la manta por los hombros para compartirla.

—Gracias —le dijo con una sonrisa—. Has evolucionado bastante desde que te conocí. Todo indica que has aprendido a compartir —bromeó y él la miró de reojo con desagrado.

—No puedo tolerar verte pasarla mal. Creo que estamos más unidos de lo que creemos —explicó con resignación.

—¿Crees que Odette está viva? —preguntó mortificada, pues, sabiendo lo que ese hombre sin poderes hacía, no dudaba de que los verdaderos líderes tuvieran pasatiempos mucho más maquiavélicos. Un escalofrío se apoderó de su cuerpo

—Creo que lo está.

Elena esperó que así fuera, no podía imaginar el temor y el dolor que esa mujer podría sentir al estar rodeada de todos esos demonios.

—¿Cómo se llamaba tu madre? —quiso saber para cambiar la conversación. Daniel se volvió hacia ella y la miró con atención por unos segundos.

—Abril —dijo al recordar lo poco que tenía en su mente en relación con su madre.

—¿Era rubia como tú?

—Sí.

—Me habría gustado conocerla —confesó en un murmullo y carraspeó al sentirse fuera de lugar. Elena se quedó con la mirada en el cielo por unos segundos.

—Es frustrante olvidarme también de lo que me sucede por las noches —comentó mirando hacia el horizonte. Justo comenzaba a esconderse el sol. Daniel se giró hacia ella y la cogió de la mano. Elena lo miró confundida, pero casi al instante se apremió a tranquilizarse y a sentirse segura y alegre, para transmitirle eso a él—. ¿Prefieres estar con él? —preguntó con los ojos cerrados y Elena entrecerró los suyos, pero antes de poder contestar, Daniel sonrió solo un poco e hizo amago de apartarse—. Por supuesto que sí. Fue una pregunta estúpida.

—Elena sostuvo la mano de él entre las suyas cuando Daniel iba a retirarla.

—Me gusta estar contigo. En especial porque me divierto haciéndote rabiar —confesó con una sonrisa y él la miró por un largo rato hasta que el sol desapareció por completo.

—¿Interrumpo el momento? —preguntó burlón y Elena profirió una risotada cuando supo que Dan había tomado control del cuerpo.

—Como si te importara.

Él se encogió de hombros.

—Por supuesto que me importa. Me gustaría saber si él ha hecho más avances que yo.

Ella se sonrojó mientras él le despeinaba el cabello, la cubría mejor y la acercaba a su cuerpo.

—¿Qué cenaremos? Muero de hambre —anunció y cambió nuevamente de tema.

—Puedo aparecer lo que se te antoje, a menos que quieras que te demuestre mis habilidades de caza —comentó. Elena sonrió.

—¿Sabes cazar?

—No. La verdad es que no recuerdo haberlo hecho nunca; pescar se me da mucho mejor.

—Qué modesto.

—Uno debe estar consciente de sus propias habilidades y defectos —confesó él y guiñó un ojo.

Casi como si lo hubiese escuchado, un conejo saltó por donde estaban ambos. Los tres se quedaron congelados. El animal los miró despreocupadamente y después de unos segundos movió su nariz con rapidez olisqueándolos y ellos sonrieron divertidos.

—Este es tu momento para trabajar tus defectos —bromeó y Daniel soltó una carcajada, sorprendido.

—No con un conejo. Nunca lo haría —susurró. El animal, de color café, elevó las patas delanteras y después de unos instantes volvió a ponerlas en el suelo y corrió hacia las sombras.

—¿Por qué? —quiso saber con un atisbo de curiosidad.

—Me gustan demasiado. Cuando era niño tuve uno de mascota. Se llamaba Rufián.

Ahora fue el turno de ella para sorprenderse.

—¿Rufián?, ¿ese fue el nombre que le pusiste?

—No. Ese fue el nombre que mi madre le puso. Se comía todas las plantas de nuestro jardín —sonrió él al recordar a la mascota—. Seguro que mamá se arrepintió mucho por haberme contado esa historia —se dijo a sí mismo.

—¿Cuál historia? —preguntó Elena, curiosa.

—La del conejo de la luna, fue por eso que conseguí a Rufián. Era un cuento que me leía cuando era muy pequeño... antes de dormir. Ni compararlo con lo beneficiosas que resultaron ser esas canciones piratas de cuna para ti, por supuesto —se burló y ella lo golpeó en el hombro—, pero se lo pedía con frecuencia.

—Nunca he podido verlo. He escuchado que está allí y que hay personas que siempre pueden verlo muy claramente... pero yo no tengo la buena suerte de encontrármelo. ¿Cómo se supone que llegó allí? —preguntó y apuntó a la luna.

—Pues una noche, un hombre en un bosque moría de hambre tras un largo viaje, pero no sabía cazar así que le pidió a tres animales; un mono, un zorro y un conejo, que le consiguieran algo de comer. El zorro y el mono lo hicieron sin problemas, pero el conejo no tenía las habilidades necesarias para cazar... supongo que en eso es similar a mí, ahora que lo pienso —susurró sonriendo. Se agachó, cogió una rama y la rompió en pequeños trozos mientras continuaba—; dos regresaron con sus presas, menos él.

—¿Y qué les dijo el viajero?

—Les dio las gracias, incluso al conejo, quien no había podido llevarle nada; pero el conejo sabía que le había fallado y entonces, se arrojó a la fogata que el viajero había hecho para ofrecerse, él mismo, como alimento.

—¿En serio? —preguntó sorprendida y Daniel afirmó. Se detuvo por un instante al sentir que su corazón se saltaba un latido en cuanto recordó la cálida voz de su madre al contarle una y otra vez el cuento.

—El hombre se levantó de la roca en la que estaba sentado, y se quitó el disfraz. No era un hombre, era un dios. Al ver el formidable sacrificio del conejo, cargó su cuerpo y lo elevó hasta el cielo para dejarlo descansar en la luna. Desde entonces es el guardián de la luna, ¿sabes?

Elena produjo un sonido gutural de emoción, nunca había escuchado algo así; lo que más le había llamado la atención no había sido la historia en sí, sino el modo en el que él parecía recordarla.

—Y ella siempre me preguntaba… ¿Sabes por qué los conejos saltan tan alto?

—¿Y qué le respondías? —preguntó al sentir un denso vacío en su interior.

—Yo siempre contestaba que no sabía por qué, aunque sí lo sabía… solo me gustaba escucharla decírmelo.

—¿Y por qué saltan tan alto?

—Porque tratan de llegar a donde está su héroe. —Con los ojos brillantes él sonrió melancólicamente y miró hacia abajo. Elena suspiró y apoyó la cabeza en su hombro—. Tienes que dormir. Haré guardia hoy —le avisó.

—¿Puedes volver a cantarme?

Daniel rio.

—¿No te decepcioné lo suficiente las primeras veces?

—No —contestó mirando hacia arriba cuando él inclinó su rostro.

—Bien… lo haré. Si alguien nos da caza porque canto terrible, será tu culpa. Tengo un repertorio muy escaso; muertes en lagunas de cocodrilos, robos que salieron mal o... hijas consentidas de capitanes en alta mar. ¿Cuál te atrae?

Elena rio por lo bajo.

—Muertes en lagunas de cocodrilos.

—Qué descorazonada.

—Papá se regodea por haber llevado a muchos de sus contrincantes a esos lugares, pero la verdad es que nunca lo ha hecho... prefiere tejer.

—Me gustaría conocerlo —susurró Daniel y miró hacia el cielo.

—Seguro que no le agradarías —le dijo ella y bostezó.

—¿Por qué no? —preguntó.

—Pues... porque fuiste tú quien me secuestró —explicó con obviedad.

—No fui yo.

—Para el caso es lo mismo. Canta... laguna de cocodrilos —pidió ella sin pensarlo, pues ya comenzaban a cerrársele los ojos. Daniel sonrió y se inventó la canción de cocodrilos más cómica de la existencia, canción que Elena no llegó a escuchar completa.

Muerte en la nieve

Su corazón latió a mil por hora cuando a la tarde siguiente estuvo a unos cuántos metros de la casa de Joel Lars; respiró entrecortadamente y sin siquiera pensarlo, extendió la mano temblorosa hacia la del rubio frente a sí, quien observaba con atención, desde atrás de una roca alta, el lugar. Daniel se giró sorprendido cuando ella le transmitió esa fuerte sensación de temor, le miró el rostro y apretó su mano con la de él.

—No tengas miedo… no voy a permitir que nada te suceda —le aseguró y ella lo miró con el ceño fruncido y liberó su mano lentamente.

—Lo sé —mintió. Toda su seguridad y el valor que había sentido las últimas horas, la abandonaron con demasiada rapidez. Juró para sus adentros y se obligó a controlar su mente—. ¿Volveremos a quedarnos aquí para averiguar a qué hora sale y regresa?

—No. Entraremos directamente cuando él se vaya. Sabemos lo que buscamos y sabemos en dónde está. No creo que vayamos a tardar en encontrarlo.

—Espero que tengas razón —le dijo nerviosa. Daniel hizo una mueca y le señaló un tronco caído cerca de allí.

—Ve a sentarte por allá. No me gusta verte así.

—¿Así, cómo?

—Como a punto de un ataque cardiaco.

Ella se rio sarcástica; se dirigió al tronco y se sentó moviendo las piernas de arriba abajo. Él no dejó de prestar atención a la casa.

—Tal vez podrías entrar tú a buscarlo —largó con una sonrisa avergonzada y él la miró sobre el hombro.

—Fue tu idea, ¡deberías entrar tú sola entonces! —le dijo con sorna y ella hizo un puchero.

—Irías detrás de mí, de todos modos —comentó evasiva y en voz baja. Daniel le dio una sonrisa efímera, se volteó, apoyó la espalda en la roca y se cruzó de brazos.

—¿Y tú?

Elena arrugó el entrecejo sin captar su pregunta.

—¿Yo qué?

—¿Tú irías tras de mí? —quiso saber él, con una ceja alzada y expresión que reflejaba una clara duda.

Elena lo miró por unos segundos largos mientras se frotaba las palmas.

—Lo haría —dijo, convencida de que así sería.

Daniel le regresó la misma mirada de escepticismo y se volvió de nuevo para observar la casa.

—¿Crees que nos espera? —preguntó al recordar al hombre.

—Posiblemente. Pero es imposible que pueda estar al pendiente de todo cada segundo.

Ese día, Joel Lars no dejó su casa. Por la noche, Daniel recostó su cabeza en las piernas de Elena y miró al cielo estrellado por varios minutos.

—Tal vez ya decidió no dejar la casa —se aventuró ella a decir.

—Démosle hasta mañana.

—Mi mente no tiene problema con eso, pero mi cuerpo se reúsa. Me congelo. Hace mucho más frío que la vez anterior —observó ella.

—Inclínate —le pidió él desde abajo.

—¿Para qué?

—No preguntes. Hazlo —pidió. Elena sonrió y se inclinó. Él elevó el rostro y tocó con sus labios los suyos; sintió el calor recorrerla. Se alejó de él y lo miró con los ojos muy abiertos.

—¿Es magia? —quiso saber sorprendida, y él dejó salir una risilla burlona.

—No. Es lo que pasa con tu cuerpo cuando te beso. Solo que ahora estás más consciente de ello porque hace frío.

Elena lo miró con fingida molestia.

—Eso no era lo que necesitaba, porque eventualmente desaparece.

—Sí, pero cuando necesites más estoy en la mejor disposición de ayudarte —comentó. Cerró los ojos y cruzó los brazos en un gesto de desinterés. Elena sonrió y dirigió la mano hacia el rostro de él, para marcar todos sus rasgos con suavidad y detenimiento. Daniel lo disfrutó en silencio y permaneció quieto, con una sonrisa en los labios. Un calor abrasador la llenó y Elena parpadeó sin comprender qué sucedía.

—¿Qué pasó?

—Eso sí fue magia.

—¿Por qué?

—Porque en serio estás helada —dijo y atrapó la mano de ella que estaba en su rostro, para después colocarla con la palma abierta sobre su corazón—. Dormiré solo unos minutos.

—Hiciste guardia toda la noche anterior. Deberías por lo menos descansar hoy. Yo la haré —se ofreció.

—Me repongo fácilmente con pocos minutos de descanso. Tú no. No te preocupes —explicó y se acomodó mejor sobre sus piernas. Elena sonrió y le acarició los mechones rubios con la mano libre. Las hebras eran muy suaves.

Los minutos pasaron más a prisa de lo que ella hubiera deseado, y cuando él se despertó, se pasó la mano por el rostro y palmeó en sus piernas, ofreciéndoselas a ella como almohada. Elena apretó los labios en una línea delgada para no reír y con una afirmación de cabeza, se acomodó y recostó su mejilla derecha en la zona que él le indicaba.

—Me gusta tu cabello —le dijo él mientras, como ella, acariciaba los mechones sedosos de color negro azulado.

—Gracias. A mí me gusta el tuyo… es como la luz del sol en un día de verano.

—Y el tuyo como la noche —contestó él; se sintió extrañado ante la idea y no pudo evitar proferir una exclamación casi silenciosa de sorpresa.

—¿Qué pasa?

—¿Conoces el emblema de la familia de hechiceros de Morgana? —cuestionó él, con un dejo de nostalgia en su voz.

—No.

—Fue lo primero que vi cuando me encontró. Estaba desmayado en mi pequeño bote y ella apareció de la nada, se inclinó sobre mí, con un hermoso collar que colgaba de su cuello con el emblema familiar: Un sol abrazado por una luna.

—¿Y qué significa? —quiso saber con curiosidad genuina.

—Significa la predestinación —anunció y ella movió el rostro para ver hacia arriba, hacia él.

—¿La predestinación?

—Sí. Su familia tenía la firme idea de que, a pesar de ser hechicero, nunca puedes cambiar lo que está establecido que será para ti. Incluso la magia tiene sus límites.

—¿Crees en eso?

—Creo en eso —contestó él con convicción—. Pienso que... todo lo que me ha sucedido, el haber escapado de ese modo, perder a mi madre, estar solo en el mar... el hecho de que Morgana me encontrara, parece que todo eso me ha traído a mi destino, porque sin importar cuánto he intentado que las cosas fueran diferentes, jamás lo he conseguido.

—¿Lo lamentas?

—No. Porque te encontré a ti, al final.

—Tendremos que entrar aunque él esté allí —le dijo Daniel después de tres días de haber permanecido a la intemperie.

—¿Estás loco?, dijiste que no puedes usar tu magia sin que descubra que estás relacionado con Morgana, y si lo hacen matarán a Odette. Todo habría sido para nada.

—Hay una solución a eso —contestó él y agarró la bolsa para colgársela al hombro, decidido a entrar en la casa.

—¿Cuál? —preguntó ella y se levantó para seguirlo.

—Matarlo sin usar magia y llevarnos el cuerpo lejos.

Elena se detuvo casi como si hubiera chocado contra una pared, se le agitó la respiración y se movió lo más rápido que pudo, se ubicó frente a él y le puso las manos en el pecho.

—¡No! —susurró y miró hacia la escarcha de nieve bajo sus pies.

—¿No? ¿Hablas en serio? ¿Quieres perdonarle la vida a ese tipo que te lastimó?

277

Elena resolló frustrada y gimió al sentir una terrible ambivalencia.

—No se trata de eso. No es por mí.

—¿Entonces?

—Es por ti. No eres un asesino y parece que sigues queriendo ponerte el título, por alguna razón —estableció—. No puedes ir por allí matando a cualquiera que haga las cosas cuando tú crees que son incorrectas.

—¿Y ellos sí? Escúchate... lo defiendes después de saber todo el daño que ha causado. ¿Por qué?

—Porque... porque no importa a quién mates. Es el hecho. ¿No comprendes?, no es por la persona, si es mala o buena, es porque el solo hecho de matar a alguien está mal. No es algo que te corresponda.

Daniel la miró fijamente, la estudió por minutos en los que analizó sus palabras.

—Entiendo lo que dices, pero ¿quién impedirá que siga causando muertes?

—Bien —dijo y dio unos pocos pasos hacia atrás—. Haremos algo. Tú entrarás a buscar el libro... yo seré la carnada.

Él estuvo a punto de decirle algo, pero ella levantó la mano y continuó:

—Lo distraeré. Intentaré alejarlo de ti, de modo que no tengas que utilizar la magia con él dentro de la casa.

—No acabó muy bien la última vez —declaró Daniel.

—Lo sé. No volveré a correr por el hielo. Lo prometo.

—Es una tontería —dijo él y negó con la cabeza.

—Si me dejas distraerlo, puedes buscar el libro y encontrarlo más rápido.

—¿Y si estás a punto de que él te mate, como la vez anterior?

—No soy tan débil como crees. No tuve suerte antes, caí al hielo y no estábamos en igualdad de condiciones.

—Tampoco lo estarán ahora. Él es mucho más fuerte que tú.

—Pero yo soy mucho más veloz que él —con una sonrisa cómica, dijo—: Al menos sobre tierra firme.

—Si estás en peligro tendré que venir a ayudarte obligadamente, ¿comprendes? Necesitarás hacer durar el enfrentamiento al menos veinte minutos desde que entre a la casa, o tendré que dejar todo para salir a salvarte —explicó él de mala gana.

—¿Crees que puedas matarlo por eso? ¿Es decir, que la necesidad de protegerme te obligue a algo así?

—Es probable, ¿qué piensas de ello?

—Pienso que necesito una pistola. Si alguien va a matar a alguien hoy, seré yo... con toda probabilidad, en defensa propia.

Elena no supo a qué astro agradecerle el hecho de que fuera de tarde, ya que posiblemente la otra parte de Daniel no la habría dejado hacer algo así. Pero ahí estaba ella, armada con una pistola que el hechicero le había dado, muy similar en peso y forma a la que solía usar, escondida detrás de una roca, en espera de la señal de Daniel que estaba cada vez más cerca de la casa.

—Vamos Elena, puedes hacerlo. Puedes lograrlo —se susurró a sí misma cuando una gota de sudor le resbaló por la frente.

Cinco minutos después, reloj en mano, cortesía del rubio también, se levantó con la pistola en alto, caminó hasta estar a veinte metros de la casa, una distancia suficiente para correr con ventaja; se ubicó detrás de un tronco y se fijó en Daniel que estaba escondido detrás de una columna de madera que sostenía el techo del garaje, muy cerca de la puerta. A lo lejos, identificó una luz que parpadeó dos veces; era la hora.

Elena dio tres bocanadas de aire, salió de detrás del árbol, se paró firme cerca del lago congelado y apuntó al auto del sujeto. Contó hasta tres en lo que controlaba el temblor de su mano y disparó justamente hacia la ventana. El sonido del vidrio al romperse y el estruendo del disparo se escucharon a kilómetros a la redonda. Elena observó la casa; alguien se asomó por la ventana y sus ojos se conectaron como la última vez. Elevó el arma hacia él y disparó de nuevo hacia su habitación. La bala no rompió el vidrio esta vez, pero la mirada de odio que el sujeto le lanzó hizo pensar a Elena que pudo haber hecho el vidrio pedazos fácilmente. Mirándola fijamente, se llevó el pulgar al labio inferior y lo recorrió de lado al lado, luego desapareció de la ventana.

—Por favor, que salga —murmuró, aguantando el frío a duras penas. Se sentía más entumida que la noche pasada. El hombre salió de la casa no mucho tiempo después—. Por favor, que traiga un arma —suplicó, pues solo de ese modo podría confirmar realmente si el hombre tenía o no poderes mágicos.

Lars sacó una pistola de la parte trasera de sus pantalones y, para alardear de que estaban en igualdad de condiciones, la levantó en el aire con una sola mano. Elena, con reflejos veloces, elevó su mano y apuntó cuando él se sorprendió de que ella lo hiciese tan rápido y, antes de que pudiera sujetar el arma con ambas manos para mejorar su puntería, ella disparó. Su bala avanzó veloz, cortó el aire, llegó hasta el arma de él, atravesó el mecanismo y la dejó inservible en el suelo, con varias gotas de sangre acompañándola en la nieve. Le había herido un dedo.

El hombre gimió, se sostuvo la mano y la miró con repulsión, giró todo su fuerte cuerpo y corrió hacia las escaleras para regresar por otra arma, pero la puerta estaba cerrada. Elena se dio cuenta de que Daniel había logrado cerrarla con llave después de haber entrado. Joel volvió a bajar las escaleras con lentitud y la miró como el mismo demonio.

—¿Por qué no disparas? —le gritó y alzó los brazos.

Elena trató de hablar pero la voz se le atoró a mitad de camino. Respiró tranquila y volvió a intentarlo.

—¡No sería emocionante! ¡Quisiera poder darle toda la acción que me dio hace unos días!

El hombre sonrió malicioso y con su metro noventa de altura y su corpulencia como una mole, corrió hacia ella. Elena le dio una última mirada de soslayo a la mansión, dio media vuelta y corrió hacia el bosque.

Daniel la miró alejarse por una ventana y el corazón le dio un vuelco al ver al sujeto tras ella. Corrió hacia el sótano y llegó a las pequeñas puertas sin problema, las abrió y se introdujo por el mismo pasadizo que había recorrido antes. Cuando llegó a la habitación blanca e iluminada, una sensación de asco se apoderó de él.

La última vez que había estado allí, había estado tan concentrado en lo que debía hacer, que no reparó en todos los estantes de la derecha que estaban llenos de botellones de cristal con formol y partes de cuerpos de personas. Había unas cortinas que separaban la parte en la que, tanto él como Elena, habían estado esa noche y se acercó con paso inseguro, las abrió con cuidado y se cubrió con una mano la boca y la nariz, al ver la cantidad de cuerpos completos que había desollados, como el de esa mujer que estaba en el piso, muerta y desangrándose aquella vez. Siguió caminando por entre los cuerpos y sintió que tendría pesadillas por el resto de sus días. Pronto se dio cuenta de que había otro pasillo. Dobló en la esquina y se encontró una oficina. Se le revolvió el estómago solo de saber que el hombre hacía cuentas, sentado en esa silla, rodeado de mujeres muertas.

Se acercó al escritorio y observó que había cinco cajones; los abrió todos para inspeccionarlos uno por uno, hasta que el último cajón se negó a abrirse por su mano. Estaba cerrado con llave. Lo abrió al hacer palanca con un atizador y hurgó en él, hasta que encontró el libro que Morgana le había pedido, el mismo que tenía las constantes ubicaciones de algunos de los miembros de la secta. Suspiró aliviado, cerró los cajones y corrió hacia el pasillo de nuevo. Sin embargo, sin aviso lo inundó un dolor en el pecho que lo apremió a sostenerse de la pared y respiró entrecortadamente. Algo iba mal con Elena.

Se dispuso a recomponerse y a avanzar de nuevo para salir de allí lo más rápido que sus piernas le permitieran pero, de repente, una voz entrecortada lo hizo detenerse.

—A... ayúda... me.

Se le erizó el vello de la piel y con un movimiento lento se giró hacia donde había escuchado la voz.

Elena continuó corriendo sin saber con exactitud cuánto tiempo lo hizo. Aunque no escuchaba los pasos del hombre, pues eran amortiguados por la nieve, sabía que estaba detrás de ella. Al llegar a una zona abierta, supo que ese era el momento: se giró con agilidad sin resbalarse e hincó una rodilla en el suelo, apuntó hacia el frente con el arma y el hombre que, en efecto iba tras ella, se detuvo al ver que la muchacha le apuntaba de nuevo.

—Pensé que querías jugar —dijo él en voz alta mientras le sonreía con malicia a unos metros.

—Sí, pero desafortunadamente, yo tengo el arma y yo soy quien decido cuándo acaba el juego —contestó con la respiración entrecortada.

El sujeto, con un movimiento fluido, rasgó la manga de su camisa y la amarró a la mano en donde tenía el dedo sangrante.

—Tienes una excelente puntería —declaró al acercarse a ella con cuidado.

Elena quitó el seguro del arma que había puesto al echar a correr, para advertirle que no se acercara más, pero él lo hizo sin importarle el hecho de que, en cualquier momento, ella podría jalar del gatillo.

—Deténgase allí —ordenó con voz firme, aún apuntándole.

—No pareces una asesina, para nada. No vas a dispararme —aseguró a pocos metros de ella. Elena sintió el sudor frío resbalarle por la espalda.

—Esto no es un juego. Voy a dispararle —le anunció con una respiración ansiosa. Él se detuvo.

—Dime qué buscabas aquella vez —pidió Joel y la miró con lasciva—. ¿Acaso has venido a ver si tengo información acerca de ti?, ¿de tu pasado?

—¿Mi pasado?, ¿a qué se refiere con eso?

—No conozco tu nombre —continuó Joel y se cruzó de brazos; la manga que fungía de venda estaba algo manchada de sangre—, pero sé qué eres.

—¿Y qué soy? —preguntó ella, con el brazo firme, aunque comenzaba a sentirse adolorida por mantener el arma alzada.

—Eres una de los cinco. Llevo buscándote bastante tiempo, ojos violeta. Tengo entendido que aquí, en Cratas, se encuentra uno de tus hermanos —continuó segundos después. Elena tragó con dificultad y se quedó con la mente en blanco.

—¿Her...manos?

—Sí. Por eso estoy aquí. Me mandaron a buscarlo, pero jamás pensé que podría conseguir a dos de ustedes tan rápido. No tengo idea de con quién venías aquel día, la persona que te protegió... pero sí sé que esta vez no te vas a escapar.

—Parece que se olvida de que le apunto con un arma.

—Parece que tú eres la que se ha quedado sin balas.

Ante sus palabras frías, Elena entró en pánico y observó el arma con cuidado. Era mentira por supuesto, aún tenía balas, pero lo que no tenía ya, era el campo de visión libre, pues él aprovechó su ligero titubeo, agarró con la mano buena un puño de nieve y lo arrojó directamente hacia sus ojos. Ella gimió asustada por el inesperado golpe frío y disparó, aunque no estaba segura de haberle dado a él, lo que descubrió segundos después, cuando algo la empujó hacia el suelo. No había acertado. Maldijo en voz baja cuando movió la cabeza, la nieve de su rostro cayó al suelo, él la forzó a colocar los brazos arriba de su coronilla y sujetó sus muñecas con la mano buena mientras permanecía con la otra pegada al pecho.

—Deja de esforzarte en darme la lucha, no sirve de nada —susurró él con su cara muy cerca de su rostro. Elena sintió que el corazón le daba un vuelco y que volvía a sentirse mareada.

—¡Suéltame!

—Otra vez estás con lo mismo. No voy a soltarte… voy a llevarte conmigo y me divertiré antes de dejarte en donde perteneces.

Elena movió la cabeza de un lado a otro para tratar de vislumbrar en dónde había quedado el arma. Vio que estaba a unos pocos metros a la derecha, inspiró unas cuantas bocanadas para tranquilizarse y se dijo que esta vez no estaba amarrada. Debía hacer lo que sabía que funcionaba en situaciones así. Afianzó los pies cerca de sus caderas, dobló las rodillas hacia el cielo, y en seguida, con un rápido movimiento deslizó los brazos hacia arriba para obligarlo a perder el equilibrio, lo que hizo que se inclinara un poco hacia el frente, reduciendo así, la presión que ejercía sobre ella. Luego apoyó los pies en el suelo con fuerza, elevó las caderas lo más alto y rápido que pudo y se volteó hacia un lado, tirándolo al suelo. Se incorporó veloz y con el codo golpeó la mano lastimada de él, quien lanzó un alarido de dolor y se llevó la mano sana a la otra en un gesto de reacción instantáneo. Elena se puso de pie pero él la apresó por el tobillo, la jaló y volvió a tirarla al suelo.

Después de que aterrizó en la nieve, boca abajo, él gateó hasta ella con la intención de volver a controlarla con su fuerza y su peso, pero Elena giró sobre su cuerpo en la nieve, hacia un lado y lo pateó en las costillas con tanta fuerza que él cayó al suelo y se quedó sin aire.

—Maldita zorra —gimió con la mano buena sobre las costillas lastimadas. Elena no se detuvo a observarlo y se puso de pie para ir por el arma; no obstante, estando a punto de llegar a esta, él arremetió contra ella por un lado y ambos rodaron por la nieve.

Cuando se detuvieron, ella se sintió repentinamente mareada y él aprovechó para volver a subirse sobre la joven; esta vez no la sujetó por las muñecas, sino que con la mano buena le dio un puñetazo en la mejilla.

Elena gritó adolorida y desplazó ambas manos al rostro cuando lo sintió palpitar por el dolor que se extendía hasta su frente y su cuello.

Se dijo que ella tenía dos manos buenas y él no, así que con una de ellas, detuvo como pudo el siguiente puñetazo y alzó la otra hacia el rostro de él para clavarle las uñas. Lo rasguñó con fuerza sin saber qué tanto hasta que él se incorporó con la espalda recta y se tocó un rasguño que le sangraba a gotas.

Elena observó su rostro contraído por el enojo y sintió que perdía fuerzas. Joel se puso de pie, la agarró del pelo, antes de que ella pudiera pararse, y la arrastró por la nieve con dirección hacia el arma.

—Nadie me dijo que debía llevarte viva —avisó, sin que lo escuchara, pues el dolor de ser halada de ese modo, la hacía gritar a todo pulmón. Trasladó sus manos a las de él para ver si podía anclarse y reducir el dolor.

En el trayecto hacia el arma, Elena se dio cuenta de que había una rama de buen tamaño cerca de su cuerpo, en la nieve; estiró la mano para tomarla y apenas alcanzó a sujetarla antes de pasar ese punto. Sin percatarse de ello, Lars continuó llevándola a rastras hasta que sintió un horrible dolor en el brazo bueno cuando ella lo golpeó con mucha fuerza. La liberó y la cabeza de Elena cayó en la nieve. Se puso de pie ágil como un felino, aún con la rama entre las manos y comenzó a golpearlo. Lo golpeó en los brazos, en la espalda y en el estómago, hasta que cayó al suelo. Incluso después de eso, siguió haciéndolo, gritando furiosa con cada golpe que daba, hasta que algo detuvo la rama. Una mano, específicamente. Elena observó que la punta de la rama gruesa estaba cubierta de sangre.

—Ya. Ya es suficiente —le dijo la voz conocida.

Con los brazos temblorosos y la mirada perdida, ella movió el rostro y se encontró con el de Daniel. Soltó la rama y sintió los dedos adoloridos y entumidos. Miró de nuevo el cuerpo inerte del sujeto en el suelo y que aún respiraba, buscó con la mirada el arma; se dirigió hacia ella, la empuñó, regresó al lugar en donde había estado parada y le apuntó al hombre. Daniel la observó con atención sin decirle nada en absoluto. A Elena no solo le temblaban los brazos y las manos con las que sujetaba el arma… le temblaba todo el cuerpo.

—No tienes que hacerlo —le dijo él—. Aunque si es lo que en verdad quieres… no voy a detenerte. Pero decídete ya. Hay una mujer en la casa. No pude quedarme a ayudarla, está muy herida, pero tú parecías estar en problemas y sacarla de la casa y curarla iba a tomarme demasiado tiempo.

—Maldito bastardo —susurró ella. Miró al hombre en el suelo y sintió temor por la mujer que estaba en la casa—. Tengo un peor destino para ti que morir por un arma de fuego —le dijo aunque supo de antemano que él no la escuchaba… pero la escucharía. Por supuesto que sí.

Castillo en asedio

—No puedo creer que te haya permitido hacer esto —se lamentó Daniel, hincado frente a ella, que, sentada en la bancada del bote lo miraba con atención—. ¿En dónde más te duele? —preguntó él después de haber retirado la mano de su mejilla derecha. Se sintió mejor en cuanto la curó y le sonrió agradecida.

—Aquí —le dijo ella y tocó su tobillo—. Y no tienes por qué molestarte... no había demasiadas opciones.

Daniel la miró con el ceño fruncido y dirigió sus manos al tobillo izquierdo de ella para tratar de concentrarse en sus habilidades de sanación.

—La mujer que me dijiste que encontré... ¿qué sucedió con ella?

—La curaste. Bueno, Diel lo hizo. Tardó bastante tiempo, pero lo logró al final —le dijo y le tocó la mejilla con la mano para acariciarla suavemente.

—¿Piensas decirme qué harás con él? —preguntó Daniel e indicó con la cabeza al sujeto que estaba amarrado en la popa de la pequeña nave. Elena no contestó y lo miró por un largo rato. Estaba totalmente inconsciente. Los golpes que le había dado habían sido bastante poderosos.

—Tengo hermanos —anunció de manera repentina. Daniel la miró asombrado y la cogió de la mano.

—¿Hermanos?, ¿cómo lo sabes?

—Él me lo dijo. Dijo que somos cinco. Siempre creí que estaba sola... quiero decir...

—Creo que entiendo lo que quieres decir —murmuró él y apretó su mano con suavidad; levantó el rostro y le sonrió levemente—. Me alegro por ti.

Daniel se sentó en el piso del bote y apoyó la espalda en la orilla de la borda.

—Ven —la invitó e indicó un espacio entre sus piernas. Elena sonrió, se puso de pie y se sentó frente a él, quien en seguida la rodeó con sus brazos—. Duerme. Yo me quedaré despierto y te cuidaré.

Ella asintió con un movimiento de cabeza y la apoyó en el pecho de Daniel, cerró los ojos y se quedó dormida a los pocos minutos. Cuando despertó, ya era de mañana y Daniel estaba sentado lejos de ella, sin dejar de mirar a Joel. Cuando llegaron al castillo, el hombre comenzó a hacer sonidos guturales que indicaban que estaba despertándose, por lo que Daniel incrementó su tiempo de sueño y el hombre volvió a dejar caer la cabeza hacia atrás.

Bajaron del bote, Daniel elevó el cuerpo del sujeto en el aire, y entraron al castillo.

—Llévalo a las mazmorras —pidió al referirse al sujeto. Daniel accedió sin rechistar y ella subió las escaleras hasta que llegó a la habitación de Morgana con el libro entre los brazos. La mujer continuaba en cama. Parecía más débil que antes. Cuando Elena entró, Morgana la miró y escondió un papel bajo la almohada.

—¿Cómo han…? —y guardó silencio. Pues observó el libro que ella sujetaba y abrió los ojos de manera desmedida.

—Creo que ha salido bastante bien —le dijo y le alargó el libro a la mujer, que lo recibió sonriente entre sus manos y la observó con una mirada agradecida, mientras Elena se sentaba en una silla

—Te lo agradezco.

—He traído al hombre con nosotros. Sé que estás muy débil y que podrías habernos comido a mí o a Daniel… mas no lo hiciste, cosa que también te agradezco; así que te alimentarás con él esta noche cuando despierte —le ordenó sin sentirse culpable.

—¿No te gustaría saber cosas de tu pasado?… supongo que él tiene información tuya también —increpó la hechicera.

—No. Esa deuda la tienes que pagar tú. He conseguido tu libro. Rescataremos a tu hermana, esté en donde esté, y luego, no solo me darás la información, sino que me ayudarás a encontrar a mis hermanos y si es necesario… estarás conmigo en mis batallas por venir —acabó determinada. Morgana la miró asombrada por su valor, y asintió.

—¿Ya te sientes como para darme órdenes?

—Me siento en igualdad de condiciones, que no es lo mismo; quiero tener tu respeto y también quiero tu lealtad. Estuve a punto de dar mi vida por ti y tu causa. Espero que no lo olvides y que puedas recompensármelo.

Morgana dejó el libro a un lado en la cama de agua y la miró de arriba abajo.

—Parece que cambiaste. No eres la misma persona que llegó aquí hace varias semanas.

—No lo soy. Creo que ahora que sé qué es lo que soy en verdad, me siento más fuerte y completa.

—¿Y qué es eso? —se interesó ella—. ¿Qué es lo que eres en realidad?

—Soy especial. Siempre creí que era rara… una chica extraña, abandonada y perseguida, rechazada y solitaria. Pero ahora me doy cuenta de que soy todo lo contrario. Descansa, Morgana —dijo al levantarse de la silla, caminó hacia la puerta y, antes de salir, se giró y con sorna agregó—: Espero que disfrutes de tu cena. Por favor… en la medida de lo posible, extrema su sufrimiento.

Al salir de la habitación se encontró con Daniel, quien la miró con un gran interés reflejado en sus ojos oscuros.

—Creo que sé qué harás con él —le comentó con tono sarcástico y Elena alzó el mentón.

—Al menos su muerte servirá de algo —le contestó y caminó hacia él. Sin siquiera esperárselo, Daniel alzó las cejas sorprendido cuando ella chocó contra su pecho y lo abrazó—. Gracias por haberme acompañado.

Él permaneció varios segundos con los brazos pegados al cuerpo y, poco a poco, los subió y la rodeó con ellos.

—Te quiero —confesó. Daniel se sintió inseguro.

—¿Qué se supone que debo contestar a eso? —preguntó con una pequeña sonrisa, después de unos segundos. Elena alzó el rostro, lo miró un largo tiempo y suspiró.

—No tienes que contestarme nada. Sé que tú también me quieres; solo porque no puedas decírmelo no significa que no lo hagas.

—¿Estás diciéndome que te quiero sin saberlo? ¿Cómo se supone que se siente estar enamorado de una persona?, ¿es lo que me compartes cuando me besas?

Aquella pregunta la dejó pasmada por unos segundos. Todos esos años él había estado solo. Nadie lo había amado después de su madre y él ni siquiera tenía idea de lo que significaba querer a alguien como ella lo quería a él. Sintió una pena profunda y apretó los labios. Cuando lo había besado, no creía haberle transmitido todos sus sentimientos... la verdad era que en ese instante, habían surgido muchas sensaciones físicas más que emocionales.

—Es mucho más que eso. No creo que pueda compartirte todo lo que siento por ti a través de un beso.

—Me conformo con eso, supongo.

Elena sonrió, se puso de puntitas y lo besó con suavidad. Esta vez se forzó a permanecer tranquila para poder demostrarle la plenitud que invadía su pecho cuando estaba con él. Daniel se alejó y la miró con el ceño fruncido unos segundos.

—¿Qué haces? No siento lo mismo que antes.

—Te muestro que no siempre se trata de eso, de ese... calor extremo o de la necesidad de estar juntos físicamente. A veces solo se trata de experimentar juntos la calma y la tranquilidad, de saber que tienes a alguien que te comprende y que ama estar contigo. ¿No te gusta? —preguntó turbada.

Daniel le regresó una mirada profunda y negó con la cabeza.

—No es eso. Creo que me ha gustado un poco más que todas las veces anteriores que lo habías hecho.

—¿Ah, sí?, ¿por qué?

—Porque por un minuto me sentí completo. Olvidé que estaba dividido en dos partes o que me faltaba algo. Es extraño... —murmuró él mirando hacia la nada—. Había olvidado cómo se sentía.

A Elena se le encogió el corazón, se separó y llevó la mano derecha al anillo en la izquierda. Sabía que era lo correcto y que debía hacerlo, pero cuando iba a hacerlo, él la cogió de las manos y ella alzó el rostro para mirarlo.

—No saldrá —le dijo y ella lo interrogó con la mirada—. Tienes los dedos hinchados por la pelea. Solo te lastimarás. Además, hicimos un trato y prometí ayudarte a encontrar a la hermana de Morgana. No me has hecho daño y he decidido que al menos puedo hacerte ese favor y esperar.

Él no la dejó contestar nada porque sin aviso, se inclinó, acunó con cuidado sus mejillas y rozó con sus labios los suyos. Elena le rodeó el cuello con los brazos y volvió a sentirse llena y tranquila de nuevo. Cuando se separaron, Daniel pegó su frente contra la de ella y disfrutó por unos segundos de las sensaciones que le compartía; abrió los ojos y le dijo en voz baja:

—Fuiste muy valiente… me dejaste sorprendido en verdad.

Ella sonrió mientras se sonrojaba por las palabras de él.

—Gracias. —Luego de unos minutos durante los cuales se miraron sin decir nada, ella liberó sus manos de las de él—. Iré a darme una ducha y a cambiarme.

—De acuerdo.

Ella se despidió con la mano y encaminó en dirección a su habitación. Su corazón latía rápidamente. Al virar en una esquina apoyó la espalda en la pared y sonrió. Estaba feliz. El hecho de que él la aceptara le hacía sentir una inmensa gratificación. Se dijo que debía contarle a Antón todo lo que había sucedido y su más importante noticia. Así que corrió de nuevo a su habitación, abrió la puerta y miró hacia todos lados.

—¿Antón? —preguntó y abrió el armario pensando que tal vez estaba allí, pero no. Lo buscó en el baño… tampoco estaba adentro. Se angustió y se preguntó en dónde podría estar cuando de repente, las cortinas se movieron y alguien salió de detrás de ellas con mirada alarmada.

—Cielo santo, estás a salvo.

—¡Rob!

En efecto, ahí estaba su mejor amigo, al lado de su cama y se llevaba el dedo índice a los labios al escuchar la exclamación de ella.

—¿Qué… cómo llegaste aquí? —le preguntó sorprendida con una sonrisa emocionada antes de correr a abrazarlo.

Su amigo la rodeó por la cintura y la alzó del piso cuando la abrazó con fuerza. Ya en el suelo le colocó una mano en la mejilla.

—Ese maldito… ¡mira cómo te tiene!

Elena se quedó paralizada y negó con la cabeza, sin poder darle sentido a lo que decía, pero en seguida recordó el moretón hecho por el golpe que Joel le había dado e interpretó lo que su amigo estaba pensando.

—No… —pero él no la dejó continuar.

—Antón voló hasta nosotros y nos indicó el camino.

—¿En dónde está? —preguntó inquieta.

—En el barco. Vamos, tengo que sacarte de aquí antes de que empiece el bombardeo.

Elena se quedó de a cuatro, totalmente sorprendida por las palabras de su amigo, mientras la tomaba de la mano y la halaba hacia la puerta de la habitación.

—¿Bombardeo? —preguntó al llegar con él a la puerta. Rob, sin responderle al punto, la abrió con cuidado y observó de un lado a otro para ver si no había moros en la costa. Elena se liberó bruscamente de su mano y con una sonrisa algo preocupada, le dijo—: No te entiendo, ¿de qué hablas?

—Lena, no tenemos tiempo para conversar ahora. Tenemos que salir. Tu padre está decidido a hacer volar este lugar y me ha dado poco tiempo para sacarte de aquí —le reportó y sujetó de nuevo su mano. Elena volvió a soltarse.

—No. No me iré —anunció irritada y retrocedió unos pasos. Rob deseó dilucidar qué era con exactitud lo que sucedía con ella.

—No seas tonta, deja de jugar.

—No estoy jugando. No me iré de aquí —contestó y se cruzó de brazos.

Rob resopló y pensó lo peor. Se habían metido con su mente, de seguro. Al final se encogió de hombros, se inclinó, la apresó

293

por los muslos y la apoyó en su hombro como un costal de papas. Elena soltó una exclamación de sorpresa.

—¡Bájame! —le ordenó pataleando y él le indicó con un sonido que guardara silencio.

—Lena, cállate. ¿Quieres que nos maten?

—¿Quiénes? —preguntó ella y apoyó las manos en la espalda de él para tratar de levantarse.

Rob no le contestó e inició el descenso por la escalera. Elena se llevó una mano a la frente y negó con la cabeza.

—Rob, esto es una tontería. Bájame de una buena vez.

Pero él no le contestó y en poco tiempo llegó a la puerta de entrada del castillo. Elena pensó en llamar a Daniel, pero no quería empeorar las cosas y se dijo que, tal vez, estando con su tripulación, podría hablar con ellos y hacerlos olvidar esa tontería de hacer volar el castillo. Sin embargo, cuando Rob abrió la puerta, se detuvo y Elena observó los pies de los hombres de la tripulación.

—¿¡Por qué tardaste tanto!? —reprendió el capitán—. ¿Y por qué la traes de ese modo?

Rob la bajó de su hombro y Elena se volvió hacia la puerta, mareada por el repentino cambio de posición. Su padre estaba allí, frente a ella, con una expresión confundida en el rostro, pero con la mirada llena de emoción.

—Papá —dijo con un amago de sonrisa. Se acercó a él y lo abrazó—. Demonios, cómo te extrañé.

—Piruleta —contestó en su oído y la apretó contra su pecho—. Estoy tan feliz de que estés a salvo.

Elena se alejó de él con una expresión de emoción contenida y miró a todos sus hombres con agradecimiento, en especial a Perry, que parecía a punto de desbordarse en llanto. Rob no tardó en inmiscuirse.

—Algo le ha pasado. Dice que no quiere salir de aquí —le informó a su padre. Elena lo miró con cara de pocos amigos y se volvió hacia su padre, que parecía haber escuchado una terrible noticia.

—¿De qué está hablando? —le preguntó a Elena.

—Papá… escucha…

—Seguro que le han lavado el cerebro.

—Rob, cállate —le ordenó y se volvió hacia él para advertirle con sus iris iridiscentes, que la haría perder los estribos.

De repente, dos hombres llegaron detrás de Rob y Elena los miró confundida.

—¿Qué hacían adentro?

—Los mandé a inspeccionar. No quiero volar esto en pedazos si puedo obtener algo antes.

—¡Papá! —exclamó en una represalia, avergonzada.

—Capitán… —comentó uno con la respiración entrecortada—. Este lugar es como "La cueva de las maravillas".

—Nada de lo que está aquí es de ustedes —les dijo Elena, y todos la miraron sorprendidos de que saliera con algo así.

—Querida —dijo su padre con una sonrisa de brutal sinceridad—, nada de lo que robamos, lo es. Ahora, sé buena y sube al barco. Los hombres y yo nos encargaremos de sacar las cosas y destruir a cualquiera que quiera detenernos.

—Papá, espera… necesitamos hablar —pidió, pero el capitán pareció sentirse fastidiado por las constantes negativas de su hija.

—Elena… es una orden —dijo con tono frío. Elena se paró con la espalda recta y negó.

—No iré con ustedes.

—Les dije —comentó Rob con un dejo de superioridad. Bart, al instante alzó la mano derecha y tronó los dedos.

—Entonces te meteré al barco a la fuerza.

Dos de los hombres de la tripulación se acercaron a ella. Elena dio media vuelta sobre las puntas de sus pies con la intención de regresar a la escalera, pero los piratas la tomaron por los brazos y la halaron hacia atrás.

—¡Suéltenme! —gritó enfadada, pataleando cuando la sacaban de nuevo por la puerta.

—No me parece que sea la mejor decisión que pudieron haber tomado —anunció una voz fría cerca de la escalera.

—Demonios —se lamentó Elena al reconocer la voz de Daniel. Estaba muy enfadado.

—Suéltenla —ordenó en tono determinado el rubio.

—Tú —dijo enfadado Rob al reconocer al tipo. Bart sonrió exultante.

—Todo indica que tendremos un día ajetreado. Ustedes —ordenó y observó a los dos piratas que llevaban a su hija—, pónganla a salvo en el barco. Los demás... entren y saqueen el lugar. Rob, Tiburón y yo nos encargaremos del mocito.

Todos los hombres exclamaron contentos y se introdujeron como marabunta en el castillo.

—¡Papá, no! —gritó Elena mientras la llevaban con dirección hacia el barco.

Nada de eso iba a salir bien, pensó mortificada y trató de zafarse del amarre de sus propios hombres.

—Chicos —inició ella retorciéndose para evitar avanzar más hacia la arena de la isla—. ¡Por favor... necesito que me suelten! ¡En verdad tengo que volver!

—No. El capitán nos ha pedido que te pongamos sana y salva en el barco y eso haremos.

Cuando solo se quedaron cuatro en el recibidor Daniel sonrió un poco y observó atentamente cómo los tres hombres frente a él sacaban sus armas.

—No quisiera tener que pelear contra ustedes —declaró el rubio al doblarse hacia arriba las mangas de la camisa negra.

Rob le apuntó con la pistola y rio con sorna.

—Eres un maldito cobarde. No me das miedo —le largó y sin esperar la orden del capitán disparó hacia el rubio que con un repentino movimiento de mano, movió todo su cuerpo hacia la izquierda. Los tres sujetos se quedaron sorprendidos.

—Es un hechicero —comentó Bart y lo miró con odio.

—Así que es cierto que se ha encargado de lavarle el cerebro a la niña —dijo Tiburón quien sacó un cuchillo de su bota. Ya tenía tres.

—Tengo magia, es cierto. Pero no le he lavado el cerebro a nadie.

Rob volvió a dispararle y Daniel hizo lo mismo, casi desplazándose como un rayo.

—¡Pelea como hombre! —le gritó a todo pulmón. Daniel se cruzó de brazos y apoyó la espalda contra una de las paredes a la derecha de ellos.

—Bien. Si vamos a pelear como dices… no deberías usar la pistola —dijo Daniel y apareció con un conjuro sencillo cuatro espadas de filo invertido. Con un movimiento ligero aventó tres de ellas a los pies de los hombres. Creyó sensato luchar cuerpo a cuerpo y no utilizar su magia en ese punto, porque estaba reponiendo energías luego del viaje y las transportaciones que había hecho.

Rob gruñó fúrico y lanzó el arma de fuego al suelo para levantar una de las espadas a sus pies.

—Es muy rudimentaria tu forma de pelear. ¿No prefieres que nos molamos a golpes? —le ofreció Rob, pero casi de inmediato, sonrió burlón—. No lo creo… tu bello rostro seguro que se te magullaría.

—Podría decir lo mismo sobre ti —contestó Daniel, cortando el aire con la espada, en una muda invitación para la pelea.

Cruzaron sus espadas y Rob parecía en verdad poseído por el odio. Tiburón sonrió al ver a su amigo mostrando sus excelentes habilidades para la esgrima y se quedó rezagado junto al capitán por unos minutos, hasta que Rob empezó a tener problemas para contraatacar al chico rubio y cayó al suelo al querer evadir una estocada. Bart y Tiburón corrieron hacia el frente con las espadas desenvainadas, mientras toda la tripulación entraba y salía del inmenso castillo con las manos llenas de tesoros.

Daniel percibió que no estaba en tan buena forma como pensaba, pues siempre se había fiado de sus habilidades mágicas más que de sus habilidades físicas, y había comenzado a cansarse; así que subió por la escalera sin barandales que llevaba al segundo piso, lo más rápido que pudo para darse unos segundos de respiro mientras el capitán del barco y su cocinero subían tras él, pero como la escalera era realmente angosta, no podían ir ambos juntos. Daniel suspiró cansado, pensando por qué tenía que hacer todo eso... se dijo que sería mucho más fácil utilizar la magia. Pero la imagen del rostro de Elena llegó a su mente... nunca lo perdonaría si los lastimaba. Masculló un improperio y bajó unos escalones para pelear con el primer hombre que llegó, que resultó ser el padre de la joven.

—Te dije que me encargaría de ti por haberte llevado a mi hija. Ahora, no sé qué le has hecho, pero voy a obligarte a que la devuelvas a como era antes.

Daniel pudo notar que el hombre tenía excelentes habilidades en la esgrima; sus movimientos eran fluidos, mucho más que los de los otros dos, y parecía estar divirtiéndose; no se veía exhausto para nada. Las gotas de sudor le resbalaron por la frente al joven y casi sin darse cuenta, pisó mal y cayó por el borde de la escalera. Con un movimiento diestro, giró en el aire, cayó en cuclillas y se puso de pie; descansó la espalda en una pared cercana para tomar un respiro. Bart maldijo en voz baja e iba a volverse para bajar de nuevo por la escalera cuando una voz fría lo detuvo antes de dar un paso.

—¿Quién demonios son todos ustedes? ¡Fuera de mi castillo! ¡Ahora! —La hechicera, débil y pálida como un fantasma, había salido de su habitación para ver qué producía tal alboroto en la planta baja. Bart se dio media vuelta lentamente al escuchar la voz y se encontró cara a cara con la mujer más hermosa que había visto en la vida.

—¿Es usted la dueña del castillo? —preguntó ufano.

Morgana parpadeó al verlo de frente y retrocedió sorprendida al reconocerlo. Buscó deprisa con sus ojos a Daniel y al encontrarlo abajo, lo interrogó con la mirada.

—¿En dónde está Elena? —preguntó preocupada. Bart se mostró despectivo al escuchar la familiaridad con la que hablaba de su hija.

—Se la llevaron —comentó enfadado el rubio, pero sus sentidos lo pusieron alerta cuando el sujeto con el que había peleado al principio, corrió hacia él con la espada en alto.

—Parece que usted es la persona responsable del secuestro de mi hija. Bien —concedió Bart al cambiarse de mano la espada con un movimiento rápido—, como es una dama... pelearé contra usted con la izquierda. —Y la atacó sin decir más.

Morgana gritó asustada y se movió cuando la espada chocó contra la pared detrás de ella.

—Mierda... fallé —dijo divertido el capitán y observó la sorpresa reflejada en los ojos con pintas plateadas de ella. Morgana lo miró furiosa y con un conjuro apareció una hoz dorada de mango largo—. ¿Dos hechiceros contra un simple mortal? Se nota que ustedes no tienen escrúpulos —anunció enfadado el capitán.

Morgana se apoyó en la hoz. Se sentía verdaderamente débil y sabía que, si decidía combatir con él, no duraría mucho tiempo... usar su magia tampoco era una posibilidad, pues el cuerpo le dolía horrores cuando lo hacía. Respiró entrecortadamente, reunió sus fuerzas, se irguió, levantó la hoz con ambas manos y lo atacó. Bart sonrió cuando pudo evadir con facilidad su ataque, así como los siguientes cinco intentos que la mujer hizo. La hechicera se lamentó de que estaba cada vez más débil y se volvió para alejarse.

—No te la voy a poner tan fácil —susurró el capitán del barco que de inmediato la siguió.

Tiburón miró hacia arriba y hacia abajo y decidió ayudar a Rob, así que bajó la escalera para llegar al lado de él que continuaba peleando con el rubio.

—Te ves cansado —bromeó el pirata más joven y Daniel sonrió sarcásticamente.

—Te sucedería lo mismo si hubieras peleado contra tres hombres también… pero parece que no has podido ni con uno —respondió el rubio. Rob lo miró enfadado y lo embistió con una estocada baja; Daniel la desvió con un giro de muñeca y entonces Tiburón se abalanzó por un lado tajándolo con la punta de su espada en el brazo. Gimió por el dolor y se obligó a usar su magia para brincar hacia atrás, lo más lejos que pudo.

—Tramposo —le dijo Rob desde lejos.

—¿Y dos contra uno no lo es? —preguntó Daniel al mirarse el brazo sangrante.

—Déjanos —ordenó Rob a Tiburón quién lo miró sorprendido.

—Pero…

—Ve a ayudar a sacar las cosas. Yo me encargaré de él —reafirmó el castaño y Tiburón convino de mala gana y corrió en dirección a las habitaciones.

Ambos se miraron directo a los ojos cuando se quedaron solos. Rob temblaba por la adrenalina, mientras Daniel sudaba copiosamente y apretó ambas manos para tratar de desviar su atención de la herida.

—Juguemos limpio, entonces. Veamos quién es el mejor —le dijo Rob antes de correr hacia él.

La magia más fuerte

Elena era una prisionera en su propia casa. Había llegado a la nave desde hacía más de veinte minutos y, amarrada a un mástil, lo único que podía hacer era observar a los miembros de la tripulación ir y venir cargados de todos los tesoros que le pertenecían a la hechicera. Juró por lo bajo. Estaba angustiada por su padre y por Rob, pero también por Daniel. No quería que ninguno saliera herido.

—Elena, hola —saludó Antón al pararse en un barril al lado del mástil. Lo contempló como si fuese un desconsiderado.

—A buena hora te apareces. ¿Dónde diablos estabas?

—Comiendo —contestó el ave como si nada.

—Necesito ayuda, Antón. Necesito que me quites las cuerdas.

Antón asintió; fue hacia ella y picoteó las cuerdas hasta que cinco minutos después logró dejarlas rasgadas y Elena, con algo de esfuerzo, se liberó, pero permaneció por unos segundos en el mismo lugar y esperó el momento preciso para regresar al castillo. No sabía cómo iba a hacerlo, pero al menos tenía que intentarlo. Cuando vio la oportunidad aferró una tabla de madera delgada y larga, respiró profundamente tres veces y se lanzó hacia la escalerilla del barco por la que subía y bajaba la tripulación. Los que tenían las manos llenas simplemente la miraron sorprendidos y los que bajaban con las manos vacías, trataron de detenerla. Elena soltó golpes a diestra y siniestra.

—Lo siento —se volvió y se disculpó en cuanto logró bajar a la arena. Corrió mientras los piratas dejaban los tesoros que traían entre brazos con la intención de atraparla. Brincó hombres, pasó por debajo de piernas, volvió a golpear cabezas y de nuevo pidió perdón. Pasó por el puente angosto de piedra y empujó al agua a todos los que salían del castillo cargados con tesoros—. ¡Perdón!

Al estar dentro del castillo cerró las puertas y se volvió para buscar a Daniel con la mirada. Continuaba luchando con Rob.

—¡Daniel!, ¡atranca las puertas! —ordenó cuando los hombres de afuera quisieron abrirlas. Daniel reaccionó al escuchar su voz y tratando de distraerse lo menos posible, las dejó cerradas con un conjuro. Elena corrió hacia donde ambos peleaban—. ¡Basta los dos! —gritó y se ubicó entre los chicos con los brazos extendidos y la respiración entrecortada.

Ambos se detuvieron al instante para no herirla y Rob la miró con el ceño fruncido al no entender su actitud.

—Estás bajo un hechizo. ¡No entiendes… muévete! ¡Voy a acabar con él!

Elena suspiró fastidiada de todo eso.

—No estoy bajo el hechizo de nadie y no voy a moverme. ¡Van a dejar de pelear ahora mismo o no les voy a dirigir la palabra de nuevo… en la vida! —sentenció.

—Por fin —dijo Daniel detrás de ella. Elena volvió el rostro hacia él y lo miró desdeñosa.

—No ayudes —susurró.

—¿Qué pasa aquí?, ¿de qué se trata todo esto? —preguntó Rob al notar la familiaridad con la que se trataban. Al menos ella. A Elena se le atoraron las palabras en la garganta cuando se dio cuenta de que no tenía idea de cómo explicarlo.

—Ella me quiere —declaró como si nada Daniel, detrás de ella. Elena abrió la boca sorprendida y lo miró con los ojos muy abiertos.

—No ayudes —volvió a decirle con mala cara y se giró hacia Rob—. Escucha Rob…

—¿Es cierto? —preguntó, mirándola sin poderse creer nada; mortificado, se pasó una mano por el cabello—. Elena… dime que no es cierto.

Ella lo miró con tristeza y se sintió mal por decepcionarlo de ese modo.

—Rob… no es tan fácil.

—¡Contéstame la pregunta! —le urgió y la señaló con la espada.

—Sí. Estoy enamorada de él —confesó con las mejillas sonrojadas.

Un grito de furia cortó el aire y Elena tuvo que ordenarle a su cuerpo a moverse a la derecha cuando Rob se fue directo contra el rubio con la rabia reflejada en su apuesto rostro.

—¡Qué fue lo que le hiciste, demonio! —gritó al chocar su espada contra la de él.

—¡Rob, basta! ¡Por favor! —exclamó Elena preocupada por ambos, corrió e intentó detenerlo, lo jaló del brazo, pero él estaba tan enojado, que la empujó con fuerza hacia el suelo.

En ese momento algo pasó dentro de Daniel. Al mirarla en el piso, sintió que su interior se calentaba, lo que le hizo recuperar sus fuerzas. En un impulso se fue contra el muchacho que comenzó a perder fácilmente la batalla hasta que la espada cayó al suelo y él quedó desarmado contra la pared, con la respiración entrecortada y un sentimiento de miedo al ver la punta de la espada contra su cuello. Daniel lo miró con odio. Elena se paró del suelo y corrió hacia ellos de nuevo.

—Está bien, no me sucedió nada —le dijo al rubio para tranquilizarlo y cogió su brazo desnudo con sus manos para compartirle un poco de paz. Los rasgos de él se suavizaron y bajó la espada con lentitud.

Daniel tiró el arma al suelo cuando la tranquilidad lo embargó. Ella le sonrió, acunó delicadamente sus mejillas y se acercó a él.

—Ya pasó. Vamos… acompáñame a buscar a papá.

Asió a Daniel de la mano y lo condujo hacia las escaleras. Rob la miró sin poder creer lo que sucedía. En ese instante, los celos y el enojo lo cegaron; buscó con la mirada su pistola que estaba a unos pocos metros. Fue por ella, la empuñó y le quitó el seguro. Elena lo escuchó y Rob disparó en el punto en el que la noche caía sobre el castillo.

—¡Elena! —gritaron los dos pues ella se movió frente al rubio justo cuando Dan tomó control de su cuerpo, y recibió, por él, la bala en la espalda baja.

Cayó al suelo a los pies de Daniel, quien la miró sin poder entender qué sucedía. ¿Qué era todo eso?, ¿qué demonios había sucedido? Se hincó en el suelo y la hizo girar para verla, mientras un charco de sangre se abría camino debajo de su cuerpo.

—No, no, no… —murmuró con los ojos llenos de lágrimas—. Elena —llamó y le tocó una mejilla. Tenía los ojos cerrados y parecía que casi no respiraba.

Rob llegó corriendo a su lado, también se hincó y se llevó ambas manos a la cabeza para apretarla con desesperación.

—¡¿Por qué le disparaste?! —preguntó Daniel, furioso.

—¡No quería dispararle a ella, sino a ti! —le gritó el pirata y sujetó a Elena de la mano. De pronto, pareció recordar algo y le demandó—: ¡Haz algo! ¡¿No se supone que eres un hechicero?!

—¡Lo soy, pero nunca he reparado algo como esto! Ha perdido demasiada sangre; no sé si pueda hacerlo.

—¡Pues inténtalo!

Daniel estaba nervioso, le temblaban las manos. Con un movimiento rápido rasgó la parte baja de la playera de Elena y observó la herida abierta por la bala que la había atravesado y salido por su abdomen bajo y sintió un nudo en la garganta al ver lo dañado que estaba su cuerpo. Juntó sus palmas, las movió para frotarlas una contra la otra y llenarlas de energía, descansó una mano sobre la herida de entrada y la otra sobre la herida de salida.

—Vamos… vamos —urgió Rob con los ojos llorosos y una mano sobre su boca.

Fueron los minutos más horribles de sus vidas. Daniel puso toda su concentración en lo que hacía, pues sabía que la vida de su amada estaba en juego: reparó cada fibra, cada nervio, cada músculo del cuerpo femenino y terminó cerrando la herida. Cuando por fin el agujero pareció no existir, Daniel, agotado por un esfuerzo que no había hecho jamás, puso ambas manos en el suelo para apoyarse en ellas. No se dio el lujo de descansar por más tiempo y alargó una mano para tocar el cuello de la muchacha. Tenía pulso, pero muy débil.

—¿Lo lograste? —preguntó Rob inquieto.

—No del todo. Necesitamos ayudarla a recuperar la sangre que perdió —dijo e hizo cuidadosamente con su cuchillo un corte en la parte interna de la muñeca de la joven—. Corta tu muñeca y júntala con la de ella.

Rob aceptó y se hizo rápidamente el corte. Daniel utilizó sus últimas energías, unió las muñecas y realizó una transfusión contraria a todo conocimiento científico. Momentos después el castaño palideció por la pérdida de sangre. Pasado algo de tiempo, Daniel separó las muñecas de ambos y selló la herida de la muñeca de ella. Rob se rasgó la manga de la camisa y la amarró a su propia herida. Ambos sonrieron aliviados cuando abrió los ojos.

—Maldito susto que me has dado —le dijo Daniel en un susurro en cuanto se incorporó y lo miró como si tuviera años de no haberlo visto; le echó los brazos al cuello y lo abrazó ante la mirada incómoda de Rob.

—Gracias por salvarme —dijo en su oído. Daniel sonrió y le acarició la espalda.

—Supongo que lo mismo podría decir yo.

Elena se separó de él y miró hacia todos lados cuando de repente, el castillo tembló.

—¿Qué pasa? —preguntó Rob, alterado—. ¿Un terremoto?

—No. Es Morgana… está demasiado débil. El castillo está en pie gracias a ella y a su magia.

—¿En dónde está? —preguntó angustiada y se levantó. Daniel se puso de pie a su lado y la abrazó para moverla del lugar en donde caía un pedazo de techo.

—Con tu padre —dijo Rob mientras trataba de mantener el equilibrio—. El capitán peleó contra ella.

Elena sintió miedo de que su padre cometiera alguna tontería y miró mortificada a Daniel.

—No la recuerda.

—¿Recordarla?, ¿por qué debería? —preguntó Rob, alarmado, cuando los tres se movieron hacia una pared que parecía segura.

—Porque él la ama.

—No lo creo —dijo Rob y negó con la cabeza, agobiado por las palabras. Elena no perdió tiempo conversando con Rob y corrió con dirección a las escaleras.

—¡Elena! —gritó su amigo, siguiéndola y al rubio que había salido como una bala detrás de ella para protegerla de las rocas que caían.

—¿A dónde vas? —preguntó el hechicero que subía detrás de ella.

—Debo buscar el mapa.

Daniel la siguió hasta que llegaron a la habitación de la mujer. Elena se acercó a los estantes y empezó a abrir los libros rápidamente.

—Rob, ayúdame a buscar un mapa. Está en una hoja suelta.

El castaño asintió y lo hizo mientras Daniel los protegía a ambos para impedir que se lastimaran con los repentinos movimientos del castillo y los objetos que caían por doquier.

—No está —se lamentó ella al quedarse sin libros que hojear.

—Tal vez lo guardó en otro lugar —dijo Daniel.

Y Elena recordó la hoja que la mujer había escondido debajo de su almohada esa tarde que ella había vuelto al castillo. Corrió hacia ella sin esperar que Daniel la protegiera, levantó la almohada de la cama de agua y sacó la hoja.

—Lo tengo —dijo emocionada, cuando un armario se caía sobre ella. Daniel lo detuvo y la miró como reprendiéndola por haberse adelantado. Elena sonrió a modo de disculpa y Rob los miró fastidiado.

—¿Nos vamos? —preguntó Rob.

Los tres salieron de la habitación con dirección a donde Daniel sentía la energía de Morgana. Cuando abrieron las puertas de la biblioteca, ahí estaban los dos, enfrascados en una pelea. La hechicera tenía una herida en la sien y cojeaba, además de estar pálida y sudorosa, mientras que Bart parecía estar ileso. Elena se detuvo en la entrada de la habitación y los miró a ambos.

—¿Qué hacemos, ahora? —preguntó Daniel que miraba sorprendido el modo en el que la mujer apenas se mantenía en pie y pensó que estaba al borde de un desmayo.

Elena abrió el mapa, lo volteó y observó con cuidado las palabras que estaban escritas en otro idioma.

—Tengo que decirlas… pero no sé cómo se leen. Están en otro idioma —le aclaró a Daniel al mostrarle las palabras, en lo que

Morgana caía al suelo y se golpeaba el hombro con fuerza contra un escalón.

—Es latín —anunció él al tomarlo.

—¿Sabes leerlo?

—Eso creo…

—Veamos qué pasa con una bruja cuando acabas con ella —dijo Bart y alzó la espada.

—Este sería un buen momento para que lo hicieras, Dan —apremió Elena con la voz entrecortada.

Y entonces Daniel leyó las palabras en voz alta cuando la espada descendía hasta el pecho de Morgana. Elena desplazó las manos a los labios para ahogar una exclamación de susto. El arma se detuvo a escasos centímetros del pecho de Morgana y Bart la miró confundido… parpadeó una y otra vez, como si no creyera que se tratara de la misma persona que él había conocido hacía años, y soltó la espada.

Los tres jóvenes que estaban en la puerta, suspiraron audiblemente cuando el capitán del barco retrocedió sin saber por qué había estado a punto de asesinarla.

—¿Ana?... ¿eres tú? —preguntó con la voz entrecortada y miró a la hechicera de la cabeza a los pies. Morgana lo miró asustada y se incorporó con esfuerzo sobre los codos.

—Parece que los años no han pasado por ti —observó la hechicera, aliviada de que el ataque finalizara. Él se inclinó y la ayudó a ponerse en pie. Morgana quiso rehusarse a aceptar su ayuda pero se dijo que estaba demasiado débil como para negársela. Cuando estuvo en pie, Bart trasladó las manos a la cabeza y negó desorientado.

—Yo… no sé… no entiendo por qué…

—No pudiste reconocerme —le aclaró ella.

—¿Por qué?... ahora no tengo problemas para hacerlo.

—Porque el hechizo que puse sobre ti ha finalizado.

—¿Un hechizo? —preguntó sorprendido, y ella dijo:

—Te hice olvidarme. Borré los recuerdos que tenías de mí para no tener que pagar la deuda de vida que tenía contigo.

—No… eso no es verdad… —dijo él, sin creer media palabra. Morgana suspiró.

—Lo es. Es verdad.

—¿No te importó que te olvidara? —preguntó él, con el ceño fruncido y una interrogación en su mirada.

A la hechicera se le llenaron los ojos de lágrimas y movió el rostro hacia la puerta para encontrarse con los tres muchachos.

—Miren a quién tenemos aquí —dijo para desviar el tema de ellos dos, pero Bart la sujetó del brazo con fuerza y ella tuvo que volverse para verlo.

—¿Por qué lo hiciste?

—Eso ya no importa. Toma a tu hija y lárguense de aquí. Todos —dijo observando a los jóvenes en la puerta—. Quiero estar sola.

Bart la miró con una clara desilusión en su semblante.

—Pensé que me querías —le dijo cuando ella caminó hacia la ventana. La mujer rio sarcásticamente.

—Eso ya fue hace mucho tiempo; ambos hemos transitado por caminos diferentes. He visto que han saqueado el castillo… —acusó al mirar por la ventana a los hombres que guardaban las cosas en el barco—. Espero que te aproveche.

—No sabía que era tu castillo —se defendió.

Ella se dio media vuelta y lo miró de arriba abajo.

—Eso demuestra que sigues siendo el mismo. Pero yo he cambiado, ya no soy la misma mujer que conociste hace dieciocho años.

—Dile la verdad —apremió la voz enfadada de Elena y se acercó hasta los dos—. Dile por qué no pudiste cumplir con tu palabra.

—Eso ya quedó en el pasado —dijo Morgana.

—No. Él tiene el derecho a saberlo. Pensaste que si le decías la verdad iba a juzgar que antepusieras tu promesa a la vida de tu hermana. Nunca le diste la oportunidad de apoyarte.

—Elena… ¿de qué hablas?

—Padre… la misma persona que me hizo daño, la misma persona que me puso el hechizo, robó a su hermana y la tiene presa. Esa es la razón por la cual nunca pudo decirte lo que necesitabas saber acerca de mí. La amenazaron con matarla si te decía algo —le contó decidida, la de ojos violeta.

—Siempre metiendo las narices en los asuntos ajenos —anunció la hechicera con mirada atenta hacia la hija del pirata.

—¿Eso es cierto? —quiso saber Bart y Morgana simplemente se encogió de hombros.

—Lo es.

—¿Por qué no me lo dijiste?

—¿Qué caso tenía? —preguntó con los ojos anegados en lágrimas.

—¿Por qué no me lo dijiste? ¿Creíste que iba a pedirte que cumplieras tu palabra, incluso a sabiendas de que podrías perder a tu hermana?

—Sí. Lo creí —le contestó ella y no pudo retener más las lágrimas—. Nunca tuve a nadie de mi lado; siempre estuve sola y la única persona en la que pude confiar fue en Odette.

—Pero me tenías a mí y me alejaste… por todos estos años. ¿Cómo pudiste hacernos algo así? —le dijo él con suavidad, y Morgana se limpió las lágrimas, avergonzada.

—Vete, por favor.

Bart la miró sin saber qué hacer. Se quedó callado por algunos segundos y luego de tratar de reducir la exasperación que sentía, alzó la mano lentamente hacia ella.

—Ven conmigo, Ana…

Morgana negó con la cabeza y Bart movió la mano con la intención de llevarla con él. La mujer le dio la espalda y el pirata resolló con decepción.

—Supongo que los sentimientos ficticios siempre fueron de tu parte, porque lo mío siempre fue real.

Y con eso, se volvió a su hija y la apremió a marchar con él con la mirada. Caminó a la puerta y se encontró con Rob y Daniel.

—¿Qué con él? —preguntó molesto. Rob se masajeó la nuca y se encogió de hombros.

—Parece que a tu hija le ha dado el síndrome de Estocolmo —susurró Rob y apuntó a Daniel. Bart gruñó, atravesó la puerta con dirección a la salida y el castaño lo siguió.

—¿Sabes cuál es la diferencia entre una persona que sufre por la soledad y una que no lo hace, Morgana? —cuestionó Elena sin moverse de lugar.

—¿Cuál es, Elena? Instrúyeme.

—La diferencia es la elección. Uno decide sufrir por la soledad y otro decide abrirse camino ante la adversidad, para estar con quien realmente desea estar. Creí que cuando llegase tu oportunidad, serías de las segundas, pero me equivoqué. De todos modos, espero que no olvides que tienes dos deudas acumuladas. Gracias por la hospitalidad.

Y sin más, se fue con dirección a la puerta. Al llegar, sonrió tristemente y Daniel le ofreció su mano.

Epílogo

—Explícate —ordenó Bart, sentado en la silla detrás de su escritorio. Elena parecía una niña castigada, pegada a la puerta del camarote de su padre—. ¿Es verdad que estás enamorada de ese sujeto?

—Sí, pero no es tan fácil —respondió—. Sé que tal vez te parezca una locura…

—Me lo parece, por supuesto. Ese tipo amenazó con quitarte la vida frente a mis narices, Elena.

—Lo sé…

—Te hizo prisionera.

—Lo sé…

—Y te lastimó.

—Nunca hizo eso. Y para ser honestos… tampoco estaba muy consciente de lo primero.

—¿De qué hablas? —cuestionó el capitán confundido. Elena se acercó y tomó asiento en el sillón de dos plazas.

—Papá, estaba hechizado. Morgana lo hechizó para obligarlo a buscar a Odette, pero yo no lo sabía y cuando lo descubrí… bien, ya éramos amigos y una cosa dio pie a la otra.

—¿Y te enamoraste de él?

—Sí. Cuando se activó el maleficio, papá —Bart la contempló alarmado y consternado a la vez—… él me dio la mitad de su vida.

Los rasgos faciales de Bart se suavizaron y apoyó la espalda en el respaldo del asiento.

—Entiendo. Él te quiere también.

Elena arrugó el ceño. Bart alzó las cejas esperando una respuesta.

—Se podría decir que sí.

—No suenas convencida.

—Bueno… es complicado. Pero… —y bajó la mirada al anillo en su mano izquierda—, dejará de serlo.

Su padre suspiró con cansancio.

—¿Tienes idea de lo difícil que es para mí aceptar algo como esto? —le preguntó con tono serio.

—Lo sé.

—¿Y si te lo prohíbo?

—Entonces me iré con él, padre. Debo buscar a mis hermanos y él prometió ayudarme —le notificó con una sonrisa. Bart se levantó del asiento y la miró absorto.

—¿Hermanos?

—Sí —contestó ella—. Somos cinco, padre, y deseo encontrarlos.

Bart se puso en jarras, resopló y se dejó caer en el asiento. Ella se acercó a él con paso lento, rodeó el escritorio, él la encaró y la abrazó por la cintura.

—Eres mi pequeña —le susurró él sin sonreír. Elena le acarició el pelo.

—Siempre lo seré, papá. Pero… es hora de que empiece a hacer cosas de grandes —bromeó y él puso cara de martirio, en seguida le sonrió.

—Bien. Toma tus decisiones de una manera sabia.

—Lo haré.

Al salir del camarote de su padre, se encontró con Rob, apoyado, como solía esperarla, en una de las paredes. La miró y apretó los labios en una delgada línea.

—Nos reencontramos de una manera poco adecuada, supongo —dijo ella al acercarse.

—Supongo —congenió—. Así que… es cierto que no estás bajo un hechizo.

—No lo estoy.

—¿Y lo amas en serio? —preguntó con el dolor reflejado en sus facciones.

—Sí —confesó ella y lo miró de frente. Él resolló.

—Me da trabajo comprender lo que sientes… creí… supuse que llevabas tanto tiempo queriéndome a mí que eso nunca podría cambiar —le dijo avergonzado, con una mano en la nuca.

—Lo sé y lo lamento. Lamento hacerte sentir de ese modo. Es solo que él y yo estamos unidos desde hace mucho… incluso desde antes de conocernos. Es algo especial.

—Lo entiendo, es decir, lo intento. No tienes que defender tus sentimientos. Yo fui el tonto que dejó que te me escaparas de las manos.

Elena sonrió con tristeza y sujetó sus manos. Suspiró y alzó el rostro.

—Ese es el problema, ¿sabes?… que no debía estar en tus manos, Rob, debía estar en tu corazón.

Él sonrió tocado por sus palabras y convino.

—Siempre serás mi mejor amigo, eso nunca cambiará —finalizó. Se acercó, se puso de puntitas y lo besó en la mejilla; se separó de él, se volvió y caminó con dirección a la cubierta.

Daniel estaba apoyado en la borda y miraba hacia el mar; al escuchar sus pasos los reconoció de inmediato, pero no se volvió.

—Te quiero —le dijo y ella sonrió, se acercó, lo abrazó por la cintura y apoyó la mejilla en su espalda. La noche se acabaría pronto y se haría de mañana.

—Yo te quiero más.

—¿Se supone que debo dejarte en manos de estos piratas despiadados o debo ir contigo? —le preguntó de la nada y se movió para verla de frente—. ¿Qué decidirás? —quiso saber cuando el sol comenzó a salir por el horizonte.

Elena se puso de puntitas, le rodeó el cuello con los brazos y lo besó mientras el miedo se apoderaba de ella por un segundo, pero se forzó a dejarlo a un lado para sentir la suave presión de sus labios contra los suyos. De repente, cuando el amanecer llegó, él se alejó y con la mirada preocupada, acunó sus mejillas y la observó con cuidado.

—¿Estás bien?... —con una mano le tocó la espalda para asegurarse de que no estuviera herida—. La bala…

Elena sonrió y negó con la cabeza.

—Me salvaste. Estoy bien.

—¿En dónde estamos?, ¿en tu barco? —preguntó confundido el que ahora era Diel.

—Sí.

—¿Vas a llevarme contigo a donde vayas? —cuestionó con el ceño fruncido. Ella se alejó.

—Eso es algo que debes decidir tú.

Él sonrió con disimulo y negó con la cabeza.

—Sabes que no puedo negarme a hacer cualquier cosa que me pidas.

—Esta vez podrás hacerlo.

Daniel la miró conflictuado y negó con la cabeza sin comprender lo que ella le decía. Elena se llevó la mano derecha al dedo anular izquierdo.

—Quiero que te quedes conmigo solo si tú así lo deseas.

Entonces, con cuidado y lentitud, deslizó el anillo fuera de su dedo y lo elevó hacia él. Daniel se olvidó de todo y se sintió extrañado ante esa decisión. Al principio no supo si tomarlo o no, pero después de unos segundos, ella volvió a moverlo un poco hacia él. Daniel lo cogió y con cuidado lo deslizó por el dedo anular.

Elena se cubrió los ojos con el antebrazo cuando una luz amarilla lo iluminó por completo y, al bajarlo despacio, observó a Daniel frente a ella, con rostro sorprendido, mirando su propio cuerpo con curiosidad, casi como si fuese la primera vez que lo veía.

—¿Estás… bien? —preguntó ella.

—Bien —respondió sin mirarla. Elena sintió que el corazón le latía demasiado rápido. En cuanto él dejó de prestarse atención a sí mismo, bajó los brazos y la miró fijo.

—¿Me… me reconoces?

Él ladeó la cabeza hacia la izquierda como si no terminara de comprender su pregunta.

—Sí —afirmó él, con una sonrisa ladeada.

—¿Ah, sí?... ¿quién soy? —probó Elena al sentir que se tranquilizaba de lleno.

—El amor de mi vida, ¿no?

Ella sonrió instantáneamente y le rodeó el cuello con los brazos. Daniel la estrechó.

—Tenía miedo de que olvidaras todo… —le dijo al oído y trató de contener las lágrimas de felicidad.

—Lo sé. Pero parece ser que lo que siento por ti es mucho más fuerte que cualquier hechizo.

—La mayoría de las personas que son separadas de su alma olvidan demasiado cuando vuelven a unirse con ella —dijo una voz lejana—. Supongo que eres más poderoso de lo que creí.

Elena se alejó de Daniel y miró hacia donde había escuchado la voz. Era ella. Ahí estaba robando miradas de todos los hombres de la tripulación que se encargaban de arreglar todo para zarpar.

—¿Morgana?, ¿qué…?

—Parece que me faltaba alimento y energía para poder pensar con claridad. Lamentablemente Joel estaba muy herido… le había caído una roca encima por el terremoto; preferí no hacerlo sufrir de más y me lo comí —anunció como si nada.

En ese momento, Bart salió a la cubierta, avisado por varios hombres de que la mujer estaba en el barco. La recorrió con la mirada y se puso en jarras.

—¿Qué haces aquí? —preguntó y apoyó la espalda contra una pared de madera.

—He venido… a ofrecerte disculpas. Sé que lo que hice estuvo mal y creo que tengo una deuda con tu hija también —dijo al volverse hacia Elena, que sin liberar la mano de Daniel, dio unos pasos hacia ella.

—¿Vas a ayudarme a encontrar a mis hermanos?

—¿Cuáles hermanos? —preguntó Perry sorprendido.

—¿Lo harás? —cuestionó sin hacer caso a las palabras del contramaestre.

—Lo haré en tanto que ustedes me ayuden a encontrar a la mía. Luego te diré todo lo que sé —comentó y se dirigió hacia Bart.

El capitán silbó por lo bajo y la contempló fijo.

—No voy a perdonarte tan fácil —le dijo y ella convino.

—Lo sé. Pero después de todo lo que me robaste… supongo que podría tener parte del perdón que pido.

Bart se acercó a ella y sonrió.

—¿Quieres que limpie la cubierta también? —preguntó mordaz y Bart alzó las cejas.

—Tendrás que hacer mucho más que eso. Aquí no hay reinas ni princesas. Solo piratas rudos...

—Que tejen, hacen pasteles y usan cangureras verde fosforescente —bromeó Elena.

—¡Piratas rudos! —continuó Bart y escondió la sonrisa—. Deberás ganarte tu lugar en la tripulación... o te lanzarán a la laguna de los cocodrilos.

—¿Es un rito de iniciación? —preguntó la mujer, confundida.

—No. Es especial para ti. Suerte, preciosa —le dijo él pellizcándole la mejilla.

Elena sonrió al ver la expresión sorprendida de Morgana, que ipso facto siguió a Bart hasta su camarote.

Rob se acercó a Daniel y a ella y se aclaró la garganta.

—Supongo que empezamos con el pie equivocado —comentó y alzó la mano para poder estrechar la del hechicero—. Siento que te debo que hayas reparado mi error y que la salvaras.

Elena sonrió agradecida. Daniel lo miró mal al principio y, más a fuerzas que de ganas, le estrechó la mano.

—Supongo.

—¿Y entonces, Lena, hacia dónde vamos? —quiso saber su amigo al soltar la mano del rubio. Elena miró hacia el horizonte y sonrió.

—Directo hacia mi terrible destino —susurró sin sentirse asustada. Rob la miró con cara de no comprender ni media palabra, pero Daniel apretó los labios para no sonreír y la sujetó de la mano izquierda.

Elena bajó la mirada al sentir algo frío sobre su dedo y observó un anillo nuevo de oro violeta; interrogó a Daniel con la mirada.

—Es un regalo. Para que cada vez que lo mires, recuerdes que, sin importar lo terrible que sea tu destino… no estás sola.

Elena sonrió y lo abrazó cuando la nave zarpó. Antón voló a su alrededor y ella lo saludó con la mano; miró hacia el mar frente a ella. Iba a encontrar a sus hermanos sin importar qué tan difícil fuera.

—Voy en camino —susurró con una radiante sonrisa.

Made in the USA
Middletown, DE
12 May 2024

54001021R00191